中國語言文字研究輯刊

二七編

第 **11** 冊

漢語方言接觸研究
——以廉江、電白為例

張健雅 著

花木蘭文化事業有限公司

國家圖書館出版品預行編目資料

漢語方言接觸研究——以廉江、電白為例／張健雅 著 -- 初
版 -- 新北市：花木蘭文化事業有限公司，2024〔民113〕
目 2+222 面；21×29.7 公分
（中國語言文字研究輯刊　二七編；第 11 冊）
ISBN 978-626-344-837-7（精裝）
1.CST：漢語方言　2.CST：方言學　3.CST：語言學
4.CST：比較研究　5.CST：廣東省
802.08　　　　　　　　　　　　　　　　113009386

ISBN-978-626-344-837-7

9 786263 448377

中國語言文字研究輯刊
二七編　　第十一冊　　　　　　　ISBN：978-626-344-837-7

漢語方言接觸研究
——以廉江、電白為例

作　　者　張健雅
總 編 輯　杜潔祥
副總編輯　楊嘉樂
編輯主任　許郁翎
編　　輯　潘玟靜、蔡正宣　美術編輯　陳逸婷
出　　版　花木蘭文化事業有限公司
發 行 人　高小娟
聯絡地址　235 新北市中和區中安街七二號十三樓
　　　　　電話：02-2923-1455 ／傳真：02-2923-1452
網　　址　http://www.huamulan.tw 信箱 service@huamulans.com
印　　刷　普羅文化出版廣告事業
初　　版　2024 年 9 月
定　　價　二七編 13 冊（精裝）新台幣 42,000 元　　　版權所有‧請勿翻印

漢語方言接觸研究
——以廉江、電白為例

張健雅 著

作者簡介

張健雅，女，1988 年 7 月生於廣東梅縣。2018 年 12 月獲華南師範大學文學博士學位，現為嘉應學院講師，主要研究方向為漢語方言學。在公開出版刊物發表論文近二十篇，主持廣東省教育廳科研項目和嘉應學院校級科研項目各一項。

提　要

　　《漢語方言接觸研究——以廉江、電白為例》是一部從語言接觸的視角對方言詞彙接觸情況進行全面考察的專著，研究以廣東地區多方言混合使用的廉江、電白兩市為案例，當地調查方言點一共 12 處，著重選取粵閩客三大代表方言點廣州、廈門、梅縣 3 處作為比較研究時的參考對象，聚焦於廣東廉江、電白兩市的粵閩客三種主流方言，旨在從語言接觸角度深入研究方言共存與雙語交流現象。本書通過詳實的調查，揭示了當地方言分布、使用人口排序等基本情況。研究發現廉江方言以客＞粵＞閩排序，電白為閩＞客＞粵，為後續研究提供了基礎數據。接著，採用定量研究方法處理大量數據，計算方言組合相似度，通過繫聯圖揭示了方言之間的親疏關係，為深層次分析提供支持。在對方言接觸下的詞彙借用概念的研究中，本書界定了廉江、電白三大方言的借詞類型，包括整體借詞、融合借詞、疊置借詞等。通過對語音干擾的分析，揭示了音位替代、相似匹配和對應匹配等多方面的影響。在方言接觸等級的劃分上，通過綜合分析特徵詞相似度、一般詞、功能詞、借詞類型以及音系結構的變異，提出了「偶然接觸—初階接觸—中階接觸—高階接觸」的等級，並探討了影響語言接觸的因素。總體而言，本研究以全面深入的方式探討了方言接觸的多個方面，為方言學和語言接觸研究領域提供了新的理論視角和實證基礎。

目 次

第一章 緒 論

第一節　研究緣起及意義

　　半個世紀以來特別是近二十年來，語言接觸與語言演變的研究逐漸成為語言學者關注的焦點。如果一個人交互使用兩種或者兩種以上的語言，這兩種或以上的語言一般可以認為是處於接觸之中，而使用語言的個體則被認為是語言接觸的主要媒介。交替使用兩種語言的做法叫做雙語，涉及的人叫雙語者。在雙語者的言語過程中，由於熟悉兩種或多種語言，因此在交替使用這些不同語言時常常出現偏離規範的情況，這種偏離語言規範的現象即是語言接觸的結果。目前普遍認為，詞彙借用是語言接觸的最直接表現。豪根（Haugen）對借用的界定：言語者吸收接納另一語言的成分並通過自己的語言模式創造新的模式，而這個新產生的模式是他所掌握的語言中沒有或不盡相同的部分〔註1〕。瓦茵萊赫（Weinreich）將交替使用兩種語言的人稱為「雙語人」，把雙語人言語中出現的偏離語言標準的情況看作語言干擾現象，他認為語言的詞彙結構比起音位和語法來說並不那麼嚴密，因而詞彙容易成為接觸中的語言社團彼此借用對方語言成分的中心領域〔註2〕。借用對于源語來說

〔註1〕Einar Haugen, "The Analysis of Linguistic Borrowing", *Language*, Vol.26, No.2, 1950, pp.210-212.
〔註2〕Uriel Weinreich, *Languages in Contact: Findings and Problems,* Mouton Publishers, The Hugue, 1968, pp.1-3.

是語言成分的擴散、傳播，而對受語一方來說則是成分的接納、吸收，這些經由語言接觸而產生的異質成分，被借用後既可以和受語一方的原有語言結構形成不同系統的疊置，也可以融入到受語系統進而替代受語原有詞彙。當然，除了詞彙層面的變異，語言接觸通常還引起音系結構和語法結構的變異。托馬遜（Thomason，2001）將接觸影響下的語言成分借用等級的先後順序進行排列，詞彙成分先於句法／音系成分，最後是形態成分。探討語言接觸問題，就繞不開雙語或雙言在語言成分上的具體表現形態，以及接觸機制等問題。施萊歇爾（August Schleicher）受達爾文生物進化論啟發提出的語言「譜系」分化說已經不能滿足語言演變實際分析操作，因此對語言接觸現象的歷史發生和運作機制以及表層、深層結構的變異等問題的深入研究變得不可迴避。

方言接觸屬於語言接觸的一部分，雙語接觸可以使一種語言的特點遷移到另一種語言裏，那麼方言接觸也同樣會產生語言成分、結構的遷移，通過漢語方言接觸案例的研究，我們希望發現因接觸造成的方言詞彙變異的類型，以及方言詞彙接觸的層級和機制等諸多方面的情況。

廣東省內語言紛繁複雜，其中有係屬明確的粵、客、閩三大方言，也有係屬未定的粵北土話，粵東占米話、軍話等。粵西的湛江、茂名地區的方言種類也相當豐富多樣，多數城鎮以粵、客、閩三種方言為主流方言，粵語在當地有白話、土白話之稱，有分支方言「思賀話」；閩語在當地稱黎話或俚話；客話在當地叫「𠊎話」，根據聚居族群的大小和口語的純正程度可分「大𠊎、小𠊎」；此外，還有少數地方的「舊時正話」「山瑤話」「馬蘭話」等瀕危方言。粵西地區多方言交叉的語言背景，是漢語方言接觸研究領域相當有價值的寶地。講不同方言的人雜居在一起，互相交流、融合，在語言上不可避免地存在相互影響的情況，無論是對哪一種方言進行研究，都會發現並無完全單純的方言存在，要瞭解這些方言間語言特徵的相互聯繫狀態或未來發展趨勢，就應對其複雜語言環境背後多種方言的接觸關係進行分析。方言接觸理論的構建是建立在語言接觸理論的基礎上，研究對象的差異導致理論執行出現不那麼切合的情況，漢語方言接觸理論的突破須在挖掘更多的方言接觸材料的前提下，通過方言接觸事實的分析來構建漢語方言接觸理論形態。粵西粵、客、閩方言雖非核心區域

方言，但卻非常具有地域特色，目前所見該區域詞彙方面的相關材料多為上個世紀末調查所得，較為老舊，且調查內容相對簡單，詞條涵蓋範圍不夠廣闊，此為遺憾。時至今日，方言勢必有所變化，適時地補充新材料，並挖掘方言間的語言接觸關係，有助於進一步觀察方言演變狀況以及聯繫和區別。

過去的粵西方言研究多局限在個體方言的內部研究或不同方言間的比較研究，研究結果注重體現方言間差異。方言的差異研究為我們認識不同方言的個性特徵提供了幫助，但是卻容易使我們忽略方言間的共性特徵，以及這個共性特徵形成的原因。雖然粵西粵、客、閩方言各自的研究都取得了長足的進步，但方言相互間的接觸研究卻十分薄弱，可以說尚處於起步階段。當地的粵、客、閩方言使用者大致認為是明、清時期分別從粵東、粵北、粵中以及閩南等地遷徙而來，在漫長的發展過程中，這些方言的使用人口穩中有升。該區語言接觸歷史長、影響深，是漢語方言接觸研究中比較有代表性的個案。目前所見粵西方言接觸研究多數只涉及個別語音、詞彙、語法條目的分析，尚無人進行系統的、大範圍材料的研究。

因此，我們選擇粵西廉江、電白地區作為研究範圍，以具有代表性的粵、閩、客方言點為研究對象，重視挖掘接觸影響下的方言共性特徵，以區別方言差異特徵研究。本研究首次對粵西廉江、電白地區的粵、閩、客三種方言詞彙接觸進行全面研究，調查詞目為 2470 餘條，為粵西方言研究提供了新的語言材料，增加了新的內容和視角，彌補現有研究的不足。廉江、電白方言雖種類豐富，但以粵、閩、客為主流，因此，撇開這三種方言中的任何一種來談接觸，都會顯得偏頗且不完整。

第二節　國內外語言接觸研究回顧

早期歷史比較語言學者們往往多關注語言的分化，通過研究語言的親屬問題來重建或構擬原始語。然而，19 世紀中葉以後，學者們開始注意到，語言的演變發展並不僅僅簡單地局限於譜系分化，而是存在相互影響、相互融合的現象，不論是親屬語言還是非親屬語言，它們之間都可能存在語言接觸情況。語言接觸研究在十九世紀至二十世紀由國外語言學家率先提出，在它成為獨立學科前已經取得不少成果，接觸語言學成立後，中國的語言學者才開始關注語言接觸研究，因此國外關於語言接觸研究的理論遠比中國豐富。國內語言學者近

幾十年來致力與民族語接觸、漢語方言接觸研究，在語言接觸理論的提升方面
也取得了一定的成果。

一、國外的研究狀況

（一）接觸語言學科形成前的研究

19 世紀中期，歷史比較法偏重語言的前後相繼而忽略語言之間相互影響的
局限性日益突顯，人們對語言的相互關係、語言的接觸關係的認識隨之萌芽。
1863 年，德國語言學家施萊歇爾（August Schleicher）受達爾文生物進化論啟發
提出「譜系樹」理論，認為語言分化後是各自獨立發展的，彼此間沒有交叉關
係。1872 年，施萊歇爾的學生施密特（Johannes Schmidt）提出語言發展的「波
浪說」理論，施密特將施萊歇爾的譜系樹理論還原到語言的地理表現上，發現
在地域上相鄰的不同語言並不是相互對立或補充的，而是彼此間存在著交集，
鄰近地區的語言可以將各自的特點擴散傳播給它周圍的語言，距離越近影響越
大，距離越遠影響越小，在相互影響作用下的語言可產生共同特徵。此後，「波
浪說」被看作語言接觸理論的萌芽。

較早受到關注的語言接觸現象是語言混合。德國語言學家洪堡特（Humboldt）
指出語言混合不僅在不同語言之間發生，也可以在親屬語言的不同變體（如方
言或土語）之間產生。他於 1820 年在普魯士科學院宣讀的《論語言發展不同時
期的比較語言研究》一文就指出相互混合的部族在語言混合上並不只是局限在
瞭解對方土語詞的某個詞或語素，而是學習對方語言的結構，並用自己的語言
去改造難懂的成分，最後發展成自己的土語〔註3〕。洪堡特認為這種由語言混合
到提煉再到改造的過程，是語言從主觀性發展到客觀性的過程。美國的 Van
Name（1869～1870）是第一個對混合語進行科學研究的人，他研究了分別以法
語、德語、西班牙語和英語為高層語的克里奧爾語，指出它們的共同特點，提
出克里奧爾語是從洋涇浜語發展而來的觀點〔註4〕。

此後，薩丕爾（Edward Sapir）在其代表作《語言論》（1921）論述了語言
之間存在的相互影響的問題，他指出鄰近地區的語言交際容易受雙方文化強弱

〔註3〕（德）Wilhelm von Humboldt：《論語言發展不同時期的比較語言研究》，張烈材譯，
《國外語言學》1987 年第 4 期，第 145～153 頁。

〔註4〕（美）Addison Van Name, "Contributions to Creole Grammar", *Transactions of the
American Philological Association*, Vol.1, 1869, pp.123-167.

的左右；地區文化差異可引起文化借貸，文化借貸是造成語言詞彙借貸的主要因素〔註5〕。此外，本民族對外族語言材料的心理態度也會對借詞的吸收產生影響，如德語借用拉丁語和法語不如英語借得多，因為德語不像英語，它和古典羅馬以及法國在文化上沒有深切關係，且在受語人的心理層面，德語往往要求多音節詞可分析成有意義的成分，如果借用成分不能滿足受語人的無意識心理習慣，那麼在需要新詞時，德語一般會覺得用自己本身的資源來創造會更方便。而英語則注重音節的單一、簡明的觀念，受語人對借用形式（如某個詞綴）的意義並不那麼在意，這樣借用成分就容易被長久保持下來。

語言相互影響帶來的借用問題很快也引起了人們的注意，布龍菲爾（Bloomfield）的《語言論》就論述了當時西方語言中一些借用現象，他歸納出「文化借用（cultural borrowing）」「親密借用（intimate borrowing）」「方言借用（dialect borrowing）」三種與語言接觸有關的借用模式〔註6〕。文化借用指的是存在文化差異的兩個民族在交際時可產生語言借用，借用形式包括詞彙借用和語音替代等。親密借用是指在經濟或政治上占主導地位的一方的語言征服弱勢方的語言，弱勢方通常是地位低微的外來移民。常見的例子是美國外來移民語言和英語的接觸。方言借用表現為某一區域內，處於言語中心的標準語被周邊區域的人模仿學習，而模仿學習過程中產生的語音變化、借詞等現象可通過繪製同言線來進行觀察。

俄國語言學家特魯別茨柯依（Trubetzkoy）在 1928 年提出語言聯盟（sprachbund）理論，他認為現代印歐語諸語因接觸產生語言聯盟，語言相互借用也可以造成語音對應規律。他將語群分為語系和語言聯盟兩類，語言聯盟是指地理上相鄰的非親屬語言可在音系、詞彙、語法等層面存在一定的相似性，強調的是非親屬語言間的系統性一致〔註7〕。此後，雅克布森（Jakobson）採用語言聯盟的思路，聚焦於蘇聯境內的斯拉夫、波羅的、阿爾泰等語系的語言所構成的「歐亞語言聯盟」。特魯別茨柯依和雅克布森時期基於地理視角下提出的語言聯盟理

〔註5〕（美）Sapir Edward：《語言論》，陸卓元譯，北京：商務印書館，1985 年，第 173 頁。

〔註6〕（美）Leonard Bloomfield：《語言論》，袁家驊等譯，北京：商務印書館，1997 年，第 586 頁。

〔註7〕曲長亮：《雅克布森音系學理論研究：對立、區別特徵與音形》，世界圖書出版公司，2015 年，第 170～173 頁。

論，與此前的波浪說強調的地理間隔遠近的語言之間的波浪式關係的觀點，均是與語言和地理都相關的概念。語言聯盟強調某一地理區域的不同語言或方言在詞彙上存在借貸，在語音、語法層面的結構格局方面也很相似，比如音系結構、語序等。有別於之前的語言學家提出的優勢語言說，語言聯盟是經濟、文化、人口等因素相對平衡的情況下建立起來的語言深度接觸的結果，常見的例子如特魯別茨柯依提出的巴爾幹半島語言聯盟。與巴爾幹半島的語言情況相似的東亞、東南亞語言中，也存在語言聯盟的現象，如壯侗諸語，從核心詞看與南島語系的親緣關係更近，它們與東亞大陸有海洋之隔的其他南島語系語言沒有聲調的現象一致，然而，位於我國南部與漢語接壤的壯侗語則存在聲調，我們稱這種漢壯關係為語言聯盟。

19 世紀中葉至 20 世紀中葉的這段時間，是語言間可相互影響的語言觀的萌芽以及開始進行語言接觸相關理論探討的階段，主要是對語言相互影響和語言的相互關係的一個宏觀分析。薩丕爾在研究語言關係問題時尤其注重社會性質、心理因素產生的影響，強調語言和民族的歷史、風俗、信仰密切相關，認為語言不僅表達思想而且載有社會意義，反過來社會文化是造成語言相互影響的重要因素。結構主義描寫語言學派的布龍菲爾德對語言演變情況的分析則注重考察語言的內在結構變化，他從語音替代、語義演變和詞彙借用方面去探討語言關係，同時也注意語言的社會性質，如提出語言優、劣勢層產生不同影響的看法。特魯別茨柯依的語言聯盟理論採用地理空間維度分析語言演變的新思路，它強調語言在不分優劣勢的情況下非親屬語言間形成的語言一致性，這種一致性正是地理上接壤的不同語言相互接觸的結果。語言聯盟說大膽質疑了譜系樹用同構和語音對應確定同源關係的觀點，科學地看待語言接觸關係，指出同構和語音對應也可以是語言接觸的結果。

（二）接觸語言學科形成後的研究

20 世紀 50 年代後，語言接觸研究日益興盛，諸如雙語、語言混合、語言干擾等相關理論也隨之豐富。

1953 年，瓦茵萊赫（Weinreich）的專著《語言接觸：已發現的與待解決的問題》（*Language in contact：Findings and Problems*）出版，標誌著接觸語言學的正式成立。該書以語言接觸為研究專題，對彼此分離的語言進行了差異分析

和對比分析，彌補了以往研究常常忽略語言匯聚而產生共性問題的缺陷。*Language in contact* 以瑞士德語和羅曼什語的雙語者為調查對象，同時也以自己所講的依地語和英語為對象，對語言接觸現象和雙語現象進行研究。書的主體部分討論了形成語言干擾（interference）〔註8〕的機制及接觸形成的干擾在語音、句法、詞彙等結構因素上的表現，並且對雙語人、雙語現象也進行考察，討論了社會文化因素對語言接觸的影響〔註9〕。瓦茵萊赫認為，接觸產生的干擾是一種語言變化結果，這種干擾不能只用「借用」來簡單概括，而應考慮接觸過程可能產生的模式重組，如語義系統、詞彙系統、語音系統以及語法系統等各個結構要素的重組。重組其實就是本族語言系統對借用成分的消化和吸收的過程，只有這樣才能保證本族語言的獨特性而不至於被完全同化。他將促進詞彙干擾的結構因素歸納為相似的詞形、義素清晰不混淆、目標語構詞方式中的劣勢需與源語模式保持一致。語言接觸對語法體系方面的影響，瓦茵萊赫主要從曲折變化的角度對拉丁語等進行分析，他通過調查若干雙語者的自然話語（speech），總結出促進語法干擾的結構因素主要是合適的語法體系、大量的基礎詞彙、相對自由的語素以及與現存功能關係的和諧。造成語音干擾的結構性因素則被認為主要是目標語言中相對應區別特徵的空缺和語音系統的差異。總的來說，瓦茵萊赫在這本研究語言接觸問題的專著中從語言結構和語言演變本質出發，描述語言干擾的程度、因素、性質等，但也不排斥從社會學的角度結合分析，如他也同樣提到弱勢語言往往向強勢語言借用的問題。

美國語言學家豪根（Haugen）早期也探討過雙語和語言借用現象，他認為雙語人群體是語言借用分析的主要對象。1950 年，他在《語言》雜誌上發表的《語言的借用分析》（*The Analysis of Linguistic Borrowing*）一文根據借用形式中語素替換的不同把借詞分為外來詞、混合詞和變義詞三大類〔註10〕。他嚴格區分外來詞和混合詞，外來詞是指完全引進源語言的詞素，不用本族詞素進行任何替換，而混合詞是指在引進新詞時用本族詞素進行部分替換。從外來詞、

〔註8〕有些學者將「interference」一詞譯為「語言遷移」或「語言衝突」，此處譯為「語言干擾」。

〔註9〕（美）Uriel Weinreich, *Languages in Contact: Findings and Problems*, Mouton Publishers, The Hugue, 1968, pp.7-106.

〔註10〕（美）Einar Haugen, "The Analysis of Linguistic Borrowing", *Language*, Vol.26, No.2, 1950, pp.210-231.

混合詞這兩類借詞的特點來看，它們的借用方式簡而言之就是引入（importation）、替換（substitution）。而變義詞比前面兩種借詞更能體現出語義創新特點，它指的是本族語適當地用本族語素對借詞進行替換以達到延伸語義的目的，如「menu」一詞，原本是計算機專有術語借詞，譯為「選單」，後來被引用到餐飲業譯為「菜單」，因此有些學者又將變義詞譯為轉移借詞。

弗格森（Ferguson）是從社會語言學角度研究雙語和雙言現象的代表人物之一，他在 1959 年發表的「Diglossia」（譯為《雙言》或《雙語》）一文中將「雙言」定義為「在不同的情況下使用同一種語言的兩種或兩種以上的變體」。〔註11〕他發現在一些地區存在兩種功能不同的語言變體，一種是「低級」變體（簡稱「L」），一種是「高級」變體（簡稱「H」）。幾乎人人都會說 L，而 H 則要通過正式教育才能學會。由於平民沒有接受教育的機會，法律也保護優勢語言，因此大眾公認 H 比 L 優越。這些社會因素被認為是對雙言狀態的保持起到了重要作用。弗格森認為雙語具備幾個典型特點：第一，使用者能在特定語言環境中正確使用恰當的變體；第二，語言的威望性導致人們更傾嚮於學習優勢語言；第三，語言的獲得包括日常交流中學習和正式教育中學習兩種途徑；第四，雙語的語法結構也可能存在廣泛的差別，如語法範疇、詞序〔註12〕。弗格森從語言的社會性角度出發研究了不同社會地位的雙語者的語言交流情況，總結出對雙語的特點以及對雙語造成影響的一些社會性因素，比起早期關於語言接觸和社會文化密切相關的宏觀研究，在研究內容和理論上有很大的提升。

拉波夫（W.Labov）是社會語言學的代表人物之一，由他開創的語言變異研究在二十世紀六七十年代蓬勃興起，並逐漸成為社會語言學的主體〔註13〕。他的「變異理論」的基本觀點是任何語言都有變異形式，它們受複雜的社會因素的制約。1964 年，他的博士論文採用社會學的抽樣調查和統計的研究方法，對紐約百貨大樓的售貨員及管理者的語言變項進行調查，然後將語言變項（發音形式）和社會變項（發音人年齡、階層、性別等）進行量化統計，結果表明語

〔註11〕（美）Charles A. Ferguson, "Diglossia", *Word,* Vol.15, 1959, pp.325-340.

〔註12〕（美）Charles A. Ferguson：《雙言現象》，李自修譯，《國外語言學》，1983 年第 3 期，第 10～17 頁。

〔註13〕Ronald Wardhaugh：《社會語言學引論》（第三版），祝畹瑾導讀，外語教學與研究出版社，2000 年，第 13 頁。

言變項和社會變項存在相關關係，即語言變項會隨社會變項的值的改變而改變〔註14〕。舉例來說，階層越低的群體說話越隨便，非標準音出現的頻率越大，反之，階層越高說話越正式，非標準音出現頻率越小。

1979 年在比利時的布魯塞爾舉行了第一次國際語言接觸和語言衝突大會，此後接觸語言學逐漸成為語言研究的新領域。這一時期湧現的比較重要的語言學家有特魯吉爾（Trudgill）、托馬遜（Thomason）、考夫曼（Kaufman）、諸葛曼（Zuckermann）等人。

特魯吉爾（Trudgill）是一名方言研究者，受拉波夫社會語言學研究方法的啟發，他對目標語進行社會調查，揭示語音變異和社會階層及性別有關。他的《Dialects in Contact》一書就專門討論了英語不同方言間的接觸問題〔註15〕。他指出語言擴散與人口參數相關，來自其他地方的人比較喜歡和人口數量大的城市的居民進行交流，比如挪威人樂於和英國人交流的比率大於和其他小城市的30 至 40 倍。方言詞彙的擴散離不開面對面的交流，不同方言區的人接觸後，當一方學習了另一方的語言發音或表達方式時，會避開被學習的一方去嘗試使用，比如選擇在家裏試用。當然一些新單詞和熟語也可能是從電視上學來的。除了詞彙，核心句法和語音體系也可能通過接觸的媒介受到影響。他還從社會階層和性別差異的角度分析了挪威語的變異。特魯吉爾強調方言接觸研究要注意兩點：第一，受語方借用過來的語言形式是不可能和源語完全一致的；第二，不完全融合形成的相關形式體現在詞彙擴散中。

托馬遜和考夫曼對語言接觸、克里奧爾語和語言演變進行了探討，他們認為語言接觸可以不需要說話者面對面的交流，直接接觸和間接接觸是語言接觸的兩種主要形式〔註16〕。語言接觸被解釋為是一種狀態，是促使語言演變的動因或條件，而非語言演變的過程，接觸在特殊情況下可能出現混合語，有時也叫克里奧爾語。在這本著作中，他們並未嚴格限定接觸中介是單語人還是雙語人，對語言借用是否得以保持也主要聚焦在受語人上。托馬遜的另一本語言接觸研究專著中，對語言接觸引發的機制（語碼轉換、交替、二語習得等）、混合

〔註14〕（美）William Labov, *The Social Stratification of English in New York City*, Columbia University, Ph.D., 1964, pp.64-211.

〔註15〕（美）Peter Trudgill, *Dialects in Contact*, Basil Blackwell Ltd, 1986, pp.39-82.

〔註16〕（美）Sarah G. Thomason and Terrence Kaufman, *Language contact, creolization, and genetic linguistic*, Berkeley University of California Press, 1988, p.34.

語和克里奧爾語也有深入闡釋，該書最突出的一個觀點是強調社會因素是導致語言接觸的決定性因素〔註17〕。可見，托馬遜也主要是從社會語言學的角度進行語言接觸研究，強調社會作用對語言接觸現象產生的重要影響。

2000年，諸葛曼對借詞理據進行探討，他對借詞的分類是：第一大類是利用源語的語言材料創造新詞，包括不同化借用（完全借用）、音素借用、詞素借用三種；第二大類是利用目標語中已有的詞根詞綴及構詞要素作為基本材料創造新詞，包括語素相配（PM）、語義化音素相配（SPM）、音素語義相配三種。根據第二類借詞的特殊性，他提出了「隱性借用」（camouflaged borrowing）理論〔註18〕，指人們遇到發音陌生或難理解的外來詞時，被本國語言中具有相關語義的詞素或音素替代。簡單來說，隱性借用詞其實就是語義仿造詞或音義仿造詞。諸葛曼在對語言接觸的借用關係的研究中，嘗試在原有的傳統研究中尋找突破，提出了詞語借用伴隨語義變異的趨勢，將語義系統視為層級性系統，注重系統的內部關聯，而不是對語義進行孤立的研究。

上述語言學家中，布龍菲爾德、瓦茵萊赫、豪根等人注重以語言本質的變異研究為主、社會因素研究為輔來探討語言接觸問題，弗格森、拉波夫、特魯吉爾、托馬遜等人注重從社會學角度去研究。從社會語言學角度去研究語言接觸問題在當時可以說是一個比較普遍的現象，因為語言具有社會性。社會語言學是一門研究語言的社會現象的學科，它所關注的不是語言的內部結構，而是語言的邊緣——日常生活表現，因此探討語言和社會間的關係，是社會語言學的核心問題。如拉波夫採用社會學的多項定量統計分析的創新方法研究語言變異，這種方法能比較客觀地反映語言整體特徵，是語言研究上的一個突破，但也存在局限，因為語言整體內部的差異容易被統計所用的平均值給掩蓋，整體中的個人的語言變異表現也會隨之被掩蓋。還有諸如托馬遜關於社會因素是造成語言接觸後果的唯一決定性因素或有足夠的文化壓力就可導致語言內部結構產生變化的觀點，是不夠科學的。我們在研究語言接觸時，語言的社會性是不可忽略的，但如果過於宣導語言社會性的作用而否認語言內部結構對接觸的作用，似乎也顯得過於絕對，畢竟，語言的演變發展是內部和外部共同作用促成的，兩者應是互補的關係。

〔註17〕吳福祥：《關於語言接觸引發的演變，《民族語文》，2007年第2期，第3～23頁。
〔註18〕方欣欣：《語言接觸三段兩合論》，華中師範大學出版社，2008年，第73頁。

二、國內的研究狀況

二十世紀五十年代開始，國內的語文工作者在普查民族語言時開始注意到由語言接觸引起的語言變異現象，「語言混合」「語言關係」等相關概念逐漸出現。之後隨著語言融合的加劇和雙語現象的出現，語言接觸作為語言研究的一項專門課題被提了出來。至 70、80 年代，語言接觸研究有了較大發展，相關論著大量增多，研究對象主要涉及漢語—民族語接觸、普通話—方言接觸、方言—方言接觸，研究基於大量的語言調查、社會調查和個案分析，在語言接觸理論和方法的建設上有了很大的提高。

（一）理論建設

二十世紀六十年代，美籍華裔學者王士元在《競爭性演變是殘留的原因》一文中提出「詞彙擴散」理論[註 19]，這項語音演變理論的啟發來自於「波浪說」理論，它對新語法學派的「語音演變規律無例外」理論和「音值漸變、詞彙突變」的音變過程提出了質疑和反駁。他具體考察了漢語方言和美國英語中的一些進行中的音變現象，得出和新語法學派對立的不同意見，認為音變過程是「語音突變、詞彙漸變」，演變中的例外是音變中斷（不完全音變）留下的殘餘。此後，王士元又進一步提出「雙向擴散論」，以漢語潮州方言的聲調演變作為證據，論證語言內在演變和語言接觸引發的演變之間的互動，強調語言中有並存系統。日本學者橋本萬太郎對詞彙擴散理論作了高度評價，他認為該理論不僅可以解釋語言內部發展問題，也可以解釋語言接觸問題和親屬問題。擴散理論對國內漢語演變研究具有一定的指導意義。此後，徐通鏘對擴散理論進行充分研究，並指出該理論存在的不足：即王氏提出「語音突變、詞彙漸變」是詞彙擴散唯一的音變方式的觀點過於絕對化[註 20]。徐通鏘、王洪君二人在此基礎上，通過大量田野調查，深入研究方言文白異讀現象，提出了解釋方言語音層次性質的「疊置式音變」理論，這是在詞彙擴散理論基礎上的創新[註 21]。王洪君根據山西聞喜方言豐富的文白異讀，詳細描寫分析了因外地權威方言音系進入而引發疊置式音變的過程及特點，揭示了疊置式音變和詞彙擴散式音變

〔註 19〕Wang, William S.Y.（王士元）, "Competing Changes as a Cause of Residue", *Language*, Vol.45, No. 1, 1969, pp.9-25.

〔註 20〕徐通鏘：《歷史語言學》，2008（1991），北京：商務印書館，第 280～285 頁。

〔註 21〕徐通鏘、王洪君：《山西聞喜方言的聲調》，《語文研究》，1986 年第 4 期，第 11～22 頁。

存在音變單位、音變過程、音變性質上的不同：擴散音變的單位是字音中的音類，疊置音變的單位是詞中的音類；擴散音變認為語音是突變性的，疊置音變認為音變過程是連續漸變的，新文讀音和舊白讀音長時間共存的特點是擴散音變中所不具備的〔註22〕。疊置音變理論的提出，有助於釐清某一歷史層面上土語音系和權威方言音系的接觸關係。

邢公畹《漢臺語比較研究中的深層對應》一文探討了漢、臺語借詞的語音對應來證明彼此之間的發生學關係，研究提出了區別於印歐系語言比較研究方法的查尋深層對應體系的方法，並將這個方法視為漢藏系語言比較研究的特色〔註23〕。「深層對應法」是探討同源關係的一種初步方法，但由於例證有限，因此這個方法在當時並沒有找到很強的語音對應規律作為理論支撐。隨後，陳保亞的《論語言接觸與語言聯盟——漢越（侗臺語）語源關係的解釋》以德宏漢語、傣語為研究對象，討論它們之間的語源關係，他運用特魯別茨柯依的語言聯盟理論，結合語料實際，提出語言「無界有階」理論，「無界」是指語言的語音、詞彙、語法等各個層面都可以受到接觸的影響，「有階」是指越核心的結構或詞彙受接觸的衝擊越小且時間越晚，越外圍的結構或詞受到的影響越大且時間越早，通過階曲線可考察語義或語音上有關係的不同語言之間詞的表現〔註24〕。

從以上研究來看，國內的語言接觸理論建設取得了一些進展，學者們也開始重視語言接觸的專題研究，在結合國內實際語言現象的前提下，對語言接觸相關術語、理論以及研究範圍上都有了新的認識。

（二）語言接觸研究的方法類型

1. 比較研究

採用對比研究法來進行語言接觸研究是一種比較傳統的方法，如普—方接觸中，方言材料與普通話的橫向對比，方言歷史材料的縱向對比，通過比較來總結方言或普通話語言系統的變化情況。胡明揚考察了上海話自 19 世紀中葉到 20 世紀中葉一百多年時間來的變化，結果顯示詞彙變化最為顯著，地方色彩

〔註22〕王洪君：《歷史語言學方法論與漢語方言音韻史個案研究》，商務印書館，2014 年，第 314～323 頁。

〔註23〕邢公畹：《漢臺語比較研究中的深層對應》，《民族語文》，1993 年第 5 期，第 4～9 頁。

〔註24〕陳保亞：《論語言接觸與語言聯盟——漢越（侗臺語）語源關係的解釋》，語文出版社，1996 年，第 141～152 頁。

較濃的方言詞逐漸被普通話書面語取代，比較穩定的、常用的基本詞彙也有所變化〔註25〕。梁玉璋以受過教育的福州本地人為調查對象，分類整理了 400 多條被普通話替換的福州方言詞，將接觸形式歸納為詞素完全替換、詞素部分吸收、詞素的增刪和詞素順序倒置四類〔註26〕。戴慶廈通過共時分析和親屬方言土語比較，以湘西苗語矮寨話作為參照系，分析小陂流苗語受漢語影響產生的詞彙變化，對比結果發現，小陂流苗語詞彙中存在大量的漢語借詞，甚至是包括諸如親屬稱謂等核心詞彙的借用〔註27〕。

2. 計量研究

計量研究通過對語言系統中的語音、詞彙的量化分析，梳理不同方言或民族語的親疏關係、接觸關係或差異程度，為接觸研究的定性分析提供參考。目前常見的計量研究方法有：

第一種，相關係數統計法。鄭錦全（1988）以詞為單位，用「皮爾遜相關」（Pearson）和「非加權平均系聯法」（non-weighted）來計算漢語方言在詞彙上的相互關係，對 18 種方言 905 詞條共 6454 條變體詞的親疏程度進行考察〔註28〕，但是這種方法只從整體上考慮詞形異同，而不涉及內部語素的相關程度，例如，普通話「中午」，廣州話「晏晝」和梅縣客家話「當晝」是對應的一組詞，以詞形為考察依據的話，這三個詞兩兩比較，相似度都為 0，但實際上「晏晝」「當晝」有相同的語素，其相關程度要比「中午」強。可見，以整詞為單位進行比較，會降低兩種方言間的實際相關度。

針對以整詞為比較單位的不足，王士元、沉鐘偉（1992）（以下簡稱王、沈二人）提出以語素和構詞法為計量單位，對吳語內部 33 個地點方言詞彙的親疏關係進行計量研究〔註29〕。這種方法，在分析兩種方言的詞彙對應關係時，需

〔註25〕胡明揚：《上海話一百年來的若干變化》，《中國語文》，1978 年第 3 期，第 199～205 頁。

〔註26〕梁玉璋：《福州福州方言詞彙裏普通話詞兒替換現象》，《語文建設》，1990 年第 6 期，第 14～18 頁。

〔註27〕戴慶廈：《語言接觸與語言演變——以小陂流苗語為例》，《語言科學》，2005 年第 4 期，第 3～10 頁。

〔註28〕鄭錦全：《漢語方言親疏關係的計量研究》，《中國語文》，1988 年第 2 期，第 234～249 頁。

〔註29〕王士元、沉鐘偉：《方言關係的計量表述》，《中國語文》，1992 年第 2 期，第 81～92 頁。

結合兩者的語素和構詞方法兩方面來計算相關係數。王、沈二人採用語素而不是詞作為計算的基本單位，是一大進步，這種方法相較於比較整詞來說誤差有所降低。語素的異同程度，直接反映了方言詞彙的相關程度，因此，計量時把語素考慮進來是非常必要的。王、沈二人計量法的構詞方式係數不是人工賦值而得，而是通過計量兩種方言詞彙的構詞方式異同數量來實現。根據王、沈二人算法可以發現，該算法中構詞方式對相關係數的影響程度受參加比較的語素數目的多寡決定，參加比較的語素數目越多，構詞方式對最後所得的相關係數的影響越小。也就是說，這種算法是將語素和構詞方式完全放在一個層級上進行計算。董紹克（2013）認為語素和構詞方式對詞彙相關係數的影響力是否屬於一個層級，以及構詞方式是否應該參與到相關係數的計算中，均仍需進一步考慮〔註30〕。當兩個方言的說法無共同語素而構詞法又相同時，計算結果會高估相似度，例如普通話的「腳」，閩語叫「骹」，這對原本完全不同的詞，若按照王、沈二人的方法，其構詞方式相同，均為單純詞，構詞這一層的賦值兩個方言分別為 1，結合語素賦值後，計算所得的相關係數為 1／3，顯然拉高了兩個方言說法的相似度，與實際語感不符。

第二種，算術統計法。這種方法是較為傳統的統計方法，即將不同方言的詞彙的同或異梳理出來，用加減法進行統計，最後以百分比計算接近率。李如龍、詹伯慧等人對閩粵瓊三省七個閩語點的 2500 條詞彙進行比較研究，統計各方言點詞彙的接近率〔註31〕。傳統的算數統計法，其數據的不精確性對兩種方言詞彙相關程度的預測來說並無太大參考價值。

第三種，加權平均法。游汝傑、楊蓓採用加權平均法對廣州話、上海話和普通話詞彙的接近率進行計量研究〔註32〕。這個新方法有三個特點：用加權法統計不同方言詞彙的異同，以詞頻作為權數；以中心語素為基準比較詞彙的異同，分級加權統計；多人次測驗方言詞彙的口語可懂度。游汝傑的加權統計法在語素重要性的問題上有所創新，他認為詞頻和語素是詞彙計量統計中非常重要的參數，因此採用了詞頻權數和語素重要性權數。關於詞頻，游

〔註30〕董紹克：《漢語方言詞彙比較研究》，商務印書館，2013 年，第 260 頁。

〔註31〕李如龍、詹伯慧等：《閩粵瓊閩語詞彙比較研究》，詹伯慧等編，《第四屆國際閩方言研討會論文集》，汕頭大學出版社，1995 年，第 115～137 頁。

〔註32〕游汝傑、鄒嘉彥：《社會語言學教程》，上海：復旦大學出版社，第 97～103 頁。

文採用的數據參考來自《現代漢語頻率詞典》。如果用普通話詞彙的詞頻來作為方言詞彙詞頻權重的參考標準，顯然是不夠科學的。原因很簡單，普通話詞彙的詞頻和方言詞彙的詞頻不可能是一一對應的。普通話中有的詞，在方言中未必有對應說法，反過來，方言中有的，普通話也不一定有。可見，普、方之間的詞頻並非一致。另外，游文用於統計實驗的詞條僅是單音節和雙音節詞，似乎過於局限，方言詞彙中常見三音節甚至多音節詞，如「日食」，方言區也可說「天狗食日」，這種情況下，「食日」是中心語素，那麼「天狗」又該如何賦值。從他們的操作來看，語素重要性權數並非是對中心語素、非中心語素各自賦予不同權重，而是以單音節、雙音節詞為研究對象的前提下提出一個固定的權重序列，即「單音節詞＝雙音節單純詞＞雙音節疊音詞＞詞根＋詞綴＞中心語素＋附注語素＞人稱代詞＋們＝物主代詞＋的＞一般複合詞＝動賓式短語」，固定權重分別從 0.9 至 0.4 依次降低。這種賦值雖然有層級之分，但顯得過於主觀，且當面對方言中常見的多音節說法時，以上權重值就難以對應。當出現多重結構嵌套的複雜形式時，該選擇用哪個權重的問題也就隨之凸顯出來。

　　第四種，語言距離編輯法。語言距離指的是不同語言或者語言變體之間的相似程度。語言之間的相似度越高，語言距離就越近，反之亦然。語言距離可以包括許多層面：音系、句法、形態、詞彙，它可以是指這些單獨的語言層面，也可以是這些語言層面的不同組合。語言距離，也稱編輯距離（Edit Distance）、Levenshtein 距離，俄羅斯科學家 Vladimir Levenshtein 在 1965 年提出這個概念，最初應用於 DNA 分析等。Kessler 最先提出運用編輯距離來計算方言間的語言距離〔註33〕，張吉生運用編輯距離法從音段層面計算吳方言內部五個方言點的詞彙的語言距離〔註34〕。編輯距離的計算原理是計算將字符串 A 變為字符串 B 的編輯次數，而且是 A 轉化為 B 所需的最少編輯操作次數。就音段層面而言，編輯的方式有三種：刪除、插入和替換。語言距離以詞的音段為單位，將編輯次數除以最大音段數，即得到語言距離。例如，某個詞的音段數為 9，

〔註33〕（美）Brett Kessler, "Computational Dialectology in Irish Gaelic", *Proceedings of the European Acl-67. Dublin Association for Computational Linguistics*, Vol.5, No. 9, 1999, pp.2061-2063.

〔註34〕張吉生：《從特徵賦值看吳語內部語言距離與互通度的關係》，《中國語文》，2015 年第 1 期，第 498～508 頁。

三種編輯方式的總次數為 6，那麼該詞的語言距離為 2／3。該方法的合理性還需要結合更多的語言材料進行論證。

3. 問卷調查研究

問卷調查法是社會語言學研究語言社會性質時經常使用的方法，拉波夫、弗格森等人就曾採用社會調查的方法來研究語言接觸現象，近年來，國內有不少學者通過考察社會因素的作用來探討普通話和方言接觸中的語言現象以及語言發展趨勢。陳松岑採用社會調查的形式考察了紹興城區普通話的社會分布及其發展趨勢〔註35〕，調查包括對不同年齡、職位、性別、文化水平的紹興人雙語兼用的情況及雙語相互影響情況，結果表明：普通話的聲調對紹興人的二語習得干擾最大；普通話分布與文化水平成正比、教育工作者使用最普遍、中青年基本習得二語；雙語使用類型及發展趨勢呈「單語使用─消極型雙語使用─適應型雙語使用─積極型雙語使用」模式。汪平同樣以問卷形式調查統計了蘇州地區的語言使用狀況〔註36〕，結果顯示當地年輕人最熟練的是普通話而非母語蘇州話，說明普通話的使用範圍有擴張趨勢，而蘇州方言則退縮到日常生活的狹小範圍。

4. 聲學實驗研究

貝先明將語音格局的方法運用到方言接觸研究中來，他通過元音格局和聲調格局的聲學實驗，考察了湘語、贛語接觸的語音表現和規律，他認為混合方言語音格局的建構和演變發展是內、外部因素共同作用的結果。外部因素主要是移民、地域等社會因素；內部因素方面，他指出方言接觸形成語音的「過渡」「越位」「反彈」三種模式〔註37〕，據它們的聲學分布模式顯示，出現最多的是「過渡」，出現較少的是「反彈」，且「反彈」模式主要出現在協和度低或標記性強的語音單位中。他認為方言接觸也和語言接觸一樣，存在「pidginization─creolization─decreolization」三個階段〔註38〕，可譯為「拼合

〔註35〕陳松岑：《紹興市城區普通話的社會分布及其發展趨勢》，《語文建設》，1990 年第 1 期，第 41～47 頁。

〔註36〕汪平：《普通話和蘇州話在蘇州的消長研究》，《語言教學與研究》，2003 年第 1 期，第 29～36 頁。

〔註37〕貝先明：《方言接觸中的語音格局》，南開大學博士學位論文，2008 年，第 67～81 頁。

〔註38〕這三個階段常譯為：皮欽語化─克里奧爾化─去克里奧爾化，它們是語言接觸中的三個重要階段。「去克里奧爾化」後通常是生成混合語。

一混合一回歸」。

　　綜上所述，國外語言接觸研究已有一百五十多年歷史，他們以西方語言為主要研究對象的語言接觸研究取得了長足的發展，一批具有一定高度的理論成果相繼問世。國內語言接觸研究起步晚，近些年來研究熱度大大增高，研究內容包括語言或方言接觸個案研究、接觸影響下語言發展前景的討論、二語習得的社會因素和語言態度的探討等。在理論方面，國內研究雖不及國外豐富，但學者們在借鑒國外接觸理論的同時有所創新。

三、粵西方言相關研究

　　粵西方言種類繁多，近二十年來學者們對粵西地區方言的研究亦相當豐富。根據研究內容大致可分為以下幾種：

1. 語音方面

　　研究有對主要通行的粵、閩、客方言及「舊時正話」「馬蘭話」「吉兆海話」等瀕危方言的語音系統和語音特點的描寫分析，如張振興（1986、1992）先後對雷州閩語、廉江和吳川的粵語的語音特點進行描寫，林倫倫（1998）從共時的角度討論了粵西閩語雷州話的音系及其與電白話音系的差異，邵慧君、甘於恩（1999、2001）先後對四邑地區的方言及西江流域粵語語音特點進行了描寫，練春招（2002）總結了廉江石角客家話的語音特點並製作了同音字彙，陳雲龍（2003）論述了「舊時正話」的語音特點，趙越（2015）在對雷州半島從北到南分布的客家話進行全面普查的基礎上，選取八個有代表性的點進行了深入研究，揭示了本地客家話語音的一般特點及其在閩語、粵語影響下已經或正在發生的變化。也有對語音變異、語音差異比較方面的研究，如余靄芹（1983）以雷州話為例分析韻尾塞音對聲調的影響；葉國泉（1982、1990）對信宜話的變音、文白異讀現象進行詳細分析，邵慧君（2005）對茂名地區小稱的語音類型及各種小稱形式之間的內在聯繫等問題進行了討論分析，陳雲龍（2012）集中分析了粵西閩語聲母、韻母中的音變現象及規律。

2. 詞彙方面

　　研究主要從粵西方言詞彙特點的描寫、詞彙異同比較等方面來開展，林倫倫（1996）對海康閩語詞彙中的存古詞、粵語借用詞、古臺語底層詞和地方特

色詞進行分類整理，甘於恩、邵慧君（2003）將西江流域粵語詞與廣州粵語進行比對，認為其構詞特點與古百越語、近代官話關係比較密切，林倫倫（2006）詳細記錄了粵西閩語詞彙及分析了其構成特點和內部差異，邵慧君、秦綠葉（2008）採用方言詞彙定量計算分析方法，得出茂名三地粵客方言詞彙間的相關係數，討論了當地粵、客方言間接觸影響的程度，邵慧君、翁婷婷（2016）探討了化州代表點粵語與周邊閩、客方言的詞彙接觸現象。盧堅偉（2016）對電白粵閩客方言三個方言點詞彙進行比較，初步探討了方言詞彙的接觸方式並將其歸結為整詞借用、詞素接觸及兩種說法並存三種類型。

3. 語法方面

唐志東（1984、1986）先後對信宜方言量詞的音節重疊及指示詞「咁」「噉」「個／那」進行描寫；林倫倫（1993）指出雷州話與潮汕話不同的語法特點，並認為多數是受粵方言或壯侗語影響所致。甘於恩（2002）從形態角度詳細描述了四邑話的各種變調，論述了四邑話和廣州話名詞詞綴的異同，並探討其中的非粵語成分與其他南方方言的關係，系統展示了四邑話代詞體系的獨特面貌等。林華勇（2006、2007、2011、2013、2015）對廉江方言語法進行廣泛研究，他先後對廉江粵語的動詞語法化、短語重疊式、小稱問題及補語標記和分類等語法現象進行分析，探討了廉江粵語中因方言接觸產生的語法變異現象。張振興、張慧英（2008）討論了閩語詞頭「俺、尼、依、郎、妃」等的來源，其中涉及雷州話的親屬稱謂詞頭「尼」，認為「尼」來源於「兒」，是「兒」的一種讀法。吳妹（2011）探討了湛江閩語的動詞、形容詞重疊形式和語法意義都有上的內部差異。

4. 調查報告類

詹伯慧等人的《粵西十縣市粵方言調查報告》（1998）深入調查了粵西十個縣市的粵語語音並將其與廣州話進行比較，對詞彙、語法特徵進行簡要敘述，製作了十縣市的字音、詞彙對照表，還從方言地理學的角度繪製了幾十幅顯示語言特徵分布情況的方言地圖。李如龍等人的《粵西客家方言調查報告》（1999）調查了粵西湛茂地區共 9 個客話方言點的單字和詞彙，並總結了各點音系、語音特點以及不同方言點詞彙的差異和內部一致性。

第三節　本研究涉及的相關文獻和語料來源

一、相關文獻

　　本文內容涉及語言接觸、語言歷史比較研究、語言共時平面比較研究等方面的各種文獻，主要包括語料性質、理論性質和人文歷史性質三類。語料性質的文獻主要是用於對照比較的代表點材料、綜合或者專語性質的詞典，詳下。理論性質的材料主要是國內外有關語言接觸、方言接觸理論的著述和論文，以及近年來粵、客、閩方言的專題研究論文，詳細可見《參考文獻目錄》。人文歷史性質的文獻包括粵西湛茂地區廉江、電白兩地的方志和部分譜牒材料。方志材料用於瞭解當地的建制沿革、行政區劃等人文歷史狀況，譜牒文獻材料則有助於判斷當地人口來源及移民遷徙年代和路徑等，參考的主要有《嶺南姓氏族譜輯錄》以及調查過程中由發音人提供的個人家族族譜。

二、語料來源

（一）實地調查的一手語料

　　本文的主要研究語料是作者本人在讀期間數度深入鄉鎮，對廉江和電白地區的粵、客、閩三種方言進行田野調查獲得的一手材料。調查內容包括單字音、詞彙、語法三種。字音以中國社會科學院編的《方言調查字表》為底本，結合調查點三種方言的語言特色有所增減，整理後的字表共計 2786 條；詞彙以北大中國語言文學系教研室編的《漢語方言詞彙》為藍本，依據粵、客、閩方言的特色增刪部分詞條，整理後的詞表共計 2479 條，調查過程中以實際情況增減個別條目；語法條目共計 167 條。

（二）書面文獻語料

　　本文研究以詞彙為主要對象，但也重視語音調查，文章寫作的書面文獻材料主要是前人成果，包括方志中的方言版塊的語音和詞彙材料、《現代漢語方言大詞典》分卷本之《廣州方言詞典》《梅縣方言詞典》《雷州方言詞典》《廈門方言詞典》等代表點方言的詞彙材料、《壯侗語族語言詞彙集》等民族語調查材料、《珠江三角洲方言詞彙對照》《粵西客家方言調查報告》《客贛方言調查報告》等各類調查報告。這些書面文獻語料主要作對照參考使用。

三、方言點的選取

（一）廉江粵閩客代表方言點的選取

第一，粵語點。選取安鋪鎮、石城鎮為粵語代表點。從表 2-1 中我們可以知道，粵語是安鋪、石城兩鎮的主要方言，兩鎮粵語使用人數的比重大。石城是廉江舊縣城，與羅州、城南、城北的粵語非常接近，可稱為「石城系」，安鋪鎮的粵語與石城粵語差異相對大一點，與車板、吉水、新民、營仔比較接近，可稱為「安鋪系」，故選擇石城、安鋪為代表點。另外，石城、安鋪兩鎮均存在閩、客方言，符合本課題研究要求。

第二，閩語點。閩語點同樣選擇石城、安鋪兩鎮，原因是這兩個鎮講閩語和客話的人對粵語的聽說能力都比較強，而高橋、橫山、良垌雖然是閩語為主要方言區，但是從表 2 可以知道這三個鎮粵、閩、客三種方言之間的交流能力明顯較弱，故不選。

第三，客話點。選擇塘蓬、青平兩鎮為代表點。塘蓬為純客鎮，存在小部分講粵語的人，粵、客之間的交流無障礙；青平為非純客鎮，客話使用人數比重大，存在講粵、閩方言的人口，講不同方言的人對彼此方言具有辨聽能力。符合本課題研究。

（二）電白粵閩客代表方言點的選取

第一，粵語點。選取羊角和林頭為代表點。電白會講白話的人很多，但以白話為母語的則較少，白話主要分佈在羊角、那霍、博賀、林頭等鎮，其中羊角最為集中，且羊角也存在部分閩、客方言；林頭以黎話為主流，但粵語和客話人數也占比不小。羊角、林頭都存在粵閩客方言，適合用來探討方言接觸現象。

第二，閩語點。選取電城、霞洞為代表點。電城是電白舊縣城，一直都是當地經濟文化中心，白話為主要方言，還有部分黎話和哎話；霞洞鎮是電白區的文化古鎮，黎話為該鎮主要方言，哎話佔了霞洞人口的小半部分，白話也略有分布。這兩個鎮均為粵、閩、客三種方言混合使用區，符合本課題研究。

第三，客話點。選擇沙琅、霞洞為代表點。沙琅是純客鎮，兼有極少數的白話，適合探討粵客接觸關係。霞洞以閩語為主流方言，存在少數客話使用者，適合探討閩客接觸關係。

四、發音人信息

（一）廉江地區各方言點發音人信息：

1. 安鋪粵語發音人：李氏，1953 年生，居住該地已歷 3 代。
2. 石城粵語發音人：肖氏，1952 年生，居住該地已歷 14 代。
3. 安鋪閩語發音人：李氏，1933 年生，居住該地已歷 17 代。
4. 石城閩語發音人：周氏，1953 年生，居住該地已歷 19 代。
5. 塘蓬客話發音人：楊氏，1942 年生，居住該地已歷 18 代。
6. 青平客話發音人：雷氏，1939 年生，居住該地已歷 19 代。

（二）電白地區各方言點發音人信息：

7. 羊角粵語發音人：徐氏，1952 年生，居住該地已歷 18 代。
8. 林頭粵語發音人：林氏，1949 年生，居住該地已歷 24 代。
9. 電城閩語發音人：區氏，1952 年生，居住該地已歷 19 代。
10. 霞洞閩語發音人：崔氏，1956 年生，居住該地已歷 15 代。
11. 沙琅客話發音人：吳氏，1955 年生，居住該地時間不詳。
12. 霞洞客話發音人：唐氏，1943 年生，居住該地已歷 11 代。

第四節　本研究擬採用的方法及體例

一、研究擬採用的方法

田野調查法：課題研究的主體對象為廣東西部廉江市和電白市，涉及的粵、客、閩方言點共十二個，其語音、詞彙材料全部來自田野調查所得，調查材料採用錄音存檔。錄音採集設備包括：斐風錄音程序、計算機一臺、Mbox_Mini 外置聲卡一個、帶卡農口的話筒一個、監聽音箱。調查錄音時做快速記音，並隨時向發音人核實字詞發音。

問卷調查法：問卷調查採用社會語言學的方法，熟悉調查地的方言使用狀況和人口分布情況，初步瞭解當地語言分布、雙言運用等基本情況。

計量法：由於本研究涉及材料數據大，因此借鑑統計學方法，採用以語素為單位的非加權平均值法計算方言詞彙相似度，計算由鄭錦全編寫的程序執行，該程序可根據資料文件自動計算兩個方言間每個詞目的指數。本研究涉及

方言點共 12 個，每兩個方言點為一組，共組成 66 組，根據計算得到的每一組方言詞彙相似度，做成相似度矩陣，然後採用統計學平均值系聯法做出樹狀圖。樹狀圖可反映方言間的親疏關係。

實驗語音驗證法：在聲調部分採用語音分析軟件 Praat 來提取聲調參數等相關聲學特徵，通過實驗語音的方法，以求取更加科學、客觀的數據作為接觸判斷的依據。

描寫比較法：根據調查結果，按照選題的要求，對研究對象的語言事實作客觀的記錄和描寫，分析廉江、電白地區粵、閩、客三種方言的異同，並把各種相似的語言現象以及相關而不同的語言現象加以比較，再對共同成分中屬於語言接觸層次的部分篩選出來，分析其接觸類型、接觸關係以及解釋語言接觸機制，力圖更加系統地解釋研究對象的語言現象實質。

二、本文研究的體例

1. 調查方言點的稱述，某個鄉鎮的方言則在方言稱述前加上鄉鎮名，方言點的排布次序，廉江為：安鋪鎮西大街粵語、石城鎮垌心墩村粵語、安鋪鎮吉興村閩語、石城鎮山頭村閩語、塘蓬鎮黃垌村客話、青平鎮背埇村客話；電白為：羊角鎮中間垌村粵語、林頭鎮山仔村粵語、電城鎮東街閩語、霞洞鎮甘村閩語、沙琅鎮大湖村客話、霞洞鎮霞洞村客話。文中一律簡稱：安鋪粵語、石城粵語、安鋪閩語、石城閩語、塘蓬客話、青平客話、羊角粵語、林頭粵語、電城閩語、霞洞閩語、沙琅客話、霞洞客話，表格中亦按照以上簡稱和排布順序（先廉江、後電白）。

2. 論文中所使用的音標符號一律以國際音標為準。為行文簡便和不引起混淆，表示國際音標的方括號在本文有時省略。調值用數字表示，凡入聲調則在調值前加 0，如安鋪粵語：風 foŋ55；石城粵語：足 tsuk055。部分引用材料注音格式隨文交代。

3. 方言詞儘量採用本字，無法確定本字的，用方言同音字、訓讀字代替，同音字下加浪線，如安鋪粵語：碗底→碗篤 wun35tok55；實在無法書寫文字的音節，則用方框「□」表示，後加注音標，如安鋪粵語：臺階→梯□tʰei55 ŋɐp55。

4. 其他體例在文中各處隨文交代。

第二章　廉江和電白的人文概況

第一節　廉江和電白地理位置、沿革和區劃

一、廉江地理位置、沿革和區劃

　　廉江市，廣東省湛江市代管縣級市。湛江市位於中國大陸最南端、廣東省西南部，粵、瓊、桂三省（區）交匯處，包括整個雷州半島及半島北部的一部分。東瀕南海，南隔瓊州海峽與海南省相望，西臨北部灣，西北與廣西壯族自治區的合浦、博白、陸川縣比鄰，東北與本省茂名市的茂南區、電白縣和化州市接壤。湛江市現轄市區4區（赤坎、霞山、坡頭、麻章）和廉江市、吳川市、雷州市、遂溪縣、徐聞縣5縣市，其中，廉江市處廣東省西南、雷州半島北部，東鄰茂名的化州市，南接遂溪縣，西、北分別與廣西壯族自治區的合浦、陸川、博白等縣接壤，東南一隅分別與吳川市、坡頭區相連，西南瀕臨北部灣。

　　廉江秦屬象郡。西漢初年屬南越；元鼎六年（公元前111）分郡置縣，屬合浦郡合浦縣地。三國吳屬高興郡地；晉屬高涼郡高涼縣地；南朝宋、齊屬高涼郡羅州縣地；南朝梁、陳屬羅州高興郡石龍縣地，隋仍之。唐武德年間析石龍縣建石城縣，屬羅州郡，此乃縣名為石城縣之始；唐天寶年間以濂江河取名，石城縣改名濂江縣，屬招義郡（羅州郡改名招義郡）。北宋廢羅州郡，濂江劃入吳川縣，屬辯州（後改名化州）；南宋析吳川西鄉復置石城縣，屬化州。元仍之。

明洪武元年屬化州府，九年改屬高州府化州縣。清屬高州府。民國3年（1914）石城縣改為廉江縣（因與江西省石城縣同名而奉令改之，並將「濂」改為「廉」字），屬高雷道，後屬廣東省南路行政公署；解放後，先後屬廣東省高雷專區、廣東省粵西行政區、廣東省湛江專區；1983年9月1日，廉江縣屬湛江市，並於1994年撤縣設市。〔註1〕

廉江市行政區劃於2004年為最近更新，全市共設3個街道（羅州、城北、城南）、18個鎮（石角、河唇、良垌、石城、新民、安埔、營仔、車板、橫山、高橋、和僚、雅塘、青平、石嶺、石頸、吉水、長山、塘蓬）。

圖2-1　廉江行政區劃圖

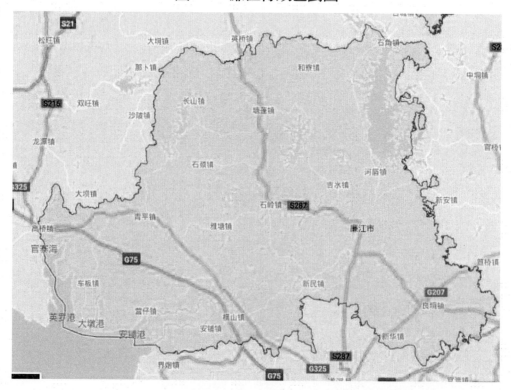

二、電白地理位置、沿革和區劃

電白區，廣東省茂名市市轄區。茂名市位於廣東省西南部，東與廣東陽江陽西縣、陽春市交界，西邊由南向北分別與湛江吳川、廉江市及廣西陸川縣、北流市接壤，北與廣西容縣、岑溪市和廣東雲浮羅定市相鄰，南至南海。茂名市區處於市境南部，東、南接電白縣，西鄰化州，北接高州。茂名市現轄2個

〔註1〕廉江市地方志編纂委員會編：《廉江市志（1979～2005）》，方志出版社2012年版，第54～55頁。

市轄區（茂南區、電白區）和3個縣級市（高州市、信宜市、化州市），此外還設有濱海新區、高新技術開發區、水東灣新城等新行政管理區。電白區是茂名市轄區內唯一的一個沿海縣級行政區，該區地處粵西東部，北靠高州、陽春，東連陽西，西接茂南區、吳川縣，南臨南海。

電白縣歷史悠久，南、北朝時期高涼郡置電白、海昌郡（海昌郡轄地在今電白樹仔、電城鎮北部），這是在電白境內設置行政區並以郡名之始。隋開皇九年（589）廢郡為縣，電白自此以縣稱之始。唐，地屬嶺南道，隸廣州，武德六年（623）復置高州，隸高州。宋隸廣南西路。元朝，高州改稱高州路，路治在電白。明隸廣東布政使高州府，成化三年（1467）縣治由長坡（今高州長坡鎮）遷到神電衛（今電城鎮）。清仍明制，隸廣東高雷道高州府。1949年10月，電白縣解放，時屬廣東省南路行政公署。1950年12月，縣治從電城鎮遷往水東鎮。1952年南路行署分設合浦、高雷兩個專區，電白縣屬高雷專區；1953年改為粵西行政專員公署，1957年改為湛江專區，後又改為湛江地區。1983年9月湛江地區撤銷，電白縣隸屬廣東省茂名市。〔註2〕2001年1月，從電白縣劃出羊角、坡心、七逕、沙院、小良、南海等6個鎮成立茂港區，屬茂名市管轄，同年7月正式掛牌成立。2002年8月，撤銷南海鎮，設立南海、高地兩個街道辦事處。2011年9月，七逕鎮劃歸高新技術開發區管轄。今電白區由原電白縣和茂名市茂港區合併而成。2014年4月，撤銷電白縣，成立電白區，由原電白縣和茂名市茂港區合併而成。

電白先後以郡、縣、市轄區作為行政區劃類型，轄區自縣治遷往電城起基本定型，直至電白縣、茂港區分治；電白區成立後，基本恢復到電白縣、茂港區分治前電白縣的轄區範圍。2001至2014年，電白縣、茂港區分治，電白縣轄水東鎮、博賀鎮、電城鎮、馬踏鎮、嶺門鎮、樹仔鎮、麻崗鎮、沙琅鎮、望夫鎮、旦場鎮、陳村鎮、羅坑鎮、那霍鎮、霞洞鎮、林頭鎮、觀珠鎮、黃嶺鎮共17個鎮。2014年電白區成立後，原電白縣的博賀鎮、電城鎮歸入濱海新區，原茂港區的羊角鎮、坡心鎮、沙院鎮、小良鎮、南海街道、高地街道歸電白區。2017年9月，羊角鎮劃歸茂南區管轄。〔註3〕至2017年10月，電白區的最新

〔註2〕電白縣地方志編纂委員會編：《電白縣志》，中華書局，2000年，第111～114頁。
〔註3〕羊角鎮：區劃調整交接儀式昨舉行〔DB／OL〕.http://www.mm111.net/2017/0929/
　　　336865.shtml。

更新轄區是 2 個街道、18 個鎮。截至 2014 年，電白區總人口 197 萬。

圖 2-2　電白行政區劃圖

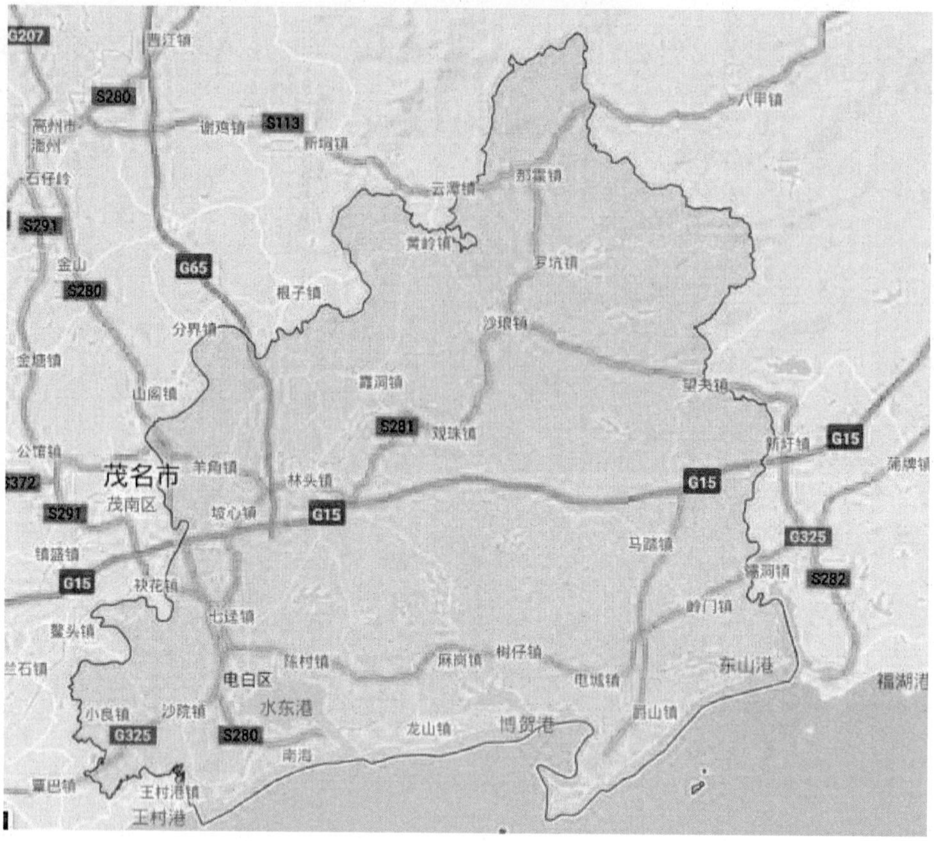

第二節　廉江和電白粵閩客方言的形成、分布及使用情況調查

一、廉江粵閩客方言的形成、分布及使用情況調查

（一）廉江方言的形成

據民國鍾喜焯重修《石城縣志》卷二《輿地志下‧語言》記載：「縣之語言有三種，一曰客話（即白話），附城及南路一大部分，西路一小部分略同，多與廣州城相類……附城東又有地獠音，西路又有海獠音。二曰哎話，東路、北路及西路一大部分，附城一小部分，皆同與嘉應州相類。三曰黎話，南路西路各一小部分俱有，附城之東南亦間有之，與雷州相類。」〔註4〕廉江白話在

〔註4〕江珣纂、鍾喜焯修：《石城縣志》，民國二十年鉛印本，成文出版有限公司印行，第153頁。

民國以前被稱為「客話」，與廣府白話接近。「哎話」即是客家話，在當地有大哎、小哎之分，大哎指那些受其他方言影響較少的客家話，小哎指那些地處分散，受其他方言影響較多的客家話。黎話與雷州話接近，屬閩南語系，舊志將黎話放在最後，說明黎話在當地使用人數較少、通行範圍較小。

第一，粵語的形成。

早期在福建移民聚居雷州半島從事農漁的同時，也陸續有講粵語的人來此經商開埠，他們帶來了周邊地區的粵語，形成了較早的通行粵語的市鎮如梅菉、吳川、廉城等。元明清時期，來自順德、恩平、高州等地粵語區人口相繼遷到廉江、吳川等地農村，使講粵語人口不斷增多。明清兩代，隨著粵西地區的開發，粵中地區的移民不斷遷入，粵語產生了更大的影響。這些移民雖然來時較晚，但大多從事商業貿易活動，比較集中在雷州半島的城鎮商埠，其勢力和影響之大，已甚於早先遷入而從事農漁生計的居民。今廉城鎮、安鋪鎮成為本縣具有數萬居民的商業貿易中心，鎮內主要通行白話，就是在這種移民過程中逐漸形成的。清光緒十八年蔣廷桂、陳蘭彬撰《石城縣志》卷九《紀述志‧雜錄》載：「同治五年（1866）丙寅九月至十一月，廣東巡撫蔣益澧三次遣恩平、開平客民四千餘往瓊州，亦有安插高州各屬者，後己巳八年（1869）又分插客民於石城各圩。」[註5]民國鍾喜焯《重修石城縣志》卷二《輿地志下‧語言》記載粵人由順德遷來者仍帶順德音，由東莞遷來者仍帶東莞音。

第二，閩語的形成。

福建人是較早進入粵西湛、茂地區的移民，他們一般是經海路而來，多居住在沿海一帶，從事農漁事業。《中國移民史‧第四卷》論述：「現代閩語區的雷州片，包括今湛江、遂溪、廉江、海康、徐聞、中山、陽江、電白、吳川諸市縣，其中的大部分地區宋代都已有相當數量的福建移民。文獻載：紹聖年間（1094～1098 年）南恩州『民庶僑居雜處，多甌閩之人』（《輿地紀勝》卷八引丁健《建學記》）……化州（治今縣）也不例外『化州（城）以典質為業者十戶，而閩人居其九』（《輿地紀勝》卷 116 引范氏《久聞拾遺》）。州治所在縣如此，下屬縣也同樣。清代吳川縣的巨族吳、林、陳、李各姓，祖先都是在宋代由福建沿海遷入的（陳舜係《亂離久聞錄》卷上）。」[註6]

〔註 5〕（清）蔣廷桂修，《石城縣志》，光緒十八年，第 61 頁。
〔註 6〕葛劍雄主編：《中國移民史‧第四卷》，福建人民出版社，1997 年，第 185 頁。

　　另外，貶謫粵西的文人亦有對當地人口來源的記載，如宋代周去非《嶺外代答》將當時多民族雜居的南越之地的人口分為五種：第一種是土人，即南越土著。第二種是北方漢族移民，因戰亂遷徙而來。第三種是俚人，關於「俚人」的族源目前有不同觀點，有人認為是黎族人民，清代屈大均《廣東新語》認為「黎，漢所謂俚也」（《廣東新語》卷 7）。後人楊成志也贊成此說法，楊成志認為「所謂里人或俚人之後，即今退居海南島之黎人也」〔註7〕。中國歷史學家羅香林則認為「俚人」是「越人」，他認為黎族和古越族為同一系屬〔註8〕。第四種人口類型是官府為疏散人口而指令性遷入的移民，他們屬於被動型遷移移民。屈大均認為是他們是閩人。實際上，南越地區靠耕地為生的主要是客家人，他們多依山而居；而閩人則多依海而居，多為漁民。因此我們認為這第四種人應該多數是客家人，少數為閩人。第五種是疍人，即船民，是一個生活在沿海地區，具有獨特歷史和文化的華人氏族。

　　此外，當地人的族譜也記錄了廉江早期來自福建的移民，《廉江上縣黃氏族譜》卷一紹雄《序》：「上縣始遷之祖為昱公，元代由閩舉人，任石城縣尹。石城即今廉江，上縣即舊治地。」卷一汝佐《序》：「始祖昱公，原籍福建莆田縣。」

氏　別	遷移年代	定居地點	本源地點	始　祖
羅	宋代	橫嶺	福建莆田	羅廷玉
梁	南宋	石城	福建莆田	梁仲真
黃	元代	上縣	福建莆田	黃昱
陳	元代	石城	福建福州	陳仲智
林	明代	石嶺	潮州	林恭
廖	明代	新民	福建福州	廖善榮

　　從搜集到的以上族譜來看，廉江講閩語的人，其祖先主要來自福建莆田和福州一帶，最早在北宋時期開始陸續遷入粵西湛茂一帶，個別經潮州輾轉而來。

　　第三，客話的形成。

　　客家是自北南徙的民系，居址多半與其他民系或民族相錯雜。客家人進入粵西地區也不乏歷史記載。賴際熙等纂、王大魯修《赤溪縣志》卷八《開縣事

〔註7〕楊成志：《楊成志人類學民族學文集》，北京民族出版社，2003 年，第 335 頁。
〔註8〕羅香林：《中夏系統中之百越》，上海獨立出版社，1943 年，第 178 頁。

紀》關於客民遷徙至古雷州一帶的記錄：「清初又多遷移於廣屬之番禺、東莞、香山、增城、新安、花縣、清遠、龍門、從化、三水、新寧，肇屬之高要、廣寧、新興、四會、鶴山、高明、開平、恩平、陽春，以至陽、羅、高、雷諸屬州縣，或營商或墾闢開基，亦先後占籍。」〔註9〕此後，羅香林關於客家移民大遷徙的研究中，認為第五次遷徙即是客民進入粵西高、雷、欽諸州的階段，具體時間和緣由是：清乾嘉以後，在台山、開平、四會一帶的客民因人口激增，逐漸形成與土著競爭的局面，到咸豐六年，土著以「仇客分聲」為由藉端攻殺客民，到同治六年（1867），廣東巡撫蔣益澧劃赤溪部分區域分撥客民，但因地小且貧瘠，於是補貼客民現銀發往他處墾殖，這次事件史稱「廣東西路事件」，被遣散的客民繼續往西南方向遷移，「當時離去新興恩平及台山鶴山等縣的，大抵多南入高、雷、欽、慶諸州，而尤以高州的信宜、雷州的徐聞為最眾，其遠者且渡海至海南島崖縣及定安等地，與乾隆時自惠州搬至沙帽嶺的客家，比盧而居，但不為老客所喜。」〔註10〕張振興亦贊成廉江講客話的客民由粵東遷徙而來：「廉江西部、北部的倕話和電白北部的倕話差別不大。這是因為這兩縣講倕話的居民，基本上都是明清之際，從福建西部舊汀州府和廣東東部舊嘉應州地區陸續遷來的。」〔註11〕

氏　別	遷移年代	定居地點	本源地點	始　祖
劉付	明朝弘治	山底鄉（今石角鎮）	福建汀州	傅鸞（後改姓劉付）
廖	明代	河唇	福建汀州	廖玉琛
唐	明代洪武	塘蓬	福建汀州	唐元達
溫	明代嘉靖	長山	福建寧化（經梅縣）	溫景清

　　從我們搜集到的族譜來看，廉江講客家話的人，其祖先多為早期從客家大本營福建汀州上杭、寧化一帶遷徙而來的移民，有些經粵東梅州輾轉而來。今天的廉江客話者基本能和梅州客話者進行交流。

（二）廉江方言的分布

　　今廉江的主要方言有白話（屬粵語）、倕話（屬客話）、黎話（屬閩語）三種，此外還有海獠話、地獠話，海獠話也叫海話。海獠話和地獠話均屬於粵方

〔註9〕賴際熙等纂、王大魯修：《赤溪縣志》，民國九年（1920）修、十五（1926）年刻本影印，第61頁。

〔註10〕羅香林：《客家研究導論》，上海文藝出版社1992年版（影印本），第62頁。

〔註11〕張振興：《廣東省雷州半島的方言分布》，《方言》，1986年第3期，第204～218頁。

言系。廉江海話的語音比較接近廉江白話的語音，講海話的人講書面語言，講廉江白話的人基本能聽懂海話。

白話主要分布於南部的安鋪、營仔、石城、新民、良垌、吉水六個鎮，此外，青平、橫山、雅塘、高橋、石嶺也有分布。白話是廉江主要通用方言，使用人口超過 70 萬。民國《石城縣志》稱當時的石城（今廉江）白話為「客話」，是因為明清兩代由不少粵中地區的移民不斷遷入石城，他們所操的粵語與本地原有的粵語融合併產生變化，從而形成今天廉江縣城鎮的粵語。入遷的移民大多從事商貿活動，他們的商埠集中在雷州半島北部的城鎮，隨著經濟實力的加強，其勢力和影響之大，已超過早年遷入從事漁農生計的居民，他們所操的粵語也逐漸成為當地通行的方言。廉江白話一般以石城白話為代表。同屬於粵語系統的海話使用人口約 4 萬，主要分布於西部沿海車板鎮，此外還有高橋鎮的平垌村、德耀村、大沖村的沙坡、金平、坡督村的江北、瓜地、紅寨村的長田、長嶺；青平鎮的金屋地和新開路；橫山鎮的排里，青塘村委的大部分村子和營仔鎮的下洋。

㑪話主要分佈在西部和北部的塘蓬、石頸、和僚、長山、石角五個鎮，它們是純客鎮，此外還有河唇、石嶺、青平、高橋、雅塘、吉水六個鎮的大部分鄉村以及車板鎮、營仔鎮、安鋪鎮有少量分布，使用人口約 68 萬。

黎話舊志又作雷話，主要分佈在橫山、新民、良垌、安鋪四個鎮。此外，石嶺、營仔、雅塘三個鎮有部分分布，高橋、河唇兩個鎮有少量分布，使用人口約 20 萬。廉江操黎話的人，其祖先早年經海路進入雷州半島後來到廉江，移民入籍後，擇沿海地而居，以農漁為業。由於人口流動性不大，移民原來所操閩語得以保留，歷經漫長歲月而演變為今之本地黎話。廉江黎話與雷州市雷城黎話相比，一般認為雷城黎話「柔順」，廉江黎話「生硬」。

（三）廉江方言使用情況調查

第一，調查主題、對象和方法。本課題採用問卷調查形式，對廉江市全部街道（3 個）和鎮級（18 個）區劃進行調查。調查主題是各鎮人口資源和方言使用情況，為確保調查主題的精準性，選擇廉江市各鎮鎮政府工作人員為調查對象，方法是用問卷調查，配以若干個別訪談（當地居民）。

第二，材料來源。本調查所得材料來自於廉江市各鎮鎮政府、各街道辦，

調查時間為 2013 年 9 月，此後於 2017 年 12 月進行補充調查。

第三，問卷內容。問卷設以下題目：

（1）本鎮總人口多少？（指戶籍人口；截至 2012 年）

（2）本鎮常年外出務工大概有多少人？他們主要去哪些地方？

（3）本鎮常住外來人口大概有多少人？主要來自哪些省份或相鄰縣市？

（4）本鎮的主要方言是什麼？占比如何？

（5）有沒有第二或第三種方言？

（6）本鎮說主要方言的人能否聽懂第二或第三方言？能否說第二或第三種方言？說第二或第三方言的人能否說主要方言？

第四，調查結果。限於篇幅，不能列出上述問題的全部調查表，調查結果整理如下：

整個廉江市的人口總數約 159 萬，吉水、良垌、石城三鎮外出務工人員較少，其他鎮均有超過一萬或數萬人外出務工，各鎮、各街道外出務工目的地基本都是經濟發達的珠三角地區。各鎮亦有極少數外來人員，多因婚嫁而來，來源地主要是廣西、貴州、湖南、四川、海南、福建等鄰近省份。方言具體使用情況的調查結果以表格呈現，各鎮第一方言相同的歸納在一個表格中，共分三個表，表 2-1 是第一方言為粵語的鎮、街道，表 2-2 是第一方言為閩語的鎮，表 2-3 是第一方言為客話的鎮。

表 2-1　以粵語為第一方言的鎮的語言使用情況〔註12〕（人數單位：萬）

街道／鎮	人口數	外出務工人數	外來務工人數	白話使用人數占比	其他方言	能否聽、說閩語	能否聽、說客話	說閩語者能否聽說粵語	說客話者能否聽說粵語
羅州	11.3	3.26	3.8	79%	客／閩	—	—	＋＋	＋＋
城南	3.2	0.2	0.7	95%	客	／	＋	／	＋＋
城北	3.4	0.42	0.02	96%	客／閩	—	＋＋	＋＋	＋＋
安鋪	13.02	3.5	0.5	76.8%	閩／客	△	＋	＋＋	＋＋
車板	5.1	2.19	0.022	70%	閩／客	＋＋	—	＋＋	＋＋

〔註12〕只會聽不會說的用一個「＋」，既會聽又會說的用「＋＋」，不會聽也不會說的用「—」。「△」表示僅少數能聽、說。「／」表示無此情況。

吉水	7.68	0.2	0.03	52%	客	／	＋＋	／	＋
石城	7.4	0.18	0.01	99%	閩／客	△	＋	＋＋	＋
新民	5.76	0.9	0.01	69%	閩	＋	／	＋＋	／
營仔	10.5	3.12	0.27	42%	閩／客	＋	＋＋	＋＋	＋＋
高橋	3.58	1.15	0.023	60%	客／黎	－	＋	＋	＋＋
總人數	70.94	15.12	5.385	50.65					

　　從上表來看，廉江第一方言以粵語為主的鎮有 10 個，總人數多達 70.94 萬，其中以粵語為第一方言的人約 50.65 萬。另外，方言相互間的聽說能力項的調查表明，講粵語的人對客話、閩語的聽說能力比較強，部分能聽懂閩、客，其中會說客話的比會說閩語的多；大部分講閩語、客話的人也基本能聽、說粵語。

表 2-2　以閩語為第一方言的鎮的語言使用情況（人數單位：萬）

街道／鎮	人口數	外出務工人數	外來務工人數	閩使用人數占比	其他方言	能否聽、說粵語	能否聽、說客話	說粵語者能否聽說閩語	說客話者能否聽說閩語
橫山	13.4	3.5	0.03	90%	粵／客	＋＋	－	△	－
良垌	12.68	0.64	0.028	81%	粵	＋＋	－	△	－
總人數	26.08	4.14	0.058	22.33					

　　廉江第一方言以閩語為主的鎮有 2 個，總人數為 26.08 萬，其中以閩語為第一方言的人約 22.33 萬。方言相互間的聽說能力一項的調查表明，講閩語的人基本能聽、說粵語，但不能聽說客話，即便該鎮存在以客話為母語的居民；少數講粵語的人能聽懂閩語，但不會說；少數講客話的人基本不能聽、說閩語。

表 2-3　以客話為第一方言的鎮的語言使用情況（人數單位：萬）

街道／鎮	人口數	外出務工人數	外來務工人數	客話使用人數占比	其他方言	能否聽、說粵語	能否聽、說閩話	說粵語者能否聽說客話	說閩語者能否聽說客話
和僚	5.329	1.85	0.042	96%	粵	＋＋	－	＋	＋
河唇	8.3	1.8	0.4	98%	粵／閩	＋＋	－	＋	＋

青平	9.99	4	0.2	70%	粵／閩	＋＋	＋	＋	＋
石角	6.51	1.95	0.065	99.9%	粵／閩	＋＋	＋	＋	－
石頸	5.4	2.1	0.09	99.9%	粵	＋	／	－	／
石嶺	11.7	3.76	0.13	65%	粵／閩	＋＋	△	＋	＋＋
塘蓬	8.97	4.85	0.08	95%	粵	＋＋	／	＋△	／
雅塘	5	1	0.01	95%	粵／閩	＋＋	－	＋	＋
長山	6.86	2.65	0.046	95%	粵／閩	＋＋	△	＋	－
總人數	68.059	23.96	1.063	59.53					

　　廉江第一方言以客語為主的鎮有 9 個，總人數為 68.059 萬，以客話為第一方言的人數約 59.53 萬。講客話的人基本能聽、說粵語，少數能聽懂閩語；講粵、閩語的人多數能聽懂客話，少數能說。

　　我們對以上三個表的數據進行歸納，得出以下幾個信息：1.廉江講粵語、客話的鎮占絕大多數，講閩語的鎮占少數，粵語、客話的使用人數遠多於閩語使用人數；2.講閩語、客話的人基本能聽懂粵語，大部分會說粵語，對粵語的聽說能力強於對其他方言的聽說能力；3.講粵語的鎮有十個，講客話的鎮有九個，使用人數接近，但粵語的通行程度明顯比客話強；4.講閩語和客話的人，對彼此方言的聽說能力較弱，講客話的人部分能聽懂閩語，但講閩語的人僅少數能聽懂客話。

二、電白粵閩客方言的形成、分布及使用情況調查

（一）電白方言的形成

　　電白縣境秦漢時期為百越壯、侗、瑤、俚族，南北朝時期開始出現俚漢通婚的現象，最為出名的是冼氏家族和高涼太守馮寶的聯姻：「馮氏本北燕之後……及梁大同中有羅州刺史融者，為其子高涼太守寶娶越大姓冼氏女為妻，遂為諸蠻首領。」〔註13〕唐宋以後因戰亂造成的北方人口大規模南遷，促進了電白地區的漢化。漢人最早進入電白的時間，有資料可考的是一些姓氏族譜中的零星記錄，大致是北宋徽宗時期，移民自福建而來。漢人大規模進入電白的移民則一般認為是明洪武期間為防止倭寇所設的神電衛官兵〔註14〕，官兵人數約 1100 名，士兵多來自江浙、福建一帶。此後，到電白任職的歷任官員及其

〔註13〕譚其驤：《粵東初民考》，《禹貢》，1937 年，第 1～3 合期，第 46 頁。
〔註14〕（明）應檟輯：《蒼梧總督軍門志》，長沙嶽麓書社，2015 年，第 94 頁。

後代的留居繁衍也成為電白移民中的重要來源之一，清乾隆時期魯曾煜修《廣東通志》卷二十八《職官志》中記載了當時的電白知縣，如：「吳瑄，福建莆田人……丘鳳騰，福建漳浦人……方浯，福建莆田人……林夢琦，福建晉江人……盧琳，廣東歸善人。」漢人的到來，促進了越漢的融合，電白當地的語言也變得紛繁複雜起來。關於電白的語言使用情況，早期文獻有不少記載，清光緒十八年《電白縣志・方言》載：「唐宋以前，壯瑤雜處，語多難辨。前明軍衛留居電城，今城中人語曰『舊時正』話；海旁聲音近雷瓊，曰『海話』；山中聲音近潮嘉，曰『山話』。」「舊時正」話為電城神電衛官兵所講的語言，即明代之正音；海話近雷瓊，為閩語系語言；山話近潮嘉，即今梅州一帶，指的是客話。民國邵桐孫修纂的《電白縣新志稿》：「電白語言，比諸他縣，較為複雜，權而論之，亦可分為三大系：一曰海語系，二曰客語系，三曰越語系。」〔註15〕書中越語即是粵語，廣東人自稱粵人，越、粵古本通用。我們對電白粵閩客方言的大致形成時間進行了探討：

第一，閩語的形成。

電白閩語系的方言有黎話、海話、東話，黎話屬於閩南語雷州片，雷州半島是黎話的主要分布地區，因此在雷州半島黎話又稱雷州話。黎話、海話、東話彼此差異不大。電白講閩語的人，多為宋元明時期從福建遷徙而來的移民後裔。據清光緒四十一年《電白鄉土志・氏族》記載的電白境內大姓人家世系來源，從宋徽宗年間至明末，移入電白的多數為原居住在福建莆田、晉江、閩縣、福州的漢人，也有由福建入粵經過廣東東部潮州後移入電白的漢人，現按氏族遷移年代的先後順序重新排列如下表：

氏　別	遷移年代	定居地點	本源地點	始　祖
李	北宋徽宗	沙琅	福建莆田	李源芳
楊	南宋紹熙	爵山村	福建莆田（經潮州）	楊仁壽
邵	南宋咸淳	海頭村	福建莆田	邵日榮
黃	南宋咸淳	莊侗鄉	福建閩縣	黃十九
崔	南宋咸淳	良德鄉	福建閩縣	崔本厚
王	南宋咸淳	保寧鄉	福建閩縣	王昊如

〔註15〕倪俊明主編；邵桐孫等修纂：廣東省立中山圖書館藏稀見方志叢刊，第 29 冊（民國 1946 年油印本）電白縣新志稿，10 卷，國家圖書館出版社，2011 年，第 423 頁。

蔡	南宋景炎	莊侗鄉	福建莆田	蔡秋潤
梁	宋末	烏石村	福建晉江	梁寧
許	元	祿岳	福建莆田	許萬二
	元	海頭	福建莆田	許萬四
謝	明初	金帶村	福建	謝公英
	明初	熱水村	福建	謝正發
劉	明初	山嵐村	福建莆田	劉四五
	明成化間	官園	福建福州	劉崇
詹	明末	樹仔	福建漳州（經汕頭）	詹雲祥

第二，客話的形成。

客家人因多住在山區，故客家話在清光緒《電白縣志·卷三》中被稱為「山話」，相對於「海話」而言。客家人遷入電白的時間，與廉江相差無幾，主要是明清以來，一部分客家人由廣東東部、北部往廣東西部、西南部遷徙，分別到達粵西、廣西、海南等地，這是客家第四次大遷徙，電白客家人正是這時候進來的。遷入電白的客家人主要分佈在該區北部山區的那霍、沙琅、觀珠、望夫以及霞洞、大衙、馬踏等鎮。由於客家人把「我」說成「𠊎」，因此當地人把客家人說的方言稱為「𠊎話」，生活在海邊的居民還將其稱為「山話」。

第三，粵語的形成。

電白講粵語的人數遠遠少於閩語、客話。早期遷入電白的移民多為廣府民系，又稱粵海民系，為番禺舊裔由於徙入電白的粵人比客家人還晚，因此電白人把粵語叫「客話」，但不同於今天的客家方言。據《電白縣志》（2000：201）中的明代至民國 38 年的歷代人口記錄，期間電白人口出現急速增加的主要有兩個時期，一是清道光五年（1825）至清光緒十三年（1903），人口數由 15.9 萬增加到 38.1 萬，人數翻倍；之後人口略有下跌，即民國 27 年（1938）至民國 30 年（1941）人口數從 38.5 萬下降到 30 萬；到了民國 38 年（1949），人口急劇增長至 53 萬。據文獻，清光緒十八年《電白縣志·方言》載：「唐宋以前，壯瑤雜處，語多難辨。前明軍衛留居電城，今城中人語曰『舊時正』話；海旁聲音近雷瓊，曰『海話』；山中聲音近潮嘉，曰『山話』。」該志當時並未提及電白存在粵語，但是當時已有「山話」（客家話）的記錄，說明道光至光緒年間的電白人口增長，源於客民的入遷。到了民國三十五年（1946），電白樹仔人邵桐孫新修纂的《電白縣新志稿》中，出現了粵語的記錄，當時稱為越語：「電白

語言，比諸他縣，較為複雜，權而論之，亦可分為三大系：一曰海語系，二曰客語系，三曰越語系。」〔註16〕這是當時電白縣志對粵語最新的記載。那麼，結合文獻記載和電白人口變化情況來推斷，民國38年（1949）的人口增長應該是由於粵人遷入的緣故。因此，我們認為電白粵語形成的大致時間介於光緒十三年（1903）至民國35年（1946）之間。

（二）電白方言的分布

電白境內長期以來多民族雜居，語言情況複雜，語言面貌紛繁多樣。通行全縣的方言主要有閩方言、客方言、粵方言這三大方言。除此之外還有一些其他方言，如當地人稱「馬蘭話」「山瑤話」「舊時正話」等方言。

閩方言在電白又分為「黎話」和「海話」，還包括在馬踏的「福建話」「饒平話」。黎話是電白境內的第一大方言，「黎話」的叫法，容易與海南的「黎話（黎族人的語言）」混淆，但實質並不相同。電白使用黎話的人主要是最早進入電白的福建移民後代，主要分佈在西部及西南部的沿海平原地帶，包括霞洞、水東、陳村、旦場、林頭等鎮，以霞洞鎮黎話為代表。此外，與黎話非常接近的是海話，使用海話的人主要是稍晚一點進入電白的福建漁民的後代，廣泛地分佈在電白東部及南部沿海地區，包括馬踏、電城、嶺門、麻崗、旦樹仔等鎮。另外，在陳村、林頭、觀珠、望夫等鎮也有少量分布。電白海話以電城話為代表。黎話和海話同屬閩方言系統，使用者日常可互相通話。

客家方言在電白亦有大㑩、小㑩之別，使用客話的人主要是中原漢人南遷的後代，主要分佈在東北部和北部的山區地帶，包括那霍、羅坑、黃嶺、沙琅、望夫、觀珠等鎮，此外，電城、林頭、馬踏、霞洞也有少數分布，以沙琅客話為代表。客話是電白僅次於閩語的第二大方言。

粵方言是電白的第三大方言，當地叫羊角白、鹹水白。與陽江市一河之隔的望夫、馬踏、嶺門一帶使用的陽江話，亦屬粵方言系統。今電白粵語主要分佈在羊角、七逕、沙院、小良、旦場、博賀等鎮，馬踏、林頭亦有少量分布。羊角、七逕的白話與茂名高州的白話連成片，那霍的白話與陽春白話相近。博賀講白話的主要是漁民，因此他們講的白話又稱為「疍家白」。

〔註16〕倪俊明主編；邵桐孫等修纂：廣東省立中山圖書館藏稀見方志叢刊，第29冊（民國1946年油印本）電白縣新志稿，10卷，國家圖書館出版社，2011年，第423頁。

除上述方言外，電白還有一種方言叫「舊時正話」，前面已經提到，「舊時正話」是明代由中原調來戍守神電衛（今電城）的衛兵遺留下來的方言，是具有明代通語性質的一種方言。這種方言主要分佈在電城內，所以也叫「城話」，大衙、林頭、麻崗、馬踏等鎮個別山村有零星分布。電白使用「舊時正話」的約有 3 萬多人。

（三）電白方言使用情況調查

第一，調查主題、對象和方法。電白的調查主題和方法與廉江相同，初次調查時間為 2013 年 1 月，當時電白為縣級單位，和茂港區分制，因此設計的調查對象為當時屬電白縣的 17 個鎮，外加時屬茂港區的小良鎮、沙院鎮、坡心鎮、羊角鎮、南海街道、高地街道，合計 21 個鎮、2 個街道。該調查部分內容於 2018 年 4 月回訪後補充。

第二，材料來源。本調查所得材料來自於廉江市各鎮鎮政府、各街道辦。

第三，問卷內容。問卷設以下題目：

（1）本鎮總人口多少？（指戶籍人口；截至 2012 年）

（2）本鎮常年外出務工大概有多少人？他們主要去哪些地方？

（3）本鎮常住外來人口大概有多少人？主要來自哪些省份或相鄰縣市？

（4）本鎮的主要方言是什麼？占比如何？

（5）有沒有第二或第三種方言？

（6）本鎮說主要方言的人能否聽懂第二或第三方言？能否說第二或第三種方言？說第二或第三方言的人能否說主要方言？

第四，調查結果。限於篇幅，不能列出上述問題的全部調查表，調查結果整理如下：

整個電白區的人口總數約 186.46 萬，其中人口數較大的有電城、林頭、水東、霞洞、觀珠、羊角、坡心等鎮；陳村、水東、沙琅、望夫三鎮及南海、高地兩個街道的外出人口較少，其他各鎮有超過一萬以上的外出務工人員，目的地主要是珠三角地區，少數前往海南省。各鎮有少數外來人口，多來自廣東周邊的廣西、貴州、四川、雲南、湖南、江西、福建等省份。電白各鎮方言使用情況的調查結果以表格呈現，分類方法與廉江相同，表 2-4 是第一方言為閩語的鎮，表 2-5 是第一方言為客話的鎮，表 2-6 是第一方言為粵語的鎮。

表 2-4　以閩語為第一方言的鎮的語言使用情況（人數單位：萬）

鎮／街道	人口數	外出務工人數	外來務工人數	閩語使用人數	其他方言	能否聽、說粵語	能否聽、說客話	說粵語者能否聽說閩語	說客話者能否聽說閩語
博賀	7.27	1.41	0.054	4.5	粵	++	/	—	/
陳村	5.21	0.67	0.0025	5.21	/	△	/	/	/
霞洞	10.4	1.54	0.018	8	客	+	—	/	△
電城	16.3	3.2	0.12	16.2	客	++	△	—	
嶺門	8.9	3	0.8	8	客	+	—	/	△
樹仔	6.36	1	0.005	6.34	客	△	—	/	—
旦場	7.44	3	0.25	5	客／粵／舊時正	++	△	—	
麻崗	7.21	1.2	0.03	6.1	客／粵	++	△	△	—
馬踏	8.66	1.36	0.005	5.5	客／粵／舊時正	++	+	△	△
林頭	14.4	2	0.01	9	客／粵／舊時正／馬蘭	++	△	△	—
水東	13	0.26	0.31	8.5	客／粵／舊時正	++	—	+	—
小良	6.53	1.2	0.03	6	舊時正	++	/	△	/
沙院	5.1	1.6	0.12	4.6	粵	++	/	+	/
坡心	9.07	1.5	0.03	8.9	粵	++	/	+	/
南海	3.75	0.26	0.064	3.52	粵	++	/	△	/
高地	4.16	0.35	0.02	4.16	/	++	/	/	/
總人數	133.76	23.55	1.86	109.53					

　　電白以閩語為第一方言的鎮（街道）共有 16 個，以閩語為第一方言的人數約 109.53 萬。除閩語外，這些鎮基本存在其他方言：9 個鎮有客話，9 個鎮（街道）有粵語，5 個鎮有舊時正話，其中有 4 個鎮同時包含粵、客、舊時正多種方言，此外林頭鎮還有少數講馬蘭話的。可見，電白地區方言種類相當豐富繁雜，各鎮基本呈多方言交錯使用的現狀。從表 4 可以看出，講閩語的人大多數能聽、說粵語，有些鎮雖然沒有講粵語的人口，但本地講閩語的人一樣可以通過電視等媒介學會粵語。講粵語和客話的人較少能聽懂閩語。電白當地的

閩、客、粵三種主流方言中，粵語的使用人口數最少，但通行範圍卻最大，換言之，當地講閩、客方言的人多數具備粵語聽說能力。

表2-5　以客話為第一方言的鎮的語言使用情況（人數單位：萬）

街道／鎮	人口數	外出務工人數	外來務工人數	客話使用人數	其他方言	能否聽、說粵語	能否聽、說閩語	說粵語者能否聽說客話	說閩語者能否聽說客話
觀珠	10.6	2	0.009	10.3	閩／粵	＋＋	—	—	—
黃嶺	4.8	1	0.006	4.7	閩	＋	—	△	—
羅坑	3.75	1	0.1	3.74	粵	＋＋	／	＋	／
那霍	6.75	2.1	0.015	4.6	粵	＋＋		＋	
沙琅	8.1	0.65	0.3	8	粵	＋＋	／	＋△	／
望夫	4.25	0.84	0.005	3.48	粵／閩	＋△	—	△	—
總人數	38.25	7.59	0.435	34.82					

電白以客話為第一方言的鎮有6個，以客話為第一方言的人數約34.82萬。其中5個鎮還有粵語，3個鎮有閩語。這些鎮講客話的人對粵語的聽說能力強，但基本不能聽懂閩語，反過來，講粵語的人少數能聽懂客話，講閩語的人卻基本不能聽懂客話。可見，客、粵之間的關係要比客閩密切。

表2-6　以粵語為第一方言的鎮的語言使用情況（人數單位：萬）

街道／鎮	人口數	外出務工人數	外來務工人數	客話使用人數	其他方言	能否聽、說粵語	能否聽、說閩語	說粵語者能否聽說客話	說閩語者能否聽說客話
羊角	14.45	2.65	0.26	9.7	閩／客	△	＋	＋	＋＋

電白以粵語為第一方言的鎮只有一個，使用人數為9.7萬。可見整個電白區使用閩語的人數最多，其次是客話，粵語最少，但使用人數少並未影響粵語在電白的受歡迎程度，羊角鎮講客話和閩語的人，多數能聽懂粵語。

漢語方言豐富複雜，不同方言或同一方言的不同次方言在地緣上或一定區域內交錯使用的現象十分普遍。即便是普通話基本普及的今天，使用不同方言的人為了維繫交際，也會學習母語之外的第二種方言，長久以往，交錯使用兩種方言的地區就形成了雙言區，在雙言區內，兩種或兩種以上原本無法直接交

流的方言在該區域居民中交叉使用的現象，就是雙言現象。在這個區域中的居民，一般同時掌握和變換使用兩種或兩種以上的方言，是形成雙言現象的主要媒介，因此我們稱之為雙言人。產生雙言現象的條件一般有兩種，一是地緣接觸，即兩個相鄰地域上發生的不同方言間的接觸；二是域內接觸，即使用一種方言的人批量遷入另一種方言區域內長期共存。

今廉江市內通行的方言有粵、客、閩三種，以粵語為主，閩語和客話雖然相對弱勢。應日常生活交往的需要，廉江市不少地區形成了雙言或三言現象，如石城鎮的上縣村、山頭村的居民以講粵語為主，但也可以使用閩語交流；再如石城、橫山、青平、河堤、良垌等鎮的村民，也通常可用兩種或三種方言交流，當地人稱這種現象為「三合土」。縱觀整個廉江，粵、閩、客三種方言交叉使用的現象非常普遍，符合雙言特性，適合開展方言接觸研究。電白的方言種類繁多，一個鎮出現兩種或兩種以上方言的現象非常普遍。境內以閩語為主流方言，其次是客話、白話，以及少數舊時正話和馬蘭話，因此電白也符合雙言的特點。總的來說，通過對廉江、電白兩地的人文概況的調查可知，兩地的雙言事實毋庸置疑。我們在這兩個市縣選擇具有代表意義的鎮進行粵、客、閩三種方言的田野調查，並以方言詞彙作為研究核心，嘗試發掘更加豐富的方言接觸現象，證實和提升方言接觸理論。

第三章　廉江和電白粵閩客方言詞彙的差異分析

第一節　廉江和電白粵閩客方言詞彙的分類比較

　　在考察共時平面下的廉江、電白兩市粵閩客三方言詞彙接觸情況之前，我們分別對廉江、電白兩地的粵閩客方言詞彙進行統計，調查詞表詞條數為 2479 條，其中有 27 條詞條在各方言中點中無此說法或僅個別方言點有此說法，不具有比較價值，故視作無效詞條，剩餘有效詞條數為 2452 條，根據各方言詞說法的異同情況，大致可分四類：第一類，說法基本相同的詞；第二類，說法彼此不同的詞；第三類，粵閩客三種方言中任意兩種方言說法相同的詞，即粵客相同詞、粵閩相同詞、客閩相同詞；第四類，粵閩客六個方言點說法交叉混同的詞。

　　下面，我們分別對廉江、電白兩地粵客閩三種方言各六個方言進行詞條分類比較。

一、說法相同或基本相同的詞語

　　在比較方言詞的異同時，對「同」的認定標準通常有兩種：第一種是嚴式標準，被比較的方言詞的詞形形式完全相同才算同，如果其中某個方言有兩

種或多種說法，則算不同。採用這種分類比較方法的，如沈文潔《成都話與普通話及各方言的比較》（1996）、崔榮昌、王華《從基本詞彙看北京話同普通話和漢語諸方言的關係》（1999）。第二種是寬式標準，被比較的方言只要有一種說法相同就算同，如歐陽覺亞《普通話廣州話的比較與學習》（1993）、溫昌衍《廣東客閩粵三大方言詞彙比較研究》（2014）。本文採用寬式標準，對音近義同的詞語，採用音義對應原則，語音優先，語義作為輔助參考，比較時不拘泥於詞形上的對應，只要各大方言之間的說法符合語音對應規律且語義相同，則仍屬說法相同一類，文中稱之為基本相同詞。

1. 形同實同

這類詞在廉江、電白三大方言中表現為詞形相同、意義相同，大多屬於基本詞，為同源性共有。基本詞是語言詞彙中最穩定的部分，它不輕易隨語言的演變而變化，也最容易為新分化形成的語言或方言所沿用，如「江」「海」「山」「門」「霧」「春天」等。「形同實同」詞又可分為兩類，一是共同說法與普通話相同的詞語；一是共同說法與普通話相異的詞。

第一，共同說法與普通話一致的詞，例見表 3-1：

表 3-1　三方言共同說法與普通話一致的詞例〔註1〕

廉江粵、閩、客方言						
詞目	粵	閩	客	詞目	粵	閩	客
江	江 kɔŋ55	江 kiaŋ13	江 kɔŋ55	煎	煎 tsin55	煎 tsua13	煎 tsien55
海	海 hɔi35	海 hai31	海 hɔi31	炆	炆 mɐŋ55	炆 mun551	炆 mun55
沙	沙 sa55	沙 ɬua13	沙 sa55	鹽	鹽 im21	鹽 iam22	鹽 iam24
山	山 saŋ55	山 ɬua13	山 san55	蔥頭	蔥頭 tsʰoŋ55 tʰɐu21	蔥頭 tsʰaŋ13 tʰau22	蔥頭 tsʰuŋ55 tʰɛu24
水牛	水牛 sui35 ŋɐu21	水牛 ɬɔi31 vu33	水牛 sui31 ŋɐu24	鹹魚	鹹魚 ham21 ɲi21	鹹魚 kiam22 hu22	鹹魚 ham24 ɲi24

〔註1〕因三大方言各方言點說法彼此完全相同，故下表僅用「粵」「閩」「客」標識，而不再注明詳細調查點名字。表 3-2 亦同。

床	床 tsʰɔŋ21	床 tsʰɔ22	床 tsʰɔŋ24	湯	湯 tʰɔŋ55	湯 tʰɔ13	湯 tʰɔŋ55
電白粵、閩、客方言							
詞目	粵	閩	客	詞目	粵	閩	客
河	河 hɔ211	河 hɔ21	河 hɔ24	霧	霧 mou31	霧 mɛu22	霧 mu52
頭	頭 tʰɐu211	頭 tʰau21	頭 tʰei24	油條	油條 iɐu21 ltʰiu211	油條 iu21 tiau21	油條 iu24 tʰiau24
山坡	山坡 san44 pʰɔ44	山坡 ɬua332 pʰɔ332	山坡 ɬan44 pʰɔ44	湯圓	湯圓 tʰɔŋ44 in211	湯圓 tʰoŋ332 ʔin21	湯圓 tʰɔŋ44 ian24
鞋	鞋 hai211	鞋 oi21	鞋 hai24	焗	焗 kʊk021	焗 kok021	焗 kok055
潷	潷 pei33	潷 pi443	潷 pi52	醋	醋 tsʰou33	醋 tsʰeu443	醋 tsʰu52

第二，共同說法與普通話相異的詞，例見表 3-2。這一類詞多為方言特色詞。

表 3-2　三方言共同說法與普通話相異的詞例

廉江粵、閩、客方言							
詞目	粵	閩	客	詞目	粵	閩	客
雞窩	雞竇 kɐi55 tɐu33	雞竇 kɔi13 tau35	雞竇 kɛ55 tɐu33	雞翅	雞翼 kɐi55 iek021	雞翼 kɔi13 ɬiet022	雞翼 kɛ55 it055
花生	番豆 faŋ55 tɐu21	番豆 huaŋ13 tau13	番豆 fan55 tʰɐu33	被子	被 pʰei13	被 pʰuɛ441	被 pʰi55
米湯	飲 ȵiɐm35	飲 am31	飲 im221	梳子	梳 so55	梳 ɬɔi13	梳 ɬo55
挑食	撿食 kaŋ35 sek021	撿食 kai31 tsia551	撿食 kan221 ʃit055	熨斗	燙鬥 tʰɔŋ33 tɐu35	燙鬥 tʰɔ35 tau31	燙鬥 tʰɔŋ33 tɐu221
胖	肥 fei21	肥 pui33	肥 pʰui24	寬	闊 fut033	闊 kʰua55	闊 kʰuat022
臉	面 min21	面 mien13	面 mien33	鋒利	利 lei21	利 lai13	利 li33

電白粵、閩、客方言						
詞目	粵	閩	客	詞目	粵	閩	客
褲子	褲 fu33	褲 kʰɛu315	褲 fu52	胖	肥 fei211	肥 pui22	肥 pʰei24
頭髮	頭毛 tʰɐu211 mou211	頭毛 tʰau22 mɔŋ22	頭毛 tʰei24 mɔ44	鋤頭	梛頭 pɔŋ44 tʰɐu211	梛頭 pɔŋ33 tʰau22	梛頭 pɔŋ44 tʰei24
被窩	被竇 pʰei223 tɐu33	被竇 pʰɔi441 tau315	被竇 pʰi44 tei52	慈菇	薯菇 si211 ku455	薯菇 tsu22 ku33	薯菇 si24 ku44
兒媳	新婦 ɬɐm44 pʰou223	新婦 sim33 pu551	新婦 ɬim44 pʰu44	雞翅	雞翼 kɐi44 iek055	雞翼 kɔi33 sik031	雞翼 kɛ44 iet055
褲兜	褲袋 fu33 tɔi31	褲袋 kʰɛu315 tia33	褲袋 fu52 tʰɔi21	臉盆	面盆 min31 pʰun211	面盆 miŋ33 pʰuŋ22	面盆 miɛn52 pʰən24

表 3-2 所列舉的詞條，三個方言說法彼此完全相同，這些相互一致的反映形式，有些是屬於粵閩客方言共有的特色說法，例如，廉江方言的「雞竇」、電白方言的「被竇」均稱「窩」為「竇」；廉江、電白方言均稱「臉」為「面」，稱「胖」為「肥」，稱「雞翅」為「雞翼」；以及廉江方言的「好彩」、電白方言的「頭毛」「新婦」等，無不反映南方方言的特色；有些是南方方言共同保留下來的古漢語特點，如廉江方言的「被子」「梳子」「害怕」「鋒利」、電白方言的「褲子」等用單音節詞表達；有些則可能是受另外一種或兩種方言的影響而形成的趨同成分，如通過語言交流而借用外方言的語言成分並經過一定時間的使用吸收，不同方言間從而產生共同成分，也就是接觸性共有成分。如「米湯」在所調查的 6 個方言點中均叫「飲」，事實上廣東的粵語、客話主要分布區——廣府一帶的粵語和梅縣、河源、翁源、武平等地的客話均只有「米湯」一說，未見「飲」的說法，閩語區的廈門話和漳州話稱「米湯」為「飲 am53」，因此廉江粵、客方言「飲」一說是受閩語影響的結果。諸如此類基於接觸而造成的借用外方言說法的例子，我們將在下文展開討論。

2. 音近義同

對被比較的方言詞進行音義兩方面的綜合考慮，如果相比較的語素讀音存在對應關係，且意義相同或相近，也視為彼此說法相同。廉江、電白兩地方言

中的音近義同情況相似，為免冗複，此處僅以廉江方言為例進行說明。

表 3-3　廉江三大方言音近義同詞例

詞目	安鋪粵語	石城粵語	安鋪閩語	石城閩語	塘蓬客話	青平客話
沒	冇 mou13	冇 mou13	無 vɔ22	無 ʋɔ33	無 mo24	無 mo24
我	我 ŋo13	我 ŋo13	我 va31	我 ʋa31	𠊎 ŋai24	𠊎 ŋai24
站	徛 kʰei13	徛 kʰei13	徛 kʰia33	徛 kʰia441	徛 kʰi55	徛 kʰi55
想	諗 nɐm13	諗 nɐm13	諗 nam35	諗 nam35	諗 nɛm31	諗 nɛm221
篦子	篦 pei21	篦 pei21	篦 pien35	□piɔ13	篦 pin55	篦 pin55

　　表 3-3 中，否定詞「沒」在粵語中寫作「冇」，閩語和客話是「無」，從字形上看，它們是屬於不同的語素，但是從語音對應上判斷，它們應當歸為相同一類。據覃遠雄（2003），粵語的「冇」和閩、客的「無」均來自「無有」的合音。再如第一人稱代詞「我」，客家話文讀「我」〔ŋo44〕，白讀「𠊎」〔ŋai11〕，「𠊎」為方言俗字，其本字實為「我」。客話的白讀音保留了「我」字的古音，其俗字反映形式雖與粵、閩不同，但實際讀音、本字與粵、閩完全相同。「站」字在廉江三大方言中均寫作「徛」，但讀音彼此不同。廉江粵語止開三等字唇牙喉音多讀／ei／，舌齒音讀／i／，閩語一般多讀／i／，見組少數字白讀／ia／；客話止開三等字見組一般讀／i／。因此，從「徛」在廉江六個方言點的讀音來判斷，其語音規律相互對應，應屬同源。

　　造成「音近」的原因，除了同源關係之外，還有可能是受臨近方言的影響所致。前面已經說過，廉江、電白境內通行粵、客、閩三大方言，人們在日常交流中經常交錯使用三種方言，因此母語方言容易受到臨近方言的影響。如動詞「想」，湛江主流閩語雷州話讀中平的陽上調〔nam33〕，而廉江閩語讀音則為陰去的中升調，其調值走向有可能是受周邊粵語陽上低升調影響所致。

二、兩兩方言相同的詞

　　這一類詞主要指在三種方言中，任意兩種方言說法相同。由於粵、客、閩均有兩個調查點，因此，這類詞還可以看出同種方言、不同鄉鎮的內部一致性。三種方言中兩兩方言相同的，以粵、客方言相同的詞條數最多，客、閩方言相同的詞條數最少。本文對廉江、電白兩地分別列舉，例見下表：

表 3-4　廉江粵閩客兩兩方言相同詞例

粵客相同詞條					
詞目	安鋪粵語	石城粵語	塘蓬客話	青平客話	安鋪閩語	石城閩語
銀河	天河 tʰin55 ho21	天河 tʰin55 ho21	天河 tʰiɛn55 ho24	天河 tʰiɛn55 ho24	河溪 ɔ22kʰ ɔiɛ13	銀溪 ŋiɛn33 kʰɔi13
雨	水 sui35	水 sui35	水 sui31	水 sui221	雨 hɛu33	雨 hɛu44
冰棍	雪條 ɬit033 tʰiu21	雪條 ɬit033 tʰiu21	雪條 siɛʔ021 tʰiau23	雪條 ɬiɛʔ055 tʰiau24	冰棍 pɛŋ13 kun35	冰棍 pɛŋ13 kun35
零食	消口 ɬiu55 hɛu35	消口 ɬiu55 hɛu35	零食 lɛn24sit055 / 消口 siau55hɛu31	消口 ɬiau55 hɛu221	小喉 ɬiau3 tsʰui35	餐囝 tsʰaŋ551 kia31
眼屎	眼屎 ŋaŋ13 si35	眼屎 ŋaŋ13 si35	眼屎 ŋan31 si31	眼屎 ŋan22 lsi221	目屎 mak022 ɬai31	目屎 mak022 ɬai31
口水	口水 hɛu35 sui35	口水 hɛu35 sui35	口水 hɛu31 sui31	口水 hɛu33 sui221	瀾 nua33	瀾水 nua13 tsui31
犬齒	狗牙 kɛu35ŋa21	狗牙 kɛu35ŋa21	狗牙 kɛu31ŋa24	狗牙 kɛu221ŋa24	狗齒 kau31kʰi31	狗齒 kau31kʰi31
砍柴	斬柴 tsam35 tsʰai21	斬柴 tsam35 tsʰai21	斬柴 tsam31 tsʰai24	斬柴 tsam24 tsʰai24	砍樵 kʰam31 tsʰa22	砍樵 kʰam31 tsʰa33
水稻	禾 ʋo21	禾 ʋo21	禾 ʋo24	禾 ʋo24	水秈 tsui31tiu55	秈 tiu441
蓋房子	做屋 tsu33 ok055	做屋 tsu33 ʋk055	做屋 tso33 ʋuk021	做屋 tso33 ʋuk022	做厝 tsɔ55 tsʰu35	做厝 tsɔ441 tsʰu35
東西	嘢 ɲiɛ13	嘢 ɲiɛ13	嘢 ɲia55	嘢 ɲia55	對象 viet022 kien33	物 mi551
粵閩相同詞條					
詞目	安鋪粵語	石城粵語	安鋪閩語	石城閩語	塘蓬客話	青平客話
流星	天星屎 tʰin55 ɬiaŋ55si35	天星屎 tʰin55 ɬiɛŋ55si35	天星屎 tʰi13 tsʰɛ13ɬai31	天星屎 tʰi13 tsʰia33ɬai31	星屙屎 sɛn55 o55si31	星屙屎 ɬɛn55 o55si221

明年	明年 miaŋ21 nin21	明年 mieŋ21 nin21	明年 mɛ22 hi22	明年 mɛ33 hi33	來年 lɔi24 ȵiɛn24	來年 lɔi24 ȵiɛn24
菜梗	菜骨 tsʰɔi33 kwɐʔ055	菜骨 tsʰoi33 kwɐʔ055	菜骨 tsʰai35 kut055	菜骨 tsʰai35 kut055	菜梗 tsʰɔi33 kuaŋ31	菜梗 tsʰɔi33 kuaŋ221
青苔	青苔 tsʰiaŋ55 tʰo21	青苔 tsʰieŋ55 tʰo21	青苔 tsʰɛ13 tʰi22	青苔 tsʰɛ13 tʰi331	溜苔 liu55 tʰɔi24	溜苔 liu55 tʰɔi24
茄子	矮瓜 ai35kwa55	矮瓜 ai35kwa55	矮瓜 ɔi31kuɛ13	矮瓜 ɔi31kuɛ13	茄子 kʰiɔi24tsʅ31	茄子 kʰiɔi24tsi221
青蛙	蛤 kɐp055	蛤 kɐp055	蛤 kap055	蛤 kap055	蛤嫲 kɛp021 ma24	拐嫲 kuai221 ma24
飯勺	飯殼 faŋ21 hɔʔ033	飯殼 faŋ21 hɔʔ033	飯殼 pui13 kʰak055	飯殼 pui13 kʰak055	飯勺 fan33 sɔk055	飯勺 fan33 sɔk055
哭	哭 hok055	哭 hʊk055	哭 kʰau35	哭 kʰau35	叫 kiau33	叫 kiau33

閩客相同詞條						
詞目	安鋪粵語	石城粵語	安鋪閩語	石城閩語	塘蓬客話	青平客話
草坪	草地 tsʰou35 tei21	草坡 tsʰou35 pʰo55	草坪 tsʰau31 pʰɛŋ22	草坪 tsʰau31 pʰiaŋ33	草坪 tsʰo31 pʰiaŋ24	草坪 tsʰo221 pʰiaŋ24
地方	定 tiaŋ21	處 tsʰi33	地方 ti33huaŋ13	地方 ti441ʋaŋ13	地方 tʰi33fɔŋ55	地方 tʰi33fɔŋ55
客廳	廳下 tʰiaŋ55ha13	廳 tʰieŋ55	客廳 kʰɛ55tʰia13	客廳 kɛ44tʰia13	客廳 haʔ021 tʰen55	客廳 kʰaʔ022 tʰen55
草席	席 tsiaʔ021	席 tsiɛʔ022	草席 tsʰau31 tsʰiɔ33	草席 tsʰau31 tsiɔ441	草席 tsʰo31 tsʰiaʔ055	草席 tsʰo221 tsʰiaʔ055
短褲	褲頭掘 fu33tʰɐu21 kwʰɐʔ021	褲頭掘 fu33tʰɐu21 kwʰɐʔ022 / 水褲頭 sui35fu33 tʰɐu21	短褲 tɛ31 kʰɛu35	短褲 tɛ31 kʰɛu352	短褲 tɔn31 kʰu33	短褲 tɔn221 kʰu33
眉毛	眼眉 ŋaŋ13 mei21	眼眉 ŋaŋ13 mei21	眉毛 mi22 mɔ22	眉毛 mi33 mɔ331	眉毛 mi24 mo55	眉毛 mi24 mo55

表 3-5　電白粵閩客兩兩方言相同詞例

粵客相同詞條					
詞目	羊角粵語	林頭粵語	沙琅客話	霞洞客話	電城閩語	霞洞閩語
虹	天弓 tʰin44 koŋ44	天弓 tʰin44 kʊŋ44	天弓 tʰiɛn34 koŋ34	天弓 tʰiɛn44 koŋ44	虹 kʰiaŋ441	虹 kʰiaŋ551
雨	水 sʊi224	水 sui24	水 sui31	水 sui21	雨 hɛu441	雨 heu551
河堤	河膊 hɔ211 pɔk033	河膊 hɔ211 pɔk033	河膊 hɔ21 pɔk022	河膊 hɔ24 pɔk022	河堤 hɔ22 tʰi22	河墈 hɔ21 ki21
塘泥	塘泥 tʰɔŋ211 nɐi211	塘泥 tʰɔŋ211 nɐi211	塘泥 tʰɔŋ212 nɛ21	塘泥 tʰɔŋ24 nɛ24	塘塗 tɔŋ22 tʰɛu22	塘塗 toŋ21 tʰeu21
砍樹	斬木ts am224 mʊk021	斬木 tsam24 mʊk021	斬木 tsam31 mok022	放木 fɔŋ52 mok022 / 斬木 tsam21 mok022	斬樹 tsam31 tsʰiu33	斫樹 tak045 tsʰiu32
澆菜	淋菜 lɐm211 tsʰɔi33	淋菜 lɐm211 tsʰui33	淋菜 lem21 tsʰɔi52	淋菜 lim24 tsʰɔi52	沃菜 ak045 tsʰai315	沃菜 ak045 tsʰai443
水稻	禾 ʋɔ211	禾 ʋɔ211	禾 vɔ212	禾 vɔ24	釉 tiu441	水釉 tsui51tiu551
桃子	桃子 tʰou211 tʃi224	桃子 tʰou211 tsei24	桃子 tʰɔ21tə31	桃子 tʰɔ24tsə21	桃囝 tʰɔ22kia31	桃囝 tʰɔ21kia51
蓋房子	做屋 tsou33 ʊk055	做屋 tsou33 ʊk055	做屋 tsɔ52 ok022	做屋 tsɔ52 ok022	做厝 tsɔ551 tsʰu315	做厝 tsɔ443 tsʰu443
鍋蓋	鑊蓋 ʋɔk021 kʰɔi33	鑊蓋 ʋɔk021 kui33	鑊蓋 vɔk055 kɔi52	鑊蓋 vɔk055 kɔi52	鼎蓋 tia31 kua315	鼎蓋 tia51 kua443
剩飯	剩飯 seŋ31 fan31	剩飯 seŋ442 fan442	剩飯 sɛn31 fan31	剩飯 sen21 fan21	剩糜 seŋ44 1mɔi22	剩糜 toŋ32 mui21
粵閩相同詞條					
詞目	羊角粵語	林頭粵語	電城閩語	霞洞閩語	沙琅客話	霞洞客話
月牙兒	月牙 n̪it021 ŋa211	月牙 n̪it021 ŋa211	月牙 ŋɔi441 n̪ia22	月牙 kui443 kɛ21	月光 n̪iat055 kuɔŋ34	月光花 n̪iat055 kuɔŋ44fa44

上個月	上個月 siɔŋ31 kɔ33 n̠it021	上個月 siɔŋ442 kɔ33 n̠it021	上個月 tsio33 kai22 ŋɔi441	上個月 tsio44 kai21 kui443	上隻月 sɔŋ31 tsak022 n̠iat055	上隻月 sɔŋ21 tsak055 n̠iat055
鋤草	鏨草 tsʰɐm33 tsʰou224	鏨草 tsʰɐm33 tsʰou24	鏨草 tsʰam315 tsʰau31	鏨草 tsʰam443 tsʰau51	鏟草 tsʰan31 tsɔ31	鏟草 tsʰan21 tsʰɔ21
松針	松針 tsʰoŋ211 tsɐm44	松針 tsʰʊŋ211 tsɐm44	松針 tsʰɔŋ22 tsiam33	松針 tsʰoŋ21 tsiam332	松木須 tsʰoŋ21 mok022 ɬu34	松木須 tsʰoŋ24 mok022 ɬu44
青苔	青苔 tʃʰiaŋ44 tʰɔi211	青苔 tsʰiaŋ44 tʰui211	青苔 tsʰia33 tʰi22	青苔 tsʰɛ332 tʰi21	鱧苔 lu34tʰ ɔi212	青溜 tsʰiɛn44 lei44
蝌蚪	蛤蚋 kɐp055 nʊk055	蛤蚋 kɐp055 nʊŋ455	蛤蚋 kap045 nɔŋ551	蛤蚋 kap045 noŋ45	拐蚋 kuai31 nok055	拐碌 kuai211 ok055
閩客相同詞條						
詞目	羊角粵語	林頭粵語	電城閩語	霞洞閩語	沙琅客話	霞洞客話
天黑	天黑 tʰin44 hɐk055	黑墨 hak055 mɐk021	天暗 tʰi33 am315	天暗 tʰi332 am443	天暗 tʰiɛn34 am52	天暗 tʰiɛn44 am52
牛繩	牛繩 ŋou211 seŋ211	牛繩 ŋɐu211 seŋ211	牛索 ŋu22 sɔi441	牛索 ku21 ɬɔ45	牛索 ŋei21 ɬɔk022	牛索 ŋei24 ɬɔk022
給面子	畀面 pei224 min31	畀面 pei24 min442	分面 pʰuŋ33 miŋ33	分面 pʰun332 miŋ443	分面 pɛn34 miɛn52	分面 pun44 miɛn52

　　從以上列舉的詞例來看，粵、客、閩兩兩方言相同的詞都主要包括以下三種情況：

　　第一，兩兩方言說法相同的同時也和普通話說法相同，剩下的一種方言則是使用自己方言的特徵詞，從而產生差異，如「熱」，廉江粵、客方言說法與普通話相同，而閩語稱「辣」為特徵詞。再如「眉毛」，廉江閩、客方言說法與普通話相同，而粵語稱「眼眉」為特徵詞。

　　第二，兩兩方言說法相同的詞為彼此間共有的特徵詞，剩下的一種方言與之不同，如「雨」，廉江粵、客方言說法均為「水」，「下雨」叫「落水」，「水」是它們的共有特徵詞，不同於閩語。再如「鍋蓋」，電白粵、客方言叫「鑊蓋」，

稱「鍋」為「鑊」是共有特徵詞，而閩語則叫「鼎蓋」，彼此不同。

第三，兩兩方言說法相同的詞因語言接觸造成，剩下的一種方言未受影響繼續保留自身說法，如「零食」，廉江客話稱「消口」，是受粵語影響而致，梅縣客話一般稱「零食」，無「消口」說法。再如「河堤」，電白客話叫「河膊」，亦是借用粵語說法，客家話一般叫「河堤」。這種因方言接觸而形成的兩兩方言共有詞情況是本文研究的主要對象之一。

另外，我們發現，不管是以粵、客使用人口占主要比重的廉江地區，還是以閩語使用人口占主要比重的電白地區，粵—客共有詞比粵—閩、閩—客共有詞均更加常見。

三、三種方言說法各異的詞

在判定三大方言詞說法各異時，本文同樣採用寬式標準，即如果某個方言點有多種說法，只要有一種說法與外方言不同，則視為說法各異一類。

表3-6　三種方言說法各異詞例

廉江粵、閩、客方言					
詞目	安鋪粵語	石城粵語	安鋪閩語	石城閩語	塘蓬客話	青平客話
月亮	月亮姑 ɲit021 løŋ21ku55	月亮 ɲit022 liaŋ21	月娘 wɛ55 niɔ33	月娘 ʋuɛ44 niɔ33	月光 ɲiɛt055 kuɔŋ55	月光 ɲiɛʔ055 kuɔŋ55
給	畀 pei35	畀 pei35	乞 kʰi55	乞 kʰi44	分 pun55	分 pun55
瓢	殼 hɔʔ033	殼 hɔʔ033	殼 kʰak055	浮桸 pʰu33hia13	勺 sɔk055	勺 sɔk055
菜下飯	餸 ɬɔŋ33	菜 tsʰoi33	物配 mi33puɛ35	物配 mi33pʰuɛ35	菜 tsʰoi33	菜 tsʰɔi33
晚上	晚間黑 maŋ13 kaŋ55 hɐʔ055	晚間黑 maŋ13 kaŋ55 haʔ055	暝昏頭 mɛ22 hui33 tʰau22	暝昏 mɛ33 hui13	暗晡夜 am33 pu55ia33	暗晡夜 am33 pu55ia33
扣眼	紐眼 nɐu35 ŋaŋ13	紐眼 nɐu35 ŋaŋ13	紐空 niu31 kʰaŋ13	扣目 kʰɐu35 mak022	紐窿 nɐu31 luŋ55	紐窿 nɐu221 luŋ55
小雞	雞仔 kɐi55 tsɐi35	雞仔 kɐi55 tsɐi35	雞囝 kɔi13 kia31	雞囝 kɔi13 kiak022	雞兒 ke55 ɲi53	雞子 kɛ55 tsi221

褲腿	褲髀 fu33 pei35	褲髀 fu33 pei35	褲骹 k^hεu35 k^ha13	褲骹 k^hεu35 k^ha13	褲腳 k^hu33 kiɔk021	褲腳 k^hu33 kiɔk022
電白粵、閩、客方言						
詞目	羊角粵語	林頭粵語	電城閩語	霞洞閩語	沙琅客話	霞洞客話
晚上	晚上 man223 siɔŋ31	厤黑 ma211 hak055	暝昏 mia22 hui33	暝昏頭 mε21 hui332 t^hau21	暗間頭 am52 kεn34t^hei21	暗間頭 am52 kan44t^hei24
下午	下晏 ha31 an33	下晏 ha442 an33	下旰 ia441 kua315	下旰 ^{ʔ}ε551 kua443	下晝 ha31 tsiu52	下晝 ha44 tsiu52
母雞	雞乸 kɐi44na223	雞乸 kɐi44na24	雞母 kɔi33bɔ31	雞母 koi332pɔ51	雞嫲 kε34ma212	雞嫲 kε44ma24
末尾	㼾尾 lai455 mei455	㼾尾 lai455 mei24	了尾 liu551 vɔi31	尾頭 pui51 t^hau21	尾後 mei34 hei34	跟尾 kεn44 mui44
種地	種地 tsoŋ33tei31	種地 tsʊŋ33 tei442	種塍ts iaŋ315 ts^haŋ22	種塍 tsiaŋ443 ts^han21	去做工 hi52 tsɔ52koŋ34	做田 tsɔ52 t^hiεn24

上表列舉的例詞中，有相當一部分詞是反映了三大方言特色的，我們通常稱這些詞為特色詞或特徵詞。「給」在三大方言中的反映形式保留了粵、閩、客方言各自的特點，分別用「畀」「乞」「分」。舀水用的「瓢」在廉江粵語中叫「殼」，是用物體的性狀來命名；客話除了用一個語素「勺」外，還可加詞尾「嫲」，「嫲」為客方言特色後綴；閩語的「浮檝」是一個偏正結構的複合詞。「晚上」一詞在廉江三大方言中的反映形式也完全不同，但和各自的代表方言點說法基本相同，如廣府粵語也叫「晚間黑」，梅縣、河源等地客話也叫「暗晡夜」，閩南話、雷州話都叫「暝昏」，這些說法都是相當具有方言特色的。雌性動物，如「母雞」，粵語用「乸」，閩語用「母」，客話用「嫲」。在表小稱方面，三大方言說法也不同，如「小雞」，粵語用「仔」，閩語用「囝」，客話用「子／兒」。「種地」一詞，反映了電白三大方言對「田地」稱法的差異，粵語叫「地」，閩語叫「塍」，客話叫「田」，分別與三大方言代表點說法保持一致。可見，粵西地區雖然與粵、客、閩三大方言代表點相隔一定的距離，但是仍然保留不少特色說法。但是，在當地多方言共存的複雜語言環境作用下，不少詞語的方言特色說法也同樣受到外方言的影響，下文將展開分析。

四、方言點說法交叉混同的詞

這批詞很難歸納到前三類，它們基本表現為同種方言的兩個方言點說法不一致，或是六個方言點的說法交叉混同，如其中有三個方言點說法相同、其餘三個點說法不同。因此，在判定過程中，本文同樣採用寬式標準，在分別比較廉江、電白三大方言各六個方言點時，只要任意三個方言點說法相同、其他三個方言點說法不同，或是出現點 A 與 E 相同、點 B 與 D 相同、點 C 與 F 不同以及諸如此類的其他組合，都歸為說法交叉混同類。

這類詞較前三類詞要複雜，它既反映了當地同一方言的內部差異，也反映了不同方言間相互影響帶來的趨同性。

表 3-7　廉江、電白粵閩客方言交叉混同詞例

廉江粵閩客方言					
詞目	安鋪粵語	石城粵語	安鋪閩語	石城閩語	塘蓬客話	青平客話
領子	衫領 sam55 liaŋ13	風領 fuŋ55 liɛŋ13	項領 hɔŋ33 nia31	領 nia31	風領 fuŋ55 liaŋ55	風領 fuŋ55 liaŋ55
牙齒	牙 ŋa21	牙齒 ŋa21tsʰi35	牙 ŋɛ22	齒 kʰi31	牙齒 ŋa24tsʰi31	牙 ŋa24
背	背脊 pui33 tsiaʔ033	背脊 pui33 tsiɛʔ033	胛脊攞 kʰa13 tsiak055 pai31	胛脊後 ka33 tsia33 au441	背 pɔi33	背 pɔi33 / 背脊 pɔi33 tsiaʔ022
種田的	百姓佬 paʔ033 ɬiaŋ33 lou13	耕田佬 kaŋ55tʰ in21 lou35	百姓佬 pɛ55 ɬɛ13 lau31	百姓佬 pɛ31 ɬɛ13 lau31	耕田佬 kaŋ55 tʰiɛn24 lo31	耕田佬 kaŋ55 tʰiɛn24 lo221
瘦小	奀 ŋɐŋ55	奀 ŋɐŋ55	瘠細 ɬaŋ31ɬɔi35	奀細 ŋat055ɬɔi35	奀 ŋan55	奀細 ŋan55ɬɛ33
生火	起火 hei13 fo35	燒火 siu55 fo35	點火 tiam31 huɛ31	燒火 ɬiɔ13 huɛ31	燒火 sau55 fo31	起火 hi221 fo24
電白粵閩客方言					
詞目	羊角粵語	林頭粵語	電城閩語	霞洞閩語	沙琅客話	霞洞客話
稻穗	稻穗 tou31 ɬui31	禾線 vɔ211 ɬin33	釉穗 tiu441 sui33	釉穗 tiu551 jui551	禾線 vɔ21 ɬiɛn52	禾綻 vɔ24 tsʰan52

豬血	豬紅 tʃi44 hoŋ211	豬血 tʃi44 hit033	豬血 tu33 hui551	豬血 tu332 hoi45	豬紅 tsy34 foŋ212	豬血tsy44 hiat022 ／豬紅 tsy44foŋ24
蟒蛇	蟒蛇 mɔŋ223 sɛ211	禽蛇 kʰɐm211 ʃɛ211	禽蛇 kʰim22ʒ ua22	南蛇 nam332 tsua21	蟒蛇 mɔŋ34 sa212	禽蛇 kʰɐm24 sa24
煙囪	煙囪 jin455 tsʰoŋ455	煙通 jin44 tʰʋŋ455	煙通 ʔiŋ33 tʰɔŋ33	煙囪 ʔiŋ332 tʰiaŋ332	煙通 ian34 tʰoŋ34	煙囪 ian44 tsʰoŋ44
繩子	繩 seŋ211 ／纜 lam31	繩 seŋ211	索囝 sɔ441kia31	索 ɬɔ45	麻纜 ma21lam31	索 ɬɔk022
毛毯	毛毯 mou211 tʰan224	毛毯 mou211 tʰan24	毛氈 mɔŋ22 tsiŋ33	毛氈 moŋ21 tsiŋ332	毛毯 mɔ34 tʰan31	毛氈 mɔ44 tsan44

　　粵閩客六個方言點說法交叉混同的詞，部分反映了不同方言相互影響下造成的局部趨同，或是反映了同類方言的內部差異性。廉江、電白地區因存在粵、客、閩三種方言交雜使用的特殊語言環境，以致於任一種方言都可能受到其他方言不同程度的影響。

第二節　廉江和電白粵閩客方言詞彙的差異特點

　　通過分類比較我們發現，廉江、電白地區的粵、閩、客三大方言間存在一定的差異，如構詞語素、構詞方式的差異等。這些差異有些是特色詞差異，有些則是因受外方言影響而產生了變化，但這種變化往往是夾雜了兩種或多種方言的特點，因此造成了既不同於本方言又不同於外方言的情況，如因方言滲透產生的詞語仿擬、融合和兼用等。本文主要從方言詞彙構詞差異和意義差異兩方面進行分析，其中構詞差異包括音節多寡、語素差異和構詞類型三點，意義差異主要體現為義位的義域差異。

一、語素差異

　　語素是詞的組成成分，語素在詞彙中表現出來的差異是形成方言詞彙差異的一項重要因素。廉江、電白地區三大方言詞彙從語素方面比較，其差異主要有以下幾種情況：

（一）語素選擇的差異

漢語各大方言的地域差異往往明顯地體現在詞彙上。由於不同地區的人們對客觀事物的分類、表述不同，因此除了普通話對音的新詞、書面語詞外，方言間相對應的詞，含義和具體反映形式常有不完全等同的情況。廉江、電白兩地三大方言詞彙在語素選擇上的差異，按語素意義分，可分為同義語素、非同義語素兩類。

1. 同義不同形語素。先舉單純詞的例子：

表 3-8　廉江、電白方言同義不同形語素詞表 i

詞　目	方言表達形式		方言點
看		睇	安鋪粵、石城粵、羊角粵、林頭粵、霞洞客
		看	塘蓬客、沙琅客
		望	青平客
黑		黑	安鋪粵、石城粵、羊角粵、林頭粵
		烏	塘蓬客、青平客、沙琅客、霞洞客、安鋪閩、石城閩、電城閩、霞洞閩
餓肚子～		饑	塘蓬客
		餓	安鋪粵、石城粵、羊角粵、林頭粵、安鋪閩、石城閩、電城閩、霞洞閩、青平客、沙琅客、霞洞客
趕～上他		追	安鋪粵、石城粵、羊角粵、霞洞閩
		趕	安鋪閩、石城閩、霞洞客
		逐	羊角粵、林頭粵、沙琅客
鍋		鑊	安鋪粵、石城粵、林頭粵、沙琅客
		鼎	安鋪閩、石城閩、電城閩

普通話中的「看」一詞，在各粵語點中讀「睇」，客話點有「看」「望」兩讀，這三種說法，形式不同，但語義上均有「視」義。

形容詞「黑」，粵語一致叫「黑」，客、閩雖一致叫「烏」，但讀音又有不同，這兩個表義完全相同的不同形語素，將粵、閩、客方言明顯地劃分開來。

「餓」，《說文·食部》：「餓，饑也。」「饑」一般不能單用，在方言中卻可以單用，表義同「餓」，如梅縣客話：

A：半夜還唔曾食飯，會肚饑無？（那麼晚還沒吃飯，肚子餓嗎？）

B：有滴饑／有滴饑饑欸。（有點餓。）

以上 A、B 兩句對話中，客話用「肚饑」「有滴饑」，不可用「肚餓」「有滴餓」替代。相反，粵語一般用「肚餓」「有滴肚餓」而不用「饑」。上表中，塘蓬客話用「饑」，與梅縣一帶客話說法相同，粵、閩用「餓」，沙琅、霞洞客話用「餓」不用「饑」。

「趕」表追逐義，在兩地三大方言中，出現了「追」「趕」「逐」三種不同形式的說法，彼此互為同義語素。

普通話的「鍋」，粵、客方言叫「鑊」，閩人叫「鼎」。「鑊」，《漢語大詞典》：「無足鼎。古時煮肉及魚、臘之器。」《周禮·天官》：「掌共鼎鑊。」鄭玄注：「鑊，所以煮肉及魚臘之器。」可見，鑊、鼎、鍋所指乃同一物器，義同形不同，在今天粵、客、閩方言中有明顯區分。

上表所舉的幾個例字，均是方言選擇同義不同形語素造成詞彙差異的表現。除單純詞外，複合詞中也常常體現同義語素選擇的差異：

表 3-9　廉江、電白方言同義不同形語素詞表 ii

詞　目	方言表達形式	方言點
澆菜	淋菜	安鋪粵、石城粵、羊角粵、林頭粵、塘蓬客、青平客、沙琅客、霞洞客
	沃菜	安鋪閩、石城閩、電城閩、霞洞閩
拼命	拼命	安鋪閩、石城閩
	搏命	石城粵、羊角粵、塘蓬客、青平客、沙琅客、電城閩、霞洞閩
嘴唇	口唇	安鋪粵、羊角粵、林頭粵
	喙唇	安鋪閩、石城閩、電城閩
臼齒	大牙	安鋪粵、石城粵、林頭粵、霞洞閩、沙琅客、霞洞客
	大齒	安鋪閩、石城閩
眼淚	眼汁	塘蓬客、青平客、林頭粵、沙琅客、霞洞客
	目汁	安鋪閩、石城閩、電城閩、霞洞閩
砍樹	斬樹	安鋪粵、青平客、電城閩、
	砍樹	安鋪閩、石城閩、
	斬木	石城粵、羊角粵、林頭粵、塘蓬客、沙琅客、霞洞客

上表的幾個複合詞中同義詞的構成也包含了各方言對同義語素選擇的差異性。「澆菜」在粵、客方言中叫「淋菜」，閩語叫「沃菜」。「沃」，《漢語大詞

典》義項一的解釋：「澆；灌。」《周禮‧夏官》：「大祭祀，朝覲，沃王盥。」賈公彥疏：「大祭祀……先盥手洗爵，乃酌獻，故小臣為王沃手盥手也。」可見，「沃」「淋」均有「澆」義，互為同義語素。

「拼命」，兩地粵、客方言多叫「搏命」，廉江閩語叫「拼命」，拼、搏同義。

「嘴唇」粵語中的「嘴」，粵語用「口」，閩語用「喙tsʰuiˀ」，喙，《說文‧口部》：「喙，口也。」朱駿聲通訓定聲：「獸蟲之口曰喙」。「喙」原指鳥獸蟲魚的嘴，後借指人的口，如《莊子‧秋水》：「今吾無所開吾喙，敢問其方。」喙、口同義，常見於不同方言複合詞中。

「大牙」，粵客方言用「牙」，閩語可用「齒」，類似的詞有「齒膏」「刷齒」「爛齒（蛀牙）」，牙、齒今同義。

「眼淚」，眼即是目，兩地粵、客叫「眼汁」，閩語叫「目汁」。除閩語外，其他客話地區亦可叫「目汁」。

「砍樹」一詞，在兩地三大方言中，存在「斬樹」「砍樹」「斬木」三種形式，包含了「斬—砍」「樹—木」兩對同義語素。同類複合詞有「樹莖—木莖」「樹尾—木尾」「樹皮—木皮」等。

2. 非同義語素成詞後表義相同。不同的方言，常用不同的詞來表達同一個事物，這個詞既可以是同義語素複合詞，也可以是非同義語素複合詞。例如，「蟋蟀」，安鋪粵語叫「知織tsi55tsiaʔ055」，羊角、林頭粵語叫「耕狗」，塘蓬、青平客話叫「草雞」。這三種說法，彼此之間形式不同，語素意義也各自有別，組合成詞後表示同一個事物。「石滾」，安鋪和石城粵語、青平客話叫「石牛」，安鋪閩語叫「碌碡」；「鳥銃」，兩地粵語有「砂子槍／雀仔槍」叫法，客話有「粉炮」叫法；「柚子」，兩地粵語有「捼柚 no55iɐu21」「薄碌 pu33lʊk055」叫法，閩語有「柑包」。這些都是各方言採用非同義語素構詞來表達同一種事物的現象，是方言差異的重要表現之一。

（二）語素順序的差異

語素順序的差異，表現為語素完全相同的並列式或偏正式的雙音詞，在詞形上最大差異就是語序相反，通常也叫同素逆序詞、同素反序詞、倒序詞或顛倒詞。廉江、電白三大方言裏也出現了一批倒序詞，例見表3-10。

表 3-10　廉江、電白粵閩客方言逆序詞

廉江粵閩客方言					
詞目	安鋪粵語	石城粵語	安鋪閩語	石城閩語	塘蓬客話	青平客話
大膽	膽大 tam35 tai21	大膽 tai21 tam35	大膽 tua13 ta31	大膽 tua13 ta31	膽大 tam31 tʰai33	膽大 tam221 tʰai33
退潮	水退 sui35 tʰui33	退水 tʰui33 sui35	流水退 lau22tsui31 tʰui35	退潮 tʰui35 tsʰiau33	退潮 tʰui33 tsʰau24	退水 tʰui33 sui221
秕穀	谷泛 kok055 pʰaŋ33	谷仔 kuk055 tsɐi35	泛粟 pʰa35 tsiak055	粟泛 tsʰiak055 pa35	泛谷 pʰaŋ33 kuk021	泛谷 pʰaŋ33 kuk022
玉米	粟苞 ɬok055 pau55	苞粟 pau55 ɬuk055	粟苞ɬ iak055 pau13	苞粟 pau13 ɬiak055	苞粟 pau5 5suk021	苞粟 pau55 ɬuk022
公雞	雞公 kɐi55 koŋ55	雞公 kɐi55 kuŋ53	雞頭 kɔi13 tʰau22 / 雞角 kɔi13 kak055	雞頭 kɔi13 tʰau331	公雞 kuŋ55 ke55	雞公 kɛ55 kuŋ55 / 雞頭 kɛ55 tʰɛu24
碎磚	磚碎 tsin55 ɬui33	磚碎 tsin55 ɬui33	磚橛 tsui13 kʰak055	碎磚 ɬui35 tsui13	碎磚 sui33 tsɔŋ55	磚碎 tsɔn55 ɬui33
菜乾	菜乾 tsʰɔi33 kɔŋ55	菜乾 tsʰoi33 kɔŋ55	菜乾 tsʰai35 kaŋ13	菜乾 tsʰai35 kaŋ13	乾菜 kɔn55 tsʰɔi33	菜乾 tsʰɔi33 kɔn55
乾筍	乾筍 kɔŋ55 ɬɐŋ35	筍乾 ɬɐn35 kɔŋ55	乾筍 kaŋ13 ɬun31	乾筍 kaŋ13 ɬun31	/	乾筍 kɔn55ɬ un221
電白粵閩客方言					
詞目	羊角粵語	林頭粵語	電城閩語	霞洞閩語	沙琅客話	霞洞客話
菜心	心菜 ɬɐm44 tsʰɔi33	心菜 ɬɐm44 tsʰui33	菜心 tsʰai315 sim22	菜心 tsʰai443 ɬim332	菜心 tsʰɔi52 sem34	菜心 tsʰɔi52 ɬim44

　　電白三大方言中的逆序詞少見，上表中廉江方言中的九組詞例在電白三方言中均未出現逆序現象。

（三）語素價值的差異

　　語素的價值差異，指的是同一個語素在不同的方言裏表現出來的派生能

力、構詞能力、使用頻率上的差異〔註2〕。有些語素，在甲方言很常用，並且具有很強的構詞能力，但放到乙方言則是生僻詞，派生能力不強，因此我們稱這個語素在甲方言具有的價值要高於在乙方言的價值。下面據兩地三大方言詞彙使用情況，舉以下幾個例子：

閩方言多說「拍」，少說「打」，廉江、電白兩地的閩語詞中，「拍」具有很強的構詞能力，經統計，帶有語素「拍」的詞有 15 個：拍鐵佬（鐵匠）、拍囝（墮胎）、拍咳嗽（打噴嚏）、拍噎（打嗝）、拍邊爐（打火鍋）、拍鼻鼾（打鼾）、拍尻川（打屁股）、拍筋斗（翻跟斗）、拍麻雀（打麻將）、拍牌（打牌）、拍交（打架）、拍雜（打零工）、拍撈（打撈）、拍脈（號脈）、拍水古（打水漂兒）。以上這些詞，在粵、客方言裏多用「打」，「拍」僅見於「拍掌」「拍臺（拍桌子）」「拍馬屁」少數幾個詞中，由此比較可見，語素「拍」表示「打」義，在閩方言裏的派生能力遠勝於粵、客方言，其在閩語中的語素價值高於粵、客方言。

粵方言多說「擔」，少說「抬」「挑」，廉江、電白兩地粵語中出現的由「擔」派生出來的詞有 6 個：擔遮（撐傘）、擔擔佬（挑夫）、擔脷有起（大舌頭）、擔水（挑）、擔頭（抬頭）、擔手（抬手）。以上這些詞，擔擔佬、擔水也出現在閩、客方言中。總的來說，粵語使用「擔」的頻率要略高一些。

二、構詞差異

（一）附加詞綴的差異

漢語構詞法除了以詞根複合構詞為主，附加式構詞也是漢語構詞重要方法之一，而詞綴則是附加式構詞的重要語素之一。廉江三大方言詞語的附加式裏，詞根語素相同、詞綴語素存在差異的現象非常明顯。根據詞綴在所構成的派生詞中所處的位置，可以分為前綴和後綴兩種。

1. 前綴

廉江、電白三大方言中出現的前綴主要有「老」「阿」「初」「第」等名詞前綴。「阿」「初」「第」和普通話用法大體一致，不再贅述。三大方言的前綴

〔註2〕李如龍：《論漢語方言的詞彙差異》，《語文研究》，1982 年第 2 期，第 133～141 頁。

都較後綴不發達，構成的附加式合成詞詞性以名詞居多。例如表 3-11 中的前綴「老」，源於形容詞，表示年紀大、時間長，虛化後用於名詞前綴，出現在動物名詞、稱謂、姓氏、表排行的數詞前面，這時形容詞「老」原來的意義虛化，轉而表示感情親昵、隨意的色彩。

表 3-11　前綴「老」詞表

詞目	安鋪粵語	石城粵語	安鋪閩語	石城閩語	塘蓬客話	青平客話	羊角粵語	林頭粵語	電城閩語	霞洞閩語	沙琅客話	霞洞客話
弟弟	呼名	老弟	老弟	弟	老弟	阿弟	細佬	細佬	老弟	呼名	老弟	老弟
妹妹	呼名	老妹	細妹	妹	老妹	阿妹	阿妹	老妹	呼名	呼名	老妹	老妹
大哥	大哥 / 大佬	大哥	大哥	老兄	大哥	大哥	大佬	大佬	大兄	大哥	大哥	大哥
河蟹	媽蟹	蟹	溪蟹	溪蟹	河蟹	老蟹	河蟹	河蟹	螃蜞	毛蟹	老蟹	老蟹

表 3-14 中，廉江、電白三大方言的詞綴「老」的用法較一致，可歸結為：①放在親屬詞前，表親昵的感情色彩，如「老弟」「老妹」。但是三大方言並不一致，個別方言不用「老」作詞綴表親昵，如安鋪粵語、電城閩語和霞洞閩語可直接呼名。②放在年齡比較大的親屬稱謂前，表尊敬的感情色彩，一般是用在面稱中，如石城閩語和電城閩語稱哥哥為「兄」，稱最大的哥哥為「老兄」，表尊敬。其他方言點則用「大」。③放在某些動物名詞前，如青平、沙琅、霞洞三地客話的「老蟹」，其他方言點未見此種說法，但與梅縣、河源客話說法相同。「老蟹」中的詞綴「老」的用法和普通話中的「老虎」「老鼠」一樣。

2. 後綴

廉江三大方言的後綴比較豐富，主要表現為種類多，表義複雜，所構成的附加式合成詞詞性分布也比較廣。三大方言的後綴相互間存在差異，如「仔」「囝」「子」「兒」「佬」等。這些詞綴的使用範圍廣，能產性強，如「佬」既可以放在名詞後，也可以放在形容詞後，都是用來表示某一類人。下面，我們將三大方言的後綴使用情況分為以下幾類：

（1）後綴「佬」，用來表某一類人。廉江、電白三大方言均常用「佬」作後綴指代具有某種外型、生理特徵或從事某種職業的人。例見表 3-12。

表 3-12　後綴「佬」詞表

廉江粵閩客方言					
詞　目	安鋪粵語	石城粵語	安鋪閩語	石城閩語	塘蓬客話	青平客話

詞　目	安鋪粵語	石城粵語	安鋪閩語	石城閩語	塘蓬客話	青平客話
小偷	賊仔	賊仔	小偷	賊囝	賊佬	賊佬
啞巴	啞佬	啞佬	啞佬	啞佬	啞佬	啞佬
胖子	肥佬	肥仔	肥佬	肥囝	肥子	肥佬
乞丐	乞兒	乞兒	乞食	乞食	乞食佬	乞食佬
補鍋的	補鑊佬	補鑊佬	補鼎佬	補鼎佬	補鑊佬	補鑊佬
剃頭的	飛髮佬	飛頭佬	剃頭佬	剃頭佬	飛髮佬	飛髮佬

電白粵閩客方言					
詞　目	羊角粵語	林頭粵語	電城閩語	霞洞閩語	沙琅客話	霞洞客話

詞　目	羊角粵語	林頭粵語	電城閩語	霞洞閩語	沙琅客話	霞洞客話
高個兒	高佬	高佬	高佬	懸囝	高佬	高佬梗
瘦的人	瘦佬	瘦佬	瘠	瘠個	／	瘦佬
瞎子	盲佬	盲眼	瞎暝	青暝	盲眼佬	盲眼佬
賣菜的	賣菜佬	賣菜佬	賣菜	賣菜個	賣菜佬	賣菜佬
看相的	睇相佬	睇相個	看相個	看相	看相佬	睇相佬
泥水匠	泥水佬	泥水佬	塗水匠	做塗水	泥水佬	泥水佬

　　用來表示某一類人的後綴「佬」，其出現的形式按結構類型可分為：①單音節詞根語素加「佬」，詞根語素有名詞性和形容詞性兩種，如「賊佬」「肥佬」。②雙音節詞根語素加「佬」，詞根語素有名詞性和動詞性兩種，如「泥水佬」「補鑊佬」。

　　除了用「佬」表示某一類人外，粵閩客三大方言還分別有其他不同詞尾，粵語可用「仔」「兒」，如「賊仔」「乞兒」；閩語可用「囝」「個」，「個」同普通話「的」，如「賣菜個＝賣菜的」，「瘠個＝瘦的人」「看相個＝看相的」；客話可用「子」，如「肥子」。

　　（2）後綴「鬼」。「鬼」可以放在名詞、形容詞和謂詞性短語後面，同樣是用來表示某一類人，帶有貶義的感情色彩。詞綴「鬼」的使用率不及「佬」普遍，例見下。

表 3-13　後綴「鬼」詞表

廉江粵閩客方言					
詞　目	安鋪粵語	石城粵語	安鋪閩語	石城閩語	塘蓬客話	青平客話

詞　目	安鋪粵語	石城粵語	安鋪閩語	石城閩語	塘蓬客話	青平客話
愛哭的人	爛哭鬼	爛哭鬼	愛哭的儂	哭包	爛叫佬	爛叫包

吝嗇的人	慳惜佬	孤寒鬼	慳澀的儂	孤寒鬼	寒酸佬	狹佬
饞嘴的人	死食鬼	死食鬼	死食的儂	死口tʰɛu35鬼	貪食佬	尋食佬
左撇子	左手班	左手鬼	左手班	左手公	左手拐	左手拐
電白粤閩客方言						
詞　　目	羊角粤語	林頭粤語	電城閩語	霞洞閩語	沙琅客話	霞洞客話
愛哭的人	爛哭貓	爛哭個	哭包	哭鬼	爛叫鬼	爛叫佬
吝嗇的人	吝嗇鬼	死慳人	孤寒鬼	吝嗇	吝嗇鬼	吝嗇佬

（3）表動物性別的詞綴差異。①雄性動物標記：公、牯、哥、翁

表 3-14　雄性動物詞綴標記

廉江粤閩客方言						
詞　　目	安鋪粤語	石城粤語	安鋪閩語	石城閩語	塘蓬客話	青平客話
公鴨	鴨公	鴨公	鴨公	鴨頭	鴨公	鴨公
公狗	狗公	狗牯	狗牯	狗牯	狗公	狗公
公豬	豬牯	豬牯	豬哥	豬牯	豬牯	豬牯
電白粤閩客方言						
詞　　目	羊角粤語	林頭粤語	電城閩語	霞洞閩語	沙琅客話	霞洞客話
公牛	牛公／牛牯	牛公	牛牯	牛公	牛牯／牛頭	牛牯
公豬	豬公	豬公	豬牯	豬公	豬牯	豬牯
公狗	狗公	狗公	狗翁	狗公	狗牯	狗牯

　　廉江粤閩客方言在動物名詞之後多數用「公」「牯」「哥」表示雄性動物，電白地區還可用「翁」。廣府一帶粤語區一般只用「公」表雄性動物；而客贛地區，如梅縣、翁源、武平、新餘、吉水、醴陵、修水等地則用「牯」表雄性動物。甘於恩、邵慧君（2003）認為粤西地區的粤語用「牯」表示雄性動物，如肇慶、四會、廣寧、封開、雲浮、羅定、新興、郁南等地，這種現象可能來自客家話甚至贛方言的影響。

　　②雌性動物標記及泛化：嫲、嫲、母

表 3-15　雌性動物詞綴標記

廉江粤閩客方言						
詞目	安鋪粤語	石城粤語	安鋪閩語	石城閩語	塘蓬客話	青平客話
母雞（生過蛋）	雞嫲	雞嫲	雞母	雞母	雞嫲	雞嫲

母鴨	鴨嬤	鴨嬤	鴨母	鴨母	鴨嫲	鴨嫲
母狗	狗嬤	狗嬤	狗母	狗母	狗嫲	狗嫲
母貓	貓嬤	貓嬤	貓母	貓母	貓嫲	貓嫲
母豬	豬嬤	豬嬤	豬母	豬母	豬嫲	豬嫲
母老虎	老虎嬤	惡嬤	潑婦	老虎母	老虎嫲	老虎嫲
柴刀	刀嬤	柴刀	樵刀	樵刀	刀嫲	刀嫲
瓢	殼	殼	浮櫪	浮櫪	勺嫲	勺／勺嫲
碓杵	碓	碓杵	碓母	碓母	碓嫲	碓嫲／碓梁
電白粵閩客方言						
詞　　目	羊角粵語	林頭粵語	電城閩語	霞洞閩語	沙琅客話	霞洞客話
母雞（生過蛋）	雞嬤	雞嬤	雞母	雞母	雞嫲	雞嫲
母鴨	鴨嬤	鴨嬤	鴨母	鴨母	鴨嫲	鴨嫲
母狗	狗嬤	狗嬤	狗母	狗母	狗牸／狗嫲	狗嫲
母貓	貓嬤	貓嬤	貓母	貓母	貓牸／貓嫲	貓嫲
母豬	豬嬤	豬嬤	豬母	豬母	豬牸／豬嫲	豬嫲
母牛	牛嬤	牛嬤	牛母	牛母	牛牸／牛嫲	牛牸／牛嫲

　　上表中廉江粵閩客三大方言對雌性動物的稱法不一，粵語用「嬤」，閩語用「母」，客話則用「嫲」。去掉附加成分後的詞根語素「雞」「鴨」「狗」「貓」「豬」為總稱，並不能區分動物的性別特徵。塘蓬、青平客話中的「嫲」除了表雌性動物外，經泛化後還用在其他事物名詞後面，如「刀嫲」「勺嫲」「碓嫲」「老虎嫲」。電白粵語閩客三方言除了同樣分別具有整齊的「嬤」「母」「嫲」特徵語素外，沙琅、霞洞客話還可叫「牸tsʰi52」，但並非所有雌性動物都用，哺乳動物「狗」「貓」「豬」「牛」可用，卵生動物不用。

　　（4）小稱後綴的差異。邵慧君（2005）認為小稱主要用來表小，可附加喜愛、親昵的感情色彩，也可以用於非名詞類實詞後，表示數量少、程度減輕、動作時量短暫等語義。廉江三大方言裏均存在小稱詞尾，粵語常用的有「仔」，閩語用「团」，客話用「兒」「子」。「兒」「子」「团」「仔」原本均指後代，從有關人子的名詞逐漸虛化為小稱詞尾，用來表幼小事物，還可附加親昵、疼愛的感情色彩，這種現象在南方方言中相當普遍。我們根據廉江、電白三大方言的小稱所表示的語義進行以下分類：

　　①表幼小或形體個頭小的事物。

表3-16　小稱後綴詞表 i

廉江粵閩客方言					
詞　目	安鋪粵語	石城粵語	安鋪閩語	石城閩語	塘蓬客話	青平客話
小鴨子	鴨仔	鴨仔	鴨团	鴨团	鴨兒	鴨子
小雞	雞仔	雞仔	雞团	雞团	雞兒	雞子
小狗	狗仔	狗仔	狗团	狗团	狗兒	狗子
小貓	貓仔	貓仔	貓团	貓团	貓兒	貓子
小牛	牛仔	牛仔	牛团	牛团	牛兒	牛子
小刀	刀仔	刀仔	刀团	刀团	刀兒	刀子
嫩薑	薑仔	薑仔	幼薑	幼薑	嫩薑	嫩薑
電白粵閩客方言					
詞　目	羊角粵語	林頭粵語	電城閩語	霞洞閩語	沙琅客話	霞洞客話
小鴨子	鴨兒	鴨仔	鴨团	鴨团	鴨仔	鴨仔
小雞	雞兒	雞仔	雞团	雞团	雞仔	雞仔
小狗	狗兒	狗仔	狗团	狗团	狗仔	狗仔
小貓	貓兒	貓仔	貓团	貓团	貓仔	貓仔
小牛	牛兒	牛仔	牛团	牛团	牛仔	牛仔

　　廉江粵閩客方言的小稱嚴格區分，粵語用「仔」，閩語用「团」，客話內部不完全一致，塘蓬客話用「兒」尾，青平客話用「子」尾，均表示事物形體小。「仔」用於指植物幼株時，除了可區分植物外形大小外，還可區別植物老嫩，如「薑仔」和「薑姆」，前者指嫩薑，後者指老薑。不同於廉江方言，電白羊角粵語小稱不用「仔」，而是用「兒」。邵慧君（2005）總結了茂名各地粵語的小稱類型主要存在「兒」尾和變音兩種形式，且認為變音是「兒」尾到兒化的演變結果。除羊角粵語一致用「兒」尾外，林頭粵語用「仔」，與廣府粵語相同。沙琅、霞洞客話均用「仔」，應是受粵語影響。

　　②表年齡小、輩分低的人或帶有親昵色彩的稱謂。

表3-17　小稱後綴詞表 ii

廉江粵閩客方言					
詞目	安鋪粵語	石城粵語	安鋪閩語	石城閩語	塘蓬客話	青平客話
小孩兒	細蚊仔	細蚊仔	儂团	儂团	細佬哥	細蚊仔
小姑子	姑仔	姑仔	阿姑	姑团	阿姑	老妹
小夥子	後生仔	青年仔	青年	後生团	後生子	後生子

電白粵閩客方言					
詞目	羊角粵語	林頭粵語	電城閩語	霞洞閩語	沙琅客話	霞洞客話
小夥子	後生仔	後生仔	後生囝	後生囝	後生子	後生子
男孩兒	男兒	男仔	佘囝	生囝	子仔	男仔

「小孩兒」在粵語中叫「細蚊仔」，青平客話明顯是受粵語影響。粵語稱「小姑」為「姑仔」，因為小姑比丈夫小；粵語稱「小夥子」為「後生仔」，閩語叫「後生囝」，客話叫「後生子」，均是根據「小夥子」後生、年輕的特點而加小稱詞尾。此外，「男孩兒」一詞，電白羊角粵語再次用音變後的「兒 ȵi211-455」作為小稱標記。

③表持續時間短。

表 3-18　小稱後綴詞表iii

廉江粵閩客方言					
詞　目	安鋪粵語	石城粵語	安鋪閩語	石城閩語	塘蓬客話	青平客話
一會兒	一陣仔	一陣仔	一□pʰaŋ33 囝	一陣囝	一陣間	一下
這會兒	嗰陣仔	/	□□ia55pʰaŋ31 囝	□ia55 陣囝	而今	間今
那會兒	嗾陣仔	/	□□ha55pʰaŋ31 囝	□ha55 陣囝	個老邊	個時
電白粵閩客方言					
詞　目	羊角粵語	林頭粵語	電城閩語	霞洞閩語	沙琅客話	霞洞客話
一會兒	一陣仔	一陣仔	一陣囝	一陣囝	一陣子	一陣間
這會兒	己陣仔	嗰陣仔	□ia551 陣囝	□ia551 時	底陣	己一陣間
那會兒	嗰陣仔	嗾陣仔	□ha551 陣囝	□ha551 時	個陣	個一陣間

上表中所舉三個詞條，均指時間的某一個節點上，因此根據時長短暫的特點，廉江、電白粵語加小稱詞尾「仔」，閩語用「囝」，客話則基本不用。

（二）重疊式差異

廉江、電白地區粵、閩、客三種方言中常見的狀態形容詞 ABB 式具有共同的類型和特點，一般均包含構詞式和構形式兩類。構詞式 ABB 沒有基式成分，「A」和「BB」均為構詞成分，三種方言都有的詞，如：白雪雪（白白的）、滑挕挕（滑溜溜）、硬棘棘（硬邦邦）。第二種構形式 ABB，即在基式 AB 的基礎上重疊 B，這種類型在三大方言中亦都存在，如：牙擦擦（自以為是）、戀居居

（傻呆呆）。除了以上相同表現外，兩地三大方言還存在部分重疊式差異之處。

第一，粵、客方言的「VVA」式。安鋪粵語有「覆覆睡（趴著睡）」「側側睡（側身睡）」，青平客話有「側側睡」說法，閩語未見「VVA」構式。

第二，閩語的「X＋Y＋AA」式。石城、電白、霞洞三處閩語用「尻川出出」形容光屁股；霞洞閩語用「骹板澈澈 kʰa332pai21tʰe45tʰe45」形容赤腳。這種用法未見於當地粵、客方言。

三、義位的義域差異

義位的義域差異是從詞彙的意義差異的角度來分析的，它主要表現在詞彙義域的寬窄上。同一子場涵蓋的客觀對象內容多、範圍廣的，為義域寬；反之，為義域窄。如「茶」，粵語既可指用茶葉泡的飲料，還可指中藥，而閩語和客家話一般只指用茶葉泡的飲料。所以，粵語的「茶」義域寬。再如吃飯、抽煙、喝水、飲酒這幾種動作在閩語和客話裏都用「食」這個義位表示，而粵語分別用「食」和「飲」兩個義位表示，「食」表示前兩個動作，「飲」表示後兩個動作。所以，閩語和客話「食」這一義位的義域比粵語寬。

廉江、電白方言也存在義位的義域差異現象，主要表現為廉江客話在少數親屬稱謂詞出現義域擴大的現象，如下表。

表 3-19　親屬稱謂義域差異表

詞　目	廉江塘蓬客話	電白霞洞客話
父親（面稱）	阿爸／阿哥	阿爸
母親（面稱）	阿媽／阿姐	阿辈
公公（面稱）	阿叔	阿伯
婆婆（面稱）	阿嬸	阿媽
岳父（面稱）	阿叔	阿爸
岳母（面稱）	阿嬸	阿媽

「阿哥」在塘蓬客話中可用來面稱「父親」，而在粵、閩語中只用來稱「哥哥」。「阿姐」在塘蓬客話中可用來面稱「母親」，而其他方言點只用來稱呼「姐姐」；面稱「公公」，塘蓬客話叫「阿叔」，霞洞客話叫「阿伯」；「阿嬸」在塘蓬客話中可用來稱呼「婆婆」「岳母」，而其他方言點一般只用來稱呼「嬸母」「弟妹」。以上幾種親屬稱謂，在廉江、電白客話中出現義域差異現象，原因均是出

於避諱，用改變親屬稱謂的方法來刻意疏遠親屬關係，認為這樣可以利於小孩、老人的健康。

廉江、電白的粵、閩、客三大方言詞之間存在的差異，從構詞差異到義位的義域差異，兩個地區從整體上來看表現得比較接近，各區域所屬的三種方言，雖有不少傳承粵、閩、客方言自身特色從而造成差異的一面，但也不乏有些地方出現異中趨同的一面，例如廉江、電白粵語偶用客話的「牯」作雄性動物詞綴標記；表年齡小、輩分低的人或帶有親昵色彩時，電白客話採用「仔」為小稱標記等。三大方言原本區分明顯的差異特徵，到了多方言共存的廉江、電白地區，也同樣受到方言交錯作用下的影響，進而出現趨同性。

第四章　廉江和電白粵閩客方言詞彙的相似度計量分析

第一節　廉江和電白粵閩客方言詞彙的相似度統計

　　關於方言詞彙異同的比較研究，前人的研究已取得不少成果，如採用傳統的計量方法統計方言間相同或差異的詞彙，或是用列舉來說明異同。傳統的算術統計法對於方言點多、詞條數目大的比較工作來說顯得相對局限，統計的結果也往往不夠精準。而舉例說明法雖然可以呈現方言間某些詞彙異同現象，但難免顯得零散，難以形成宏觀的印象。隨著計算機技術在現代語言學研究上的運用日益精進，處理大批量數據成為可能，越來越多學者（鄭錦全 1982、1988、1994、2008、2009，王士元、沉鐘偉 1992，游汝傑、楊蓓 1998 等）借助計算機來定量統計方言詞彙的相關程度、討論方言間的親緣關係，取得了諸多成果。但由於處理方式、處理的精確度各有不同，所得結果也常常各有差異。從算法來看，有加權和非加權計量〔註1〕；從比較的單位來看，分別有以詞為單位進行比較、以語素和構詞法為單位進行比較、以語素為單位進行比較三種。計算兩個方言詞語關係遠近所得的參數，各家叫法也不一致，鄭氏稱其為相關度或相

〔註1〕加權，指通過額外的干預，來改變調查對象的權重，計算過程需「乘以權重」或「乘以系數」。

似度，王、沈二人稱為相關係數，游氏稱為接近率。為使行文統一，本文將兩個方言單詞目共有語素比率稱為相似指數，將兩個方言所有詞目相似指數的平均值稱為相似度。

鄭錦全（2008、2009）採用以語素為單位的方法計算臺灣四縣、海陸、饒平、大埔、詔安五個客家方言以及閩南語和國語之間各對語言的詞彙親疏關係，詞彙條目數分 36 類共 2400 餘條。該方法的主要理念是計算每個詞目下兩個方言的詞語的共有語素占比，即將兩個詞語的相同語素數目除以這兩個詞語語素的總數就是相似指數，指數介於 0 與 1 之間，最後把每個詞目所得的指數的總和除以條目的數目，就得到兩個方言間的詞彙相似度。需要說明的是，如果同一個詞目兩個方言的詞語是反序詞則給 0.75 分，例如普通話的「母豬」，閩南語是「豬母」，語素完全相同，但為反序，得 0.75 分。以語素為單位計算兩種方言詞彙的相似度，相似度和語素對應與否關係很大，即共有語素越多，兩個方言的詞語相似度越高。而構詞方式是否應參與到相似度的統計中來、計算構詞方式對相似度的影響以及準確判定具有複雜結構的方言詞語的構詞方式等方面仍有諸多爭議，董紹克（2013：260）指出，「相關係數反映的是兩個詞關係的遠近，目前還沒有證據表明，構詞方式的不同會對兩個詞關係有影響。構詞方式不同，不一定說明二者是無關的……構詞方式相同，也不一定說明二者是相關的。」關於構詞方式參與相似度統計存在的問題，本文在第一章闡述語言接觸計量研究方法一節時已作詳細討論，此處不再贅述。本文採用鄭錦全的非加權平均值法，在比較廉江、電白地區粵、閩、客方言詞彙的相似度時，只計算詞語語素的共有比率，構詞方式不計算在內。

一、計量的基本方法和原則

（一）計量公式

公式 1　　$S_i = a / b$

i ——表示用於比較的某個詞目。

a ——表示該詞目下兩個方言詞語的相同語素數目。

b ——表示兩個方言詞語的語素總數。

S_i ——表示詞目 i 下兩個方言詞語的相似指數，為單詞項相似指數。用於

比較的詞目有多少條，就有多少個單詞項相似指數。其數值介於 0～1 之間。

　　一對方言的相似度為所有詞目相似指數總和的平均值。如果 A、B 兩個方言共有 N 條詞目用於比較，可以得到 N 個 Si，總體相似度為 N 個相似指數的平均值：

公式2　　$S_{AB} = \sum_{i=1}^{N} Si / N$

Si ──表示用於比較的任意一個詞目的相似指數。

S_{AB} ──表示所比較方言的所有詞目相似指數的平均值。

（二）計量原則的補充說明

1. 方言詞用字問題

　　以語素為單位計算方言相似度，對方言詞的用字進行考察是計量前的重要步驟。處理漢語方言詞彙材料往往會遇到一些有音有義但沒有通用寫法的方言詞，或者是在本字未明情況下採用方言俗字。本文研究立足於廉江、電白地區粵、閩、客方言詞彙的接觸問題，對材料的部分方言用字不一一作本字考證工作，著重參考借鑒前人對這三種方言本字研究的成果，用字參考來源包括：第一，方言詞典類，主要有《實用廣州話分類詞典》（麥耘、譚步雲編著，1997）、《廣州方言詞典》（白宛如，2003）、《廈門方言詞典》（周長楫，1998）、《閩南方言大詞典》（周長楫，2006）、《梅縣方言詞典》（黃雪貞，1995）。第二，論著類，主要有《論粵方言詞本字考釋》（陳伯煇，1996）、《聯繫客方言考證閩南方言本字舉隅》（莊初升，1999）、《粵西閩語雷州話研究》（林倫倫，2006）、《客家方言特徵詞研究》（溫昌衍，2001、2012）等。本文詞彙材料用字參考以上方言詞典和論著中考證所得的方言字。部分有音無字的則選用同音字替代，無同音字的則用音近字替代。詞表中有部分方俗字、繁難字，在程序中不能正常顯示的，則用其他字替代，替代字對應表詳見附錄。

2. 反序詞的給分

　　同一個詞目兩個方言的詞語是反序詞則給 0.75 分。反序詞是比較特殊的一類詞，它們語素完全相同，但結構不同，從語感上來說，這些詞亦存在差異，因此不能給 1 分。

3. 一個方言存在多種說法

　　有些詞目在方言中存在兩種或多種說法的，兩兩方言比較時會出現「一對

多」或「多對多」的情況，我們的處理方式是：第一，當「一對多」的時候，「一」分別和「多」比較，分別算出它們的相似指數。「多」有 N 個，則形成 N 組比較，得到 N 個相似指數，本文所分析材料較常見「一對二」形式。例如「年底」一詞，廉江石城粵語有「年尾」「年底」兩種說法，它和只有「年尾」一種說法的廉江塘蓬客話比較時，分別計算「年尾（粵）——年尾（客）」和「年底（粵）——年尾（客）」兩對比較組，得到兩個指數，計算的條目數也算兩個，即：

S 年尾—年尾＝4／4＝1

S 年底—年尾＝2／4＝0.5

第二，當「多對多」的時候，先逐一將有相關關係的詞語進行配對，剩下無相關關係的再進行配對，不作交叉配對，這樣可以保證所有的詞語都進行組合的情況下得到最高相關指數。本文所得材料中有少數詞目出現「二對二」的情況。例如「鐮刀」一詞，廉江安鋪閩語有「鐮鉤」「草鏴tsʰau31kɔi55」兩種說法，廉江青平客話有「鐮刀」「草鐮」兩種說法，比較該詞目時，理論上可以組合成左下圖的配對形式：

左圖　　　　　　　　　　　　　右圖

我們將同一個詞目兩種方言說法存在共有語素的稱為相關配對，無共有語素的稱為無關配對。左圖中，「鐮鉤—鐮刀」「鐮鉤—草鐮」「草鏴—草鐮」是相關配對，「草鏴—鐮刀」是無關配對，如果將這四組配對的指數都計算在內，降低了平均指數，然而，除了前面三組相關配對是計算相似度的有效參考組合之外，最後一組交叉配對是無效參考組合，因此，我們不採用交叉組合模式，而是採用右圖的組合模式，分別抽取組成「鐮鉤—鐮刀」「草鏴—草鐮」兩對相關配對，在保證所有方言詞語都參與組合的情況下，求取相關配對的相關指數均值。我們再舉一例並計算其相關指數，「公雞」一詞，廉江安鋪閩語有「雞頭」「雞角」兩說，廉江青平客話有「雞頭」「雞公」兩說，我們處理為：

S 雞頭–雞頭＝1

$S_{雞角-雞公}＝0.5$

$S_{公雞}＝（1＋0.5）／2＝0.75$

那麼，「公雞」這一詞目的平均相關指數值為 0.75。「多對多」的第二種情況，即 A、B 方言的「多」種說法可分別對應，例如「山頂」一詞，電白羊角粵語有「山頂／嶺頂」兩種說法，電白林頭粵語也是「山頂／嶺頂」這兩種說法，呈工整對應關係，故處理為「山頂——山頂」「嶺頂——嶺頂」兩組，相似指數均為 1。「多對多」的第三種情況，即 A、B 方言的「多」中說法均無對應關係，例如「淘氣」一詞，石城粵語有「百厭／撒野」說法，沙琅客話有「癲／屪tsʰan52」說法，彼此間無任何相關關係，無論如何組合，其相似度均為零，這時也無需交叉組合，可隨意配對。

根據以上算法，我們可計算出廉江地區的安鋪粵語、石城粵語、安鋪閩語、石城閩語、塘蓬客話、青平客話和電白地區的羊角粵語、林頭粵語、電城閩語、霞洞閩語、沙琅客話、霞洞客話共 12 個方言點之間的相似度。

二、廉江和電白粵閩客詞彙的相似度計量分析

（一）計量分析所用的材料

本文計量所用材料均為一手調查材料，調查表詞目分 26 類共 2479 條，詞目類別及數量分布如表 4-1：

表 4-1　詞類編號和詞目數量對應表

詞類	A 天文 地理	B 時間 節氣	C 處所 方位	D 農業 生產	E 植物	F 動物	G 房屋 建築	H 用品 穿戴	I 飲食
詞目 數量	75	63	20	52	106	140	75	157	173
詞類	J 人體	K 人物 品性	L 稱謂	M 疾病 醫療	N 紅白 喜事	O 生活 起居	P 文化 教育	Q 遊戲 娛樂	R 待人 接物
詞目 數量	116	123	140	58	67	154	36	24	69
詞類	S 商業 活動	T 交通 運輸	U 動作 行為	V 性狀 形容	W 代詞	X 數量詞	Y 副詞	Z 虛詞	
詞目 數量	70	40	253	127	68	162	81	30	

說明：動作行為類詞目數量最多，其次有飲食類、生活起居類、數量詞類、用品穿戴類、稱謂類、性狀形容類等生活常用詞，其中，處所方位類、文化教育類、遊戲娛樂類、虛詞類等詞目數量較少。

（二）詞彙計量結果及分析

1. 相似度矩陣

通過以上介紹的計量方法，我們計算了廉江、電白地區粵閩客共 12 個方言點的詞彙相似度，一共比對 66 組兩兩方言組合，所得相似度矩陣詳見表 4-2。

表 4-2　廉江、電白地區粵、閩、客方言詞彙相似度矩陣〔註 2〕

	安鋪粵語	石城粵語	安鋪閩語	石城閩語	塘蓬客話	青平客話	羊角粵語	林頭粵語	電城閩語	霞洞閩語	沙琅客話
石城粵語	.764										
安鋪閩語	.533	.518									
石城閩語	.523	.521	.721								
塘蓬客話	.598	.594	.525	.520							
青平客話	.615	.613	.543	.540	.731						
羊角粵語	.666	.664	.519	.523	.608	.612					
林頭粵語	.646	.638	.503	.503	.565	.587	.710				
電城閩語	.493	.486	.603	.599	.483	.490	.523	.517			
霞洞閩語	.481	.480	.603	.594	.494	.501	.518	.527	.671		
沙琅客話	.608	.608	.484	.480	.619	.624	.633	.611	.489	.502	
霞洞客話	.598	.612	.504	.500	.626	.634	.659	.625	.497	.524	.718

兩兩方言的相似度值 S_{AB} 越大，二者相關性越大；我們對 S_{AB} 值表示的相

〔註 2〕文中表格所列的計算數值保留小數點後三位數字，下文同。

關程度進行劃分：1.0～0.8 極強相關；0.8～0.6 強相關；0.6～0.4 中等相關；0.4～0.2 弱相關；0.2～0.0 極弱相關或無相關。

　　計算所得的各方言組相似度，既反映了廉江、電白各自市內三種方言的相關程度及其差異，也從整體上反映了廉江、電白兩地跨區域方言組的相關程度。

（1）廉江粵、閩、客方言詞彙相似度分析

　　a. 同種方言組合「安鋪粵語和石城粵語、塘蓬客話和青平客話、安鋪閩語和石城閩語」的相似度皆在 0.7 以上，相關程度為強相關。其餘方言組相似度介於 0.615～0.518 之間，為中等相關。

　　b. 跨方言組合中，安鋪粵語和青平客話的相似度最高，石城粵語和青平客話的相似度次高。塘蓬客分別與安鋪粵、石城粵組合所得的相似度僅次於前面兩對粵、客組合的相似度。

　　c. 閩—客組合的相關程度位於粵—客組合之後，表現為青平客話和安鋪閩語、石城閩語的相似度次於石城粵語和塘蓬客話的相似度。

　　d. 閩—客方言四對比較組的相似度介於 0.543～0.520 之間，整體高於相似度介於 0.533～0.518 的粵—閩方言四對比較組。

（2）電白粵、閩、客方言詞彙相似度分析

　　a. 同方言組合相似度高於異方言組合，以沙琅客話和霞洞客話的相關程度最高，其次是羊角粵語和林頭粵語組，這兩對組合的相似度均大於 0.7，為強相關關係。電城閩語和霞洞閩語次之，相似度為 0.671，是中等相關。

　　b. 跨方言組合中，以羊角粵語和霞洞客話的相似度 0.659 為最高，其他粵—客組合相似度介於 0.633～0.611 之間。

　　c. 粵—閩方言組合的相似度介於 0.527～0.517 之間，整體低於粵—客方言組合。粵—閩方言組合以林頭粵語和霞洞閩語的關係最密切。

　　d. 閩—客方言組合的相似度整體最低，介於 0.524～0.489 之間，以霞洞閩語和霞洞客話的關係最接近。

（3）廉江、電白跨區域粵、閩、客方言詞彙相似度分析

　　a. 同種方言間的相似度高於不同方言間的相似度。相似度值排在前六位組合依次是：廉江安鋪粵語和石城粵語＞[註3]廉江塘蓬客話和青平客話＞廉江

〔註3〕文中使用部分數學符號，「＞」表示「大於」，「＜」表示「小於」。

安鋪閩語和石城閩語＞電白沙琅客話和霞洞客話＞電白羊角粵語和林頭粵語＞電白電城閩語和霞洞閩語。

　　這六組的相似度反映了：第一，相似度最高的前六組均是同類方言組合，不同方言組合的相似度明顯低於同類方言組。第二，廉江、電白兩地粵閩客方言詞彙內部相關程度的高低順序是：廉江粵—粵＞廉江客—客＞廉江閩—閩＞電白客—客＞電白粵—粵＞電白閩—閩，廉江粵、客、閩同方言組合的詞彙相似度整體高於電白。第三，同方言組合中的粵語組，廉江粵語的相似度遠高於電白粵語，說明電白羊角粵語、林頭粵語可能受外界影響產生的變異多於廉江粵語，導致內部相關程度降低。第四，廉江地區同類方言組相似度呈「粵＞客＞閩」形態，而電白地區則是「客＞粵＞閩」，在這三種方言中，閩語的內部相關程度始終是最低的。

　　b. 電白羊角粵語和廉江安鋪粵語的相似度為 0.666，異地、同類粵語組合僅次於同地、同類方言中的廉江安鋪粵語—石城粵語、電白羊角粵語—林頭粵語組合。此外，電白羊角粵語—廉江石城粵語組相似度與羊角粵語—安鋪粵語組的相似度接近。

　　c. 電白霞洞客話和電白羊角粵語的相似度為 0.659，這組同地、異類方言組相似度略低於異地、同類的電白羊角粵語—廉江安鋪粵語組相似度。同樣，沙琅客話和羊角粵語的相似度也比較高。這兩個相似度表明廉江、電白兩地跨方言詞彙的相關程度，以電白客—電白粵關係最接近。此外，廉江塘蓬客話、青平客話與本地的安鋪粵語、石城粵語的相似度介於 0.598～0.615 之間，為中等相關。可見，無論是廉江還是電白，客家話與粵語的關係都表現得更為密切。

　　d. 電白霞洞客話、沙琅客話與廉江塘蓬客話、青平客話的相似度在 0.619～0.634 之間，相關程度高於同為異地同類方言組的電白電城閩語、霞洞閩語與廉江安鋪閩語、石城閩語的相似度。

　　e. 閩語和粵、客之間的相似度相對較低，數值總體在 0.480～0.543 之間，為中等相關。其中，以廉江安鋪閩語與本地青平客話的相似度 0.543、廉江石城閩語與青平客話的 0.540 為最高。排其次的是，廉江兩處閩語與本地塘蓬客話、本地安鋪粵語、石城粵語的相似度介於 0.518～0.533 間。電白閩語與本地粵語的相似度介於 0.517～0.527 間，同樣也是高於電白閩語與電白客話、廉江客話之間的相似度。不同的是，廉江安鋪閩語、石城閩語與電白羊角粵語、林頭粵語的相似

度值在 0.503～0.519 之間；而電白電城閩語、霞洞閩語與廉江安鋪粵語、石城粵語的相關程度則表現得更疏遠一些，其相似度值僅介於 0.480～0.493 之間。

2. 方言親疏關係——聚類的生成

廉江、電白地區粵、閩、客 12 個方言點共有 66 組相互配對的兩兩方言相似度，以指數排序，這 66 對方言的相似度次序如下：

1	0.764 安鋪粵—石城粵	2	0.731 塘蓬客—青平客
3	0.721 安鋪閩—石城閩	4	0.718 沙琅客—霞洞客
5	0.710 羊角粵—林頭粵	6	0.671 電城閩—霞洞閩
7	0.666 安鋪粵—羊角粵	8	0.664 石城粵—羊角粵
9	0.659 羊角粵—霞洞客	10	0.646 安鋪粵—林頭粵
11	0.638 石城粵—林頭粵	12	0.634 青平客—霞洞客
13	0.633 羊角粵—沙琅客	14	0.626 塘蓬客—霞洞客
15	0.625 林頭粵—霞洞客	16	0.624 青平客—沙琅客
17	0.619 塘蓬客—沙琅客	18	0.615 安鋪粵—青平客
19	0.613 石城粵—青平客	20	0.612 青平客—羊角粵
21	0.612 石城粵—霞洞客	22	0.611 林頭粵—沙琅客
23	0.608 塘蓬客—羊角粵	24	0.608 安鋪粵—沙琅客
25	0.608 石城粵—沙琅客	26	0.603 安鋪閩—電城閩
27	0.603 安鋪閩—霞洞閩	28	0.599 石城閩—電城閩
29	0.598 安鋪粵—塘蓬客	30	0.598 安鋪粵—霞洞客
31	0.594 石城粵—塘蓬客	32	0.594 石城閩—霞洞閩
33	0.587 青平客—林頭粵	34	0.565 塘蓬客—林頭粵
35	0.543 安鋪閩—青平客	36	0.540 石城閩—青平客
37	0.533 安鋪粵—安鋪閩	38	0.527 林頭粵—霞洞閩
39	0.525 安鋪閩—塘蓬客	40	0.524 霞洞閩—霞洞客
41	0.523 安鋪粵—石城閩	42	0.523 石城閩—羊角粵
43	0.523 羊角粵—電城閩	44	0.521 石城粵—石城閩
45	0.520 石城閩—塘蓬客	46	0.519 安鋪閩—羊角粵
47	0.518 石城粵—安鋪閩	48	0.518 羊角粵—霞洞閩
49	0.517 林頭粵—電城閩	50	0.504 安鋪閩—霞洞客

51	0.503 安鋪閩─林頭粵	52	0.503 石城閩─林頭粵
53	0.502 霞洞閩─沙琅客	54	0.501 青平客─霞洞閩
55	0.500 石城閩─霞洞客	56	0.497 電城閩─霞洞客
57	0.494 塘蓬客─霞洞閩	58	0.493 安鋪粵─電城閩
59	0.490 青平客─電城閩	60	0.489 電城閩─沙琅客
61	0.486 石城粵─電城閩	62	0.484 安鋪閩─沙琅客
63	0.483 塘蓬客─電城閩	64	0.481 安鋪粵─霞洞閩
65	0.480 石城粵─霞洞閩	66	0.480 石城閩─沙琅客

計算所得的相似度，我們用「平均系聯法」做出方言類聚樹形圖，以直觀地、簡潔地表現參與比較的多種方言彼此之間親疏遠近關係。根據上面的排序，首先，安鋪粵語和石城粵語相似度最高，在 0.764 系聯成一集，下一集是塘蓬客話和青平客話，再依次是第 3 至第 6 組，均可各自成一集。第 7 組是安鋪粵語和羊角粵語，但是安鋪粵語已經和石城粵語聚成一集，而羊角粵語也已經和林頭粵語聚成一集，因此就要把羊角粵語和石城粵語、林頭粵語和安鋪粵語、林頭粵語和石城粵語這幾組系聯起來。把安鋪粵語──羊角粵語的相似度 0.666 和羊角粵語──石城粵語的相似度 0.664、林頭粵語──安鋪粵語的相似度 0.646、林頭粵語──石城粵語的相似度 0.638 加起來除以 4 得到平均值 0.650，這樣安鋪粵語──石城粵語、羊角粵語──林頭粵語這兩簇就可以在 0.650 這點上再次系聯起來成一集。以此類推系聯下去，就得到廉江、電白粵、閩、客方言詞彙相似度關係樹形圖。

聚類分析樹形圖反映了比較直觀的方言親屬關係，「計量研究的聚類分析不僅可以得到和傳統研究相同的科學結論，還可以描述語言之間或方言之間親疏程度的規定性。」〔註4〕根據圖 4-1，廉江、電白地區同種方言率先聚成一簇，然後再和其他方言聚成一簇，其中粵與客關係接近，與閩語疏遠，如果在 0.55 的水平上豎切，可以分出：從安鋪粵語到青平客話與安鋪閩語到霞洞閩語兩個大簇；如果在 0.60 的水平上豎切，可以分出：從安鋪粵語到霞洞客話與塘蓬客話和青平客話、安鋪閩語和石城閩語、電城閩語和霞洞閩語四個方言簇；而同屬客家方言的沙琅、霞洞、塘蓬、青平四鎮客話中，沙琅、霞洞客話與廉江、

〔註4〕黃行：苗語方言親疏關係的計量分析，《民族語文》，1999 年第 3 期，第 56～64 頁。

電白粵語的關係又表現得更密切一些，塘蓬、青平客話則和廉江、電白粵語的關係略遠一些。以上為聚類分析比傳統異同分析表現更為直觀的一面。

圖 4-1　廉江、電白地區粵、客、閩方言詞彙相似度聚類

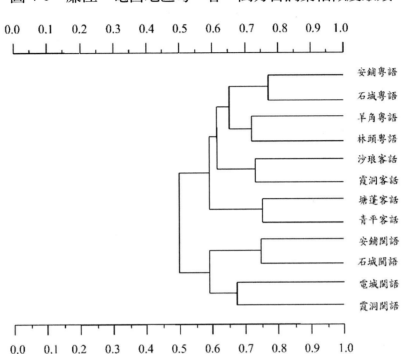

第二節　特徵詞相似度計量分析

前面第一節是對廉江、電白地區粵閩客 12 個方言點 2470 餘條詞彙整體相似度的統計，為了更深入地考察這些方言之間的聯繫，本節以特徵詞為計量對象，分析廉江、電白粵、閩、客方言的特徵詞相似度。特徵詞的選取分別以張雙慶《粵語的特徵詞》（2002）、溫昌衍《客家方言的特徵詞》（2002、2012）、李如龍《閩方言的特徵詞》（2002）為參考，挑選出本研究調查詞表中出現的，用於計算特徵詞相似度。

一、粵方言特徵詞及相似度計量

張雙慶（2002：396）以《珠江三角洲方言詞彙對照》中 25 個粵語點的1400 餘條詞彙、《粵西十縣市粵方言調查報告》及《粵北十縣市粵方言調查報告》中 20 個縣市方言點的 1248 條詞彙作為考察粵語特徵詞的主要材料，結合收詞範圍更大、說法更地道的《實用廣州話分類詞典》《廣州話方言詞典》，

歸納出粵語一級特徵詞、二級特徵詞。一級特徵詞是指在粵語區內普遍通行，在外區少見的最具代表性的特殊粵語詞；二級是指通行於粵語的多數地區，與外區方言有交叉或只通行於中心區而區外少見的方言詞。由於張氏所選二級特徵詞多與外區方言存在交叉，因此，本文只以一級特徵詞為參考，並作以下調整：第一，剔除一級特徵詞中少數存在爭議的：單車、西紅柿、樣（相貌）、肚腩、腐乳、口水。第二，剔除音譯借詞：波（球）、飛（票）、菲林（膠卷）、呔（領帶）、嘜（商標）、冷（毛線）。第三，由於廉江、電白地區粵語的指示代詞說法具有地區特色，與廣府粵語不同，與張氏所收的粵語一級特徵詞中的指示代詞說法不能對應，故不納入計量範圍。張氏的一級特徵詞共 231 個，除去以上三種，剩餘的粵語特徵詞在本研究調查詞表中出現的有 92 個（括號內為粵語特徵詞說法）：

表 4-3　廉江、電白粵語特徵詞表

1. 水坑（水氹）	2. 曆書（通書）	3. 茄子（矮瓜）
4. 猴子（馬騮）	5. 鳥（雀仔）	6. 桌子（臺）
7. 抽屜（拖桶）	8. 勺子（殼）	9. 瓶子（樽）
10. 湯匙（調羹）	11. 東西（嘢）	12. 小孩兒（細蚊仔／細佬哥）
13. 乞丐（乞兒）	14. 兒子（仔）	15. 岳父（外父）
16. 岳母（外母）	17. 鼻子（鼻哥）	18. 肩膀（膊頭）
19. 腋窩（胳肋底）	20. 膝蓋（膝頭哥）	21. 大衣（褸）
22. 棉襖（棉納）	23. 尿布（尿片）	24. 泔水（潲水）
25. 夜宵（宵夜）	26. 菜（餸）	27. 冰棍（雪條）
28. 午飯（晏）	29. 洗澡（沖涼）	30. 倒茶（斟茶）
31. 休息（歇）	32. 打鼾（鼻鼾）	33. 懷孕（身己）
34. 雙胞胎（孖）	35. 害羞（怕丑）	36. 紙錢（溪錢）
37. 倒閉（執笠）	38. 便宜（平）	39. 錢（銀紙）
40. 一元（一文）	41. 一角（一毫）	42. 泥水匠（泥水佬）
43. 理髮（飛髮）	44. 鞭炮（炮仗）	45. 閉眼（瞇埋眼）
46. 動手（喐手）	47. 跺腳（踭腳）	48. 蹲（踎）
49. 跨（躝）	50. 聊天（傾偈）	51. 遇見（撞到）
52. 拍馬屁（託大腳）	53. 尋找（搵）	54. 生氣（谷氣／嬲）
55. 喜歡（中意）	56. 勞駕（唔該）	57. 我們（我哋）
58. 稠（傑）	59. 勤快（勤力）	60. 吝嗇（孤寒）

61. 一點兒（啲）	62. 幸虧（好彩）	63. 隨便（是旦）
64. 看（睇）	65. 欺負人（蝦）	66. 騙（呃）
67. 拔（揈）	68. 大哥（大佬）	69. 陌生人（生部人）
70. 嬰兒（蘇蝦仔）	71. 老頭兒（老坑）	72. 父親（老豆）
73. 祖母（阿嫲）	74. 最小的（孻）	75. 家裏（屋企）
76. 車輪（車轆）	77. 煤油（火水）	78. 肝（膶）
79. 水泥（紅毛泥）	80. 昨天（尋日／琴日）	81. 明天（聽日）
82. 想（諗）	83. 討厭（憎）	84. 軟（腍）
85. 爬（躝）	86. 拿（攞）	87. 吃虧（蝕底）
88. 省（慳）	89. 修理（整）	90. 塊量詞（嚿）
91. 瘦小（奀）	92. 久（耐）	

　　我們把詞表中出現的以上 92 條粵語特徵詞目檢索出來，首先計算廉江、電白粵語說法與粵語區內普遍通行的特徵詞說法的相似度，然後計算廉江、電白的粵語與閩語、客話的相似度。計量廉江、電白三大方言與其各自區內特徵詞說法的相似度，一方面可考察區域方言特徵詞的保存程度，另一方面則可作為該方言與本區域其他方言做特徵詞比較時的參考。廉江、電白粵語特徵詞相似度如下：

表 4-4　廉江、電白粵語特徵詞與閩語、客話的相似度

	區內特徵詞	安鋪閩語	石城閩語	電城閩語	霞洞閩語	塘蓬客話	青平客話	沙琅客話	霞洞客話
安鋪粵語	.796	.454	.439	.386	.356	.423	.449	.542	.553
石城粵語	.739	.478	.482	.423	.428	.476	.496	.575	.586
羊角粵語	.615	.414	.424	.432	.421	.517	.526	.567	.699
林頭粵語	.577	.427	.419	.403	.415	.487	.540	.569	.611
平均值	.682	.425				.538			

　　從所得的特徵詞相似度來看，廉江安鋪、石城兩個粵語點和粵方言區內普遍通行的特徵詞說法一致性高，電白羊角、林頭兩個粵語點則相對低一些。廉江、電白市內閩、客方言與粵語特徵詞的關係表現為：

　　1. 閩、客方言與廉江安鋪、石城粵語特徵詞的關係：電白沙琅、霞洞客話與安鋪、石城粵語特徵詞的相似度高於其他閩—粵、客—粵組合；廉江市內，安鋪閩語和安鋪粵語的相似度高於青平客話和安鋪粵語的相似度，與上一節統計的總詞目相似度中安鋪粵語和青平客話相似度大於安鋪粵語和安鋪閩語相似

度的結果相反。上一節的總詞目相似度計量結果表明，廉江和電白兩地，均以粵—客方言的關係更密切。而在粵語特徵詞相似度計量結果中，出現了個別粵—閩方言組合相關性高於粵—客方言的情況，也就是說，在粵語特徵詞表達上，廉江閩語和廉江粵語的關係比廉江客話和廉江粵語的關係更密切一些。

2. 閩、客方言與電白羊角、林頭粵語特徵詞的關係：電白客話、廉江客話與電白粵語特徵詞的相似度，一致表現為高於閩—粵方言相似度。最突出的是，電白霞洞客話和羊角、林頭粵語特徵詞的相似度，超過了這兩處粵語與區內普遍通行的粵語特徵詞的相似度，說明羊角、電白粵語在傳統的特徵詞說法上出現了偏差，反而與客話更接近。

二、客方言特徵詞及相似度計量

溫昌衍（2002）以1000餘條基本詞就粵東、粵北、粵西、粵中以及贛南五處客家核心地區共 15 個方言點作內部定點調查，同時對客家方言周邊的贛、粵、閩語作外部定點調查，經分析比較後，歸納出客家方言區特徵詞 186 條，這些詞體現了客方言極強的內部一致性和排他性。溫文的特徵詞歸納建立在廣泛的客話方言點調查基礎上，並且與諸多周邊方言進行比對，具有一定的科學性。本文以溫氏的客話方言區特徵詞 186 條為參照，計算廉江、電白地區的客話特徵詞與當地粵語、閩語的相似度情況。這 186 條特徵詞，在本研究調查詞表中出現的有 71 個（括號內為客話特徵詞說法）：

表 4-5　廉江、電白客話特徵詞表

1. 水坑（水湖）	2. 天黑（斷暗）	3. 晚上（暗晡）
4. 發芽（綻）	5. 疏（覽）	6. 扁擔（擔竿）
7. 雌性動物（嫲）	8. 貓（貓公）	9. 青蛙（拐）
10. 包腫塊（臌）	11. 蒼蠅（烏蠅）	12. 蟑螂（黃蚻）
13. 蜘蛛（蠟蜞）	14. 屋脊（屋崠）	15. 砌（結）
16. 鐵銹（鑢）	17. 攪拌（攄）	18. 瓢（匏勺）
19. 掃帚（稈掃）	20. 打傘（擎遮）	21. 斗笠（笠嫲）
22. 剩飯（舊飯）	23. 燙（熝）	24. 口水（口瀾）
25. 看風水的（地理先生）	26. 母親（娭）	27. 弟弟（老弟）
28. 連襟（兩姨丈）	29. 妯娌（兩子嫂）	30. 父子倆（兩子爺）
31. 兒子（倈子）	32. 傳染（瀌）	33. 墳墓（地）

34. 水泡（瘭）	35. 吃早飯（食朝）	36. 端（兜）
37. 餵～豬（供～豬）	38. 起床（亢床）	39. 撓～癢（搲～癢）
40. 體垢（𡞴）	41. 乾（燥）	42. 家裏（屋下）
43. 回家（轉屋下）	44. 年糕（粄）	45. 拜菩薩（唱揖）
46. 換（較）	47. 玩耍（嫽）	48. 照相（影相）
49. 騙（啜）	50. 點頭（鍖頭）	51. 聞（鼻）
52. 掐（蟹）	53. 拔（搒）	54. 挽袖子（攝）
55. 搓（寸 / 挼）	56. 摔（拌 / 橫）	57. 墊（貼）
58. 疊（攍 / 層）	59. 挑（荷）	60. 綁（搨）
61. 蹲（逿）	62. 擠（攙）	63. 罩住（嚤）
64. 混（摎）	65. 累（癆）	66. 稀（鮮）
67. 耐用（耐）	68. 把一～沙子（搲）	69. 床一～被子（番）
70. 泡一～尿（堆）	71. 很副詞（咹）	

以上 71 條客家方言區特徵詞，經過計算，得到廉江、電白客話說法與客方言區內普遍通行的特徵詞說法的相似度，以及廉江、電白的粵語、閩語分別與客話特徵詞的相似度情況如下：

表 4-6　廉江、電白客話特徵詞與粵語、閩語的相似度

	區內特徵詞	安鋪粵語	石城粵語	羊角粵語	林頭粵語	安鋪閩語	石城閩語	電城閩語	霞洞閩語
塘蓬客話	.612	.357	.381	.448	.400	.316	.347	.318	.315
青平客話	.505	.484	.490	.374	.478	.340	.408	.375	.374
沙琅客話	.576	.425	.407	.451	.407	.298	.335	.385	.304
霞洞客話	.515	.512	.407	.523	.448	.365	.360	.373	.348
平均值	.552	.4374				.347			

廉江、電白四個客話點中，塘蓬客話和客方言區內普遍通行的特徵詞說法相似度最高，說明塘蓬鎮客話特徵詞說法較其他三個客話點保留得較多，這與塘蓬為純客鎮也不無關係。四個客話點的特徵詞目說法與其他粵、閩各點的相似度計量結果，一致表現為客—粵方言相關程度高於客—閩方言，與前文詞表整體詞目相似度計量結果相符合。就粵語與客話特徵詞的相似度關係來看，較為突出的是霞洞客話和羊角粵語、霞洞客話和安鋪粵語兩組。霞洞客話與客方言區內特徵詞的相似度為 0.515，而霞洞客話和羊角粵語一組的相似度為 0.523，超過了客——客之間的特徵詞相關程度，說明霞洞客話在特徵詞使用

上出現了一定程度的變異，變異後的說法表現得和粵語更接近；另外一組客、粵組合，霞洞客話和安鋪粵語的相似度為 0.512，也非常接近客—客組合的相似度，我們認為這與霞洞客話和粵語接觸有關。

三、閩方言特徵詞及相似度計量

李如龍（2002）以閩、粵沿海一帶區域作為閩方言中心地區，材料比較參照點包括福州、福田、泉州、漳州、廈門、建甌、寧德、龍巖、潮州、汕頭、海口、雷州等方言點，歸納了閩語一級特徵詞 77 條，二級特徵詞 124 條。一級特徵詞指的是普遍通行於閩語區內的詞，二級特徵詞指的是通行於閩語多數地區，與外區有交叉或通行於區內中心區的詞。二級特徵詞包含 28 條閩語普遍通行但與外區方言共有的詞。本文以李氏歸納的閩語特徵詞作為參照，考察廉江、電白地區粵、客方言與閩語特徵詞的相似度。剔除與外區方言共有的 28 條，剩餘 183 條閩語區內特徵詞，我們的調查詞表中出現 66 個（括號內為閩語特徵詞說法）：

表 4-7　廉江、電白閩語特徵詞表

1. 腳（骹）	2. 嘴（喙）	3. 祖母（媽）
4. 兒子（囝）	5. 房子（厝）	6. 鐵鍋（鼎）
7. 晚上（暝昏）	8. 水田（水塍）	9. 稻穀（粟）
10. 糯米（秫米）	11. 袖子（碗）	12. 菜（物配）
13. 鳥（爪）	14. 蚊子（蠓）	15. 結痂（疕）
16. 渣（粕）	17. 勺子（桸）	18. 喝（啜）
19. 擦（拭）	20. 游泳（泅水）	21. 穿衣服（頌衫褲）
22. 打（拍）	23. 澆水（沃水）	24. 曬（曝）
25. 殺豬（刣豬）	26. 賺錢（趁錢）	27. 蒸（炊）
28. 會（解）	29. 高（懸）	30. 冷（寒／凊）
31. 淡（饗）	32. 藏（囥）	33. 人（儂）
34. 平地（坡）	35. 土（塗）	36. 煙（燻）
37. 水稻（水秜）	38. 泔水（潘水）	39. 鐮刀（草鏅）
40. 睡覺（睏覺）	41. 鳥窩（爪囷）	42. 體垢（垢）
43. 灰塵（塗粉）	44. 鐵銹（鐵鉎）	45. 認識（八）
46. 歪（飲）	47. 蓋（祓）	48. 疼（疔）
49. 頭暈（頭眩）	50. 和（佮）	51. 硌腳（揩骹）

52. 喚～雞（呼）	53. 縫（組）	54. 錯（賺）
55. 拾（揭）	56. 給（乞）	57. 難（惡）
58. 瘦（瘠）	59. 滿（滇）	60. 你（汝）
61. 他（伊）	62. 女人（查某）	63. 年糕（粿）
64. 肚子（腹肚）	65. 砍樹（莝樹）	66. 很（雅）

　　調查詞表包含以上 66 條閩方言區特徵詞，我們採用同樣的方法，計算廉江、電白閩語說法與閩方言區內普遍通行的特徵詞說法的相似度作參照，同時也計算了廉江、電白的粵語、客話分別與閩語特徵詞的相似度：

表 4-8　廉江、電白閩語特徵詞與粵語、客話的相似度

	區內特徵詞	安鋪粵語	石城粵語	羊角粵語	林頭粵語	塘蓬客話	青平客話	沙琅客話	霞洞客話
安鋪閩語	.676	.325	.327	.307	.260	.230	.294	.285	.321
石城閩語	.671	.312	.320	.277	.294	.233	.280	.281	.276
電城閩語	.616	.314	.290	.315	.352	.241	.286	.304	.313
霞洞閩語	.623	.274	.257	.325	.326	.271	.303	.304	.351
平均值	.646	.305				.286			

　　廉江安鋪閩語、石城閩語與閩方言區內普遍通行的特徵詞說法的相似度比電白兩個閩語點的相似度高。整體來看，廉江、電白兩地粵、客方言與閩語特徵詞的相似度低於 0.400，相關程度為弱相關。粵—閩、客—閩兩種方言組合的相似度差異無明顯的規律：1.廉江閩語：廉江安鋪閩語特徵詞與廉江粵語的相似度高於和廉江客話的相似度，相反，與電白粵語的相似度則低於和電白客話的相似度。廉江石城閩語特徵詞與本市粵、客方言的關係與安鋪閩語大致相同，表現為和粵語相關程度略高一些。但石城閩語與電白粵、客方言的相似度彼此差值不大。2.電白閩語：電城閩語、霞洞閩語分別和電白粵、客方言的相似度全部在 0.300 以上，相關程度整體略高於其他粵—閩、客—閩各組。

　　綜上，廉江、電白地區粵、閩、客方言在特徵詞上的相似度情況，從廉江、電白市內的粵、閩、客三種方言間的特徵詞相似度平均值來看，粵—客方言特徵詞關係始終比粵—閩、客—閩更密切，而粵—閩的相關程度又高於客—閩。從三種方言與自己方言區普遍通行的特徵詞相似度來看，兩地粵語與方言片多數地區通行特徵詞的相似度高，閩語居中，客話最低。與區內特徵詞相似度越高，說明該方言特徵詞保留度越高。由於特徵詞是方言區內普遍通行、少見或

不見於外區方言的特色詞彙，因此計量特徵詞語說法的相關程度，可以說明不同方言接觸的程度。以廉江、電白兩地粵、閩、客方言與各區普遍通行的特徵詞相似度為參照，其餘各方言組的相似度越接近參照值，說明該組方言在特徵詞上的接觸程度越深，以表 4-6 的青平客話為例，青平客話和區內特徵詞相似度為 0.505，表明青平客話和其他多數客話特徵詞在表達形式上語素共有率僅達 50%，青平客話在特徵詞的表達上未完全遵循客話區內特色形式，而是產生變異。那麼，安鋪粵語、石城粵語和青平客話的特徵詞相似度分別為 0.484、0.490，說明這兩對客、粵組合的關係包含兩種可能：一是粵語向青平客話中保留下來的特徵詞靠攏，使得語素共有率接近 0.505；二是青平客話特徵詞表達形式產生變異的，存在向粵語靠攏的趨勢。以上兩種可能性，均說明了粵、客方言之間因接觸而使原本並無交集的特徵詞說法出現了共性這一客觀事實，至於接觸影響的方向是由客到粵、還是由粵到客，則需要在具體的詞目接觸分析中才可詳細區辨，我們認為，由粵到客或由客到粵這兩種情形都可能存在。同樣地，粵—閩、客—閩方言特徵詞也存在互相影響的可能性，即雙言接觸存在雙向性。

第五章　共時平面下廉江和電白粵閩客
方言詞彙的接觸研究

第一節　接觸影響下的特徵詞分析

　　方言特徵詞是在方言共時比較研究中提取出來的理論，它是反映方言詞彙地域差異最重要的詞，李如龍所編《漢語方言特徵詞研究》（2002）共收錄 12 篇研究特徵詞的文章，內容涉及粵、客、閩等方言在內的 12 種方言特徵詞的抽取。關於特徵詞的界定，張振興認為（2004：8）：「所謂方言的特徵詞，指的是能夠比較充分體現本方言特徵，並且有可能把本方言與其他方言，尤其是周圍方言區別開來的標誌性詞彙條目。這個詞彙條目應該具備三個基本特點：一、必須是口語裏常用的基本詞彙；二、在本方言內部有非常強大的凝集性和統一性；三、對其他方言有很大的外向性或排他性。」李如龍（2014：97）指出，「方言特徵詞是從方言區片的比較研究中提取出來的、對內一致、對外排他的有特徵意義的方言詞，其特徵意義主要是體現方言區片之間的異同，這是一種相對的特徵。」他認為提取方言特徵詞應該堅持「常用基本詞」的要求，鑒於漢語詞彙系統以構詞能力強、使用度高的單音詞為核心的特點，抽取方言特徵詞應多選單音的基本詞，輔助收入個別具有重要地域特色且常用的雙音詞。

　　以上二者對特徵詞的定義略有差別，總的來說，方言特徵詞一般是方言土

語常用詞，是方言詞彙的特色部分，也是不同方言間的重要區別特徵之一。特徵詞理論的提出，對方言分區、方言親疏關係、方言接觸等問題的研究都具有重要意義。我們可以通過特徵詞來觀察不同方言的詞彙差異，觀察方言詞彙的發展和演變軌跡，還可以考察方言間的詞彙接觸現象。特徵詞是方言詞彙系統中的基本詞，是日常生活中最常用的詞，它們具有較高的使用頻率，所表達的意義也比較穩定，觀察接觸中方言的特徵詞變異情況或將方言特徵詞說法與接觸中方言的說法進行比較，可反映方言接觸的現象及程度。廉江、電白地區的粵、客、閩三大方言，其早期來源與核心區域方言不無關係，在特徵詞的使用上既有保留也有變化。前人對粵、閩、客方言特徵詞早有研究，且成果豐富，前文第四章在借鑒前人研究的基礎上，檢索出本研究調查詞表中出現的粵、客、閩方言特徵詞，並計量了廉江、電白地區三大方言的特徵詞相似度，宏觀地展現了地區方言特徵詞與當地其他方言之間的相關程度，現在，我們對這些特徵詞中存在接觸現象的進行微觀分析，以考察廉江、電白地區三種方言接觸背景下的特徵詞變異情況。

一、廉江、電白粵方言特徵詞

（一）生活起居名詞

表 5-1　生活起居名詞

詞條 方言點	抽屜	桌子	東西	大衣	勺子
粵語區內 特色說法	櫃桶	臺	嘢	大褸	殼
安鋪粵語	拖桶 tʰo55tʰoŋ35	臺 tʰɔi21	嘢 ȵiɛ13	大褸 tai21lɐu55	殼 hɔʔ033
石城粵語	拖桶 tʰo55tʰʊŋ35	臺 tʰoi21	嘢 ȵiɛ13	大褸 tai21lɐu55	殼仔 hɔʔ033tsɐi35
羊角粵語	拖桶 tʰɔ44tʰoŋ224	臺 tʰɔi211	嘢 ȵiɛ223	大褸 tai31lɐu44	勺 siɔk021
林頭粵語	拖桶 tʰɔ44tʰʊŋ24	臺仔 tʰui211tsɐi24	嘢 ȵiɛ24	大褸 tai442lɐu455	殼仔 hɔk033tsɐi24
安鋪閩語	拖桶 tʰua13 tʰaŋ31	桌囝 tsuak055 kia31	對象 viet022 kien33	大褸 tai33l au55	殼囝 kʰak055 kia31

石城閩語	拖桶 tʰua13tʰaŋ31	床囝 tsʰɔ33kia31	物 mi551	大樓 tua13lau55	殼 kʰak055
塘蓬客話	拖桶 tʰo55tʰuŋ31	臺 tʰɔi24	嘢 n̠ia55	大衣 tʰai33i55 / 大褂 tʰai33kua33	勺 sɔk055
青平客話	拖桶 tʰo55tʰuŋ221	檯子 tʰɔi24tsi221	嘢 n̠ia55	大樓 tʰai33lau55	勺子 sɔk055tsi221
電城閩語	拖桶 tua33tʰaŋ31	床囝 tsʰɔŋ33kia31	物 mi551	大樓 tua33lau441	殼囝 kʰak045kia31
霞洞閩語	拖桶 tʰua332tʰaŋ51	床 tsʰoŋ21	物物 mi551mi551	大樓 ta332lau45	殼囝 kʰak045kia51
沙琅客話	拖桶 tʰɔ34tʰoŋ31	臺 tʰɔi212	嘢 n̠ia34	大衣 tʰai31i34	勺 sɔk055
霞洞客話	拖桶 tʰɔ44tʰoŋ21	臺 tʰɔi24	嘢 n̠ia44	大樓 tʰai21lei44	勺 sɔk055

　　方言接觸影響下的生活起居類特徵詞借用現象表現為：「抽屜」一詞，粵語特色說法為「櫃桶」「拖桶」，客話一般叫「拖格」「拖箱」，閩語一般叫「櫃」「櫥」，可見廉江、電白的客、閩多個方言點均借用粵語特徵詞說法。「東西」一詞，粵語叫「嘢」，廉江、電白客話均採用粵語說法。「大衣」粵、客方言多叫「大樓」，閩語一般叫「大衣」，今廉江、電白閩語均叫「大樓」，應是受粵、客方言影響。「勺子」客、閩方言一般稱「勺」，廉江、電白閩語稱「殼囝」是在借用粵語特色說法時加上自身名詞後綴特徵詞「囝」。

（二）稱謂名詞

表 5-2　稱謂名詞

詞條 方言點	岳父 （指稱）	岳母 （指稱）	兒女	小孩	最小的兒子	乞丐
粵語區內 特色說法	外父	外母	仔女	細蚊仔	孻仔	乞兒
安鋪粵語	外父佬	外母奶	仔女	細蚊仔	孻仔 / 晚仔	乞兒
石城粵語	外父佬	外母嫲	仔女	細蚊仔	孻仔	乞兒
羊角粵語	外父	外母	仔女	儂兒 noŋ211n̠i211	孻仔	乞兒佬
林頭粵語	外父佬	外父婆	仔女	細仔	孻仔	乞食佬
安鋪閩語	外家父	外家母	囝兒	儂囝 noŋ35kia31	孻囝	乞食
石城閩語	外家父	外家母	囝兒	儂囝 noŋ35kia31	孻囝	乞食

塘蓬客話	外父佬	外人婆	子女	細佬哥	孻哥／晚子	乞食佬
青平客話	外父佬	外人婆	子女	達細子／細佬哥	晚子	乞食佬
電城閩語	外父	外母	囝女	細囝	孻尾囝	乞食
霞洞閩語	外父	外母	囝女	細囝	細囝	乞食
沙琅客話	外父	外父婆	子女	大細仔	孻子	乞食佬
霞洞客話	外父佬	外母婆	子女	儂仔 noŋ21tsei44	孻子	乞食佬

　　上表中稱謂詞「岳父岳母」在廉江、電白粵語中保留「外父外母」的特色叫法，廉江、電白客話、電白閩語多各方言點借用粵語叫法，其中電城、霞洞閩語與粵語完全一致，廉江、電白四個點客話的「外父（佬）」與粵語一致，叫「岳母」為「外人婆／外父婆／外母婆」則是增加了詞綴「婆」，與客話稱的「丈衣婆_{岳母}」叫法有關。

　　「小孩」粵語叫「細紋仔」，而羊角粵語卻借用了閩語「儂 noŋ211 兒」叫法，霞洞客話的「儂 noŋ21 仔」則是借用閩語的「儂 noŋ21」和粵語的「仔」結合而來。

　　「最小的兒子」一詞用於考察廉江、電白三大方言中親屬排行最末者的標誌，粵語特色說法是「孻」，湘、客方言中則多用陰平的「man」，音讀同「滿」，伍巍（2008：111～115）從語音、語義考證其本字應為「晚」。廉江、電白粵語基本保留自身特徵詞說法，但也有受客、閩方言影響的痕跡，如安鋪粵語「晚仔」借用客話的「晚」和粵語的「仔」融合。反過來，安鋪、石城、電城閩語和塘蓬、沙琅、霞洞客話也受到粵語影響，借用粵語的「孻」語素。

　　「乞丐」一詞，廉江、電白粵語基本保留「乞兒」的特色說法，而梅縣客話叫「討食欸」，粵中河源一帶客話也叫「討食」，廉江、電白客方言說法與梅縣等地差異較大，而與粵語的「乞」用法反而一致。

（三）動詞

表 5-3　動詞表

詞條 方言點	尋找	給	看	騙	想	聊天	拔	勞駕
粵語區內特色說法	揾	畀	睇	呃	諗	傾偈	搲	唔該

安鋪粵語	搵 ʋɐŋ35	界 pei35	睇 tʰɐi35	棍 kwɐŋ33	恁 nɐm13	傾偈 kʰeŋ55 kɐi35	搹 mɐŋ55	唔該 m̩21 kɔi55
石城粵語	搵 wɐn35	界 pei35	睇 tʰɐi35	呃 ŋɐʔ055	恁 nɐm13	傾偈 kʰeŋ53 kɐi35 / 傾大話 kʰeŋ55 tai21ʋa21	搹 mɐŋ55	麻煩你 ma21 faŋ21 nei13
羊角粵語	跟 kɐn44	界 pei224	睇 tʰɐi224	呃 ŋɐk055	想 ɬiɔŋ224 / 恁 nɐm224	講口 kɔŋ224 hɐu224	搹 mɐŋ44	唔該 m̩211 kɔi44
林頭粵語	跟 kɐn44 / 尋 tsʰɐm211 / 搵 ʋɐn24	界 pei24	睇 tʰɐi24	呃 ŋɐk055	恁 nɐm24	傾偈 kʰeŋ44 kɐi24	搹 mɐŋ44	冇該 mou24 kui44
安鋪閩語	擺 tsʰuɛ13	乞 kʰi61	映 ɔc35	騙 pʰien13	恁 nam35	傾偈 kʰeŋ13 kai31	搹 mɐŋ33	/
石城閩語	擺 tsʰuɛ13	乞 kʰi55	映 ɔc35	騙 pʰien35	恁 nam35	傾偈 kʰeŋ13 kai31	搒 pɐŋ441	辛苦 ɬeŋ13 kʰɛu31
塘蓬客話	跟 kɛn55	分 pun55	看 hɔn33	騙 pʰiɛn33	恁 nɛm31	傾大偈 kʰin55 tʰai33 kai31	搒 paŋ55	麻煩 ma24 fan24
青平客話	跟 kɛn55	分 pun55	望 mɔŋ33	騙 pʰiɛn33	恁 nɛm221	嫽 liau33 / 講大話 kɔŋ221 tʰai33ʋa33	搒 paŋ55	打擾 ta221 ȵiau221
電城閩語	擺 tsʰɔi33	分 puŋ33	看（訓）kʰam22	呃人 ŋak055 naŋ22	想 siŋ551	傾偈 kʰeŋ33 kai31	拔 pɔi551	唔該 m22 kai33
霞洞閩語	擺 tsʰɔic332	分 pun332	看 kʰam332	呃 ŋak045	想 ɬio551	講喙 kaŋ21tsʰui443	拔 pui551	麻煩 ma21 huan21
沙琅客話	跟 kiɛn34 / 搵 ʋɐn31	分 pən34	看 hɔn52	膻 tʰɐm52	□iɛn31	傾風氣 kʰɐn34 fɔŋ34hi52	搹 maŋ34	麻煩 ma21 fan212

霞洞客話	跟 kiɛn44	分 pun44	睇 tʰɛ21	騙 pʰiɛn52	想 ɬiɔŋ21	講閒話 kɔŋ44 han24va21	搵 maŋ44	唔該 m̩24 kɔi44

　　動詞在粵、客、閩方言中大多各具特色，是歸納特徵詞的主要詞類之一。上表中的動詞，在廉江、電白兩地粵語中，除安鋪的「棍騙」和羊角的「跟尋找」之外，其他大多符合粵方言特徵詞說法。「尋找」客話叫「跟」或「尋」。羊角粵語用「跟」替代了粵語特色說法「搵」，林頭則在保留自身說法的同時兼用來自客話的「跟、尋」，說明羊角粵客接觸程度比林頭深一些。稱「看」為「睇」是粵語特色，明顯霞洞客話借用了這一說法。電城和霞洞閩語稱「騙」為「呃」亦是借自粵語。「想」一詞粵語特色說法是「諗」，廉江客、閩方言均借用粵語說法。「傾偈聊天」是粵語中常見特色詞，今安鋪、石城閩語、塘蓬客話、電城閩語均整詞借用粵語說法，另外，沙琅客話則僅借用語素「傾」，「傾」在粵語中亦可單獨使用，如「我同你傾下（我和你聊一下）」「傾生意（談生意）」。粵語稱「拔」為「搵」，客話區有相近說法「搒 paŋ55」。今安鋪閩語和沙琅、霞洞客話借用粵語說法，石城閩語則借用客話說法。「唔該勞駕」在粵語口語中使用頻率很高，今電城閩語和霞洞客話借用粵語該說法。

（四）形容詞

表5-4　形容詞表

方言點＼詞條	稠	省（錢）	便宜	聰明	勤快	吝嗇	多久
粵語區內特色說法	傑	慳錢	平	叻	勤力	孤寒	幾耐
安鋪粵語	傑 kit021	慳錢 haŋ55 tsʰin21	平 pʰiaŋ21	聰明 tsʰoŋ55 meŋ21	勤緊 kʰɐŋ21 kɐŋ35	孤寒 ku55 hɔŋ21	幾耐 kei35 nɔi21
石城粵語	傑 kit022	慳錢 haŋ55 tsʰin21	平宜 pʰiɛn21 n̠i21	叻 liɛʔ055	勤 kʰɛn21	孤寒 ku55 hɔŋ21	幾耐 kei35 noi21
羊角粵語	傑 kit021	慳錢 han44 tʃʰin211	平 pʰiaŋ211	聰明 tsʰoŋ44 meŋ211	勤快 kʰɛn211 fai33	□澀 ŋɛt055 ɬɛp055 / 細毛	幾耐 kei 224nɔi31

	傑	慳錢	平宜/便宜	聰明	勤力	孤寒	幾久
林頭粵語	傑 kit021	慳錢 han455 ʧʰin211	平宜 pʰiaŋ211 n̥i211	聰明 ʧʰʊŋ44 meŋ211	勤力 kʰɐn211 lek021	孤寒 ku455 hun211	幾久 kei24 kɐu24
安鋪閩語	㧡 kʰɔ31	慳錢 haŋ55 tsi22	便宜 paŋ22i22	聰明 tsʰɔŋ13 meŋ22	勤力 kien22 lak022	慳澀 haŋ55 sap055	偌久 ua55ku31
石城閩語	㧡 kʰɔ31	慳錢 haŋ55 tsi33	便宜 paŋ33i33	嚦囝 liak055 kia31	落力 lɔ44l at033	孤寒 kɐu13 haŋ33	偌久 ua44ku31
塘蓬客話	□ nɛu24	省錢 sɛn31 tsʰiɛn24	便宜 pʰien24 n̥i24	精 tsin55	勤懇 kʰin24 kʰɛn31	酸澀 sɔn55 sɛp021	幾久 ki31kiu24
青平客話	傑 kʰiɛʔ055	慳錢 han55 tʃʰiɛn24	便宜 pʰiɛn 24n̥i55	聰明 tsʰuŋ55 min24	勤懇 kʰin24 kʰɛn221	狹隘 kʰiap 055ai33	幾耐 ki221 nɔi33
電城閩語	傑 kik021	慳錢 haŋ551 tsi22	便宜 paŋ22ji22	聰明 tsʰɔŋ33 meŋ22	勤快 kʰiŋ22 kuai315	□澀 ŋat045 sak045	偌久 ua551 ku31
霞洞閩語	傑 kik021	慳錢 haŋ45 tsi21	便宜 pan332ji21	聰明 tsʰoŋ332 men21	勤快 kiŋ21 kʰue443	□澀 ŋat045 ɬak045	偌久 va551 ku51
沙琅客話	傑 kʰiɛt055	慳錢 han34 tsʰiɛn212	平 pʰiaŋ212	嚦 liak055	勤力 kʰɛn21 lɛt055	□澀 n̥iɛt055 ɬiɛt055	幾久 ki31 kiu31
霞洞客話	傑 kʰiɛt055	慳錢 han44 tsʰiɛn24	便宜 pʰiɛn24 n̥i24	嚦 liak055	爛命 lan44 miaŋ44	□澀 ŋak055 ɬak055	幾耐 ki21 nɔi21

「稠」粵語叫「傑」，廉江、電白粵語與此說法一致；塘蓬客話說法與梅縣相同，青平、沙琅、霞洞客話借用粵語特徵詞語素、採用客話讀音；電城、霞洞閩語借用粵語說法，讀音與粵語非常接近，塞音韻尾讀 k-。

「省錢」一詞，粵語叫「慳錢」，「慳」的本義是節約、吝嗇，粵語中多指節約、節省，廉江電白兩地除塘蓬外，其他客、閩方言均借用粵語「慳錢」的說法。「便宜」粵語叫「平」，沙琅客話借用粵語這一說法。

粵語稱「聰明」為「嚦」，如「嚦仔聰明人」；客家話也有「嚦」的說法，但一般指精通某樣技能。今沙琅、霞洞客話稱「聰明」為「嚦」應與粵語有關。

「吝嗇」粵語叫「孤寒」，石城閩語借用粵語說法。「多久」粵語叫「幾耐」，「耐」即指「久」，霞洞客話借用粵語說法。

（五）量詞

表 5-5　量詞表

詞條＼方言點	瓶 一～酒	口 一～湯	塊 一～肉	頓 打一～
粵語區內特色說法	樽	啖	嚿 kɐu21	餐
安鋪粵語	樽 tsun55	啖 tam21	嚿 kɐu21	身 sɐŋ55
石城粵語	樽 tsun55	啖 tam21	塊 fai33	餐 tsʰaŋ55
羊角粵語	樽 tʃin455	啖 tam31	塊 fai33	身 sɐn455
林頭粵語	瓶 pʰeŋ211	啖 tam442	□kʰuak022	餐 tsʰan44
安鋪閩語	瓶 pʰɛŋ22	喙 tsʰui35	嚿 kau31	輪 lun22
石城閩語	樽 tsun13	喙 tsʰui35	嚿 kau31	身 ɬien13
塘蓬客話	樽 tsun55	□lau55	塊 kʰuai33	餐 tsʰan55
青平客話	樽 tsun55	□ hɐu221	析 sia551	輪 lun24
電城閩語	瓶 paŋ22	喙 tsʰui315	團 tʰui21	身 siŋ33
霞洞閩語	瓶 pan21	喙 tsʰui443	塊 kʰuai52	輪 lun21
沙琅客話	罌 aŋ34	啖 tam52	塊 fai44	餐 tsʰan34
霞洞客話	樽 tsun44	啖 tam52	嚿 kɐu21	餐 tsʰan44

名量詞「瓶」「塊」「口」在粵語中分別叫「樽」「嚿」「啖」，廉江粵語與核心區域的粵語說法完全一致，而茂名羊角粵語稱名量詞「口」為「塊」、林頭粵語用「瓶」不用「樽」，表現為和普通話趨同。數量詞「一瓶」「一口」「一塊」閩語一般分別叫「一矸 kan55」「一喙」「一塊」，客話分別叫「一罐」「一口」「一線」，以此為參照，廉江電白客閩方言不少點借用了粵語的特色說法：石城閩語和塘蓬客話的「樽」「嚿」、青平和霞洞客話的「樽」、沙琅和霞洞客話的「啖」均是借自粵語，另外，霞洞客話的「塊」語素不變，但讀音卻是借自粵語。「打他一頓」，在粵語裏叫「打佢一餐」，類似的諸如「鬧佢一餐（罵他一頓）」，塘蓬、沙琅、霞洞三處客話借用粵語稱動量詞「頓」為「餐」的說法。

二、廉江、電白客方言特徵詞

（一）普通名詞

表 5-6　普通名詞

詞條 方言點	上午	斗笠	田埂	脖子	耳朵	水泡	剩飯
客話區內特色說法	上晝	笠嫲	田唇	頸／頷下	耳公	瘰	舊飯
塘蓬客話	上晝 sɔŋ33 tsiu33	竹帽 tsuk021 mo33	田唇 tʰiɛn24 sun24	頸 kiaŋ31	耳朵 ȵi31to31	水泡 sui31 pʰau33	剩飯 sin33 fan33
青平客話	上晏 sɔŋ33an33 ／上晝 sɔŋ33tsiu33	竹帽 tsuk022 mo33	田唇 tʰiɛn24 sun24	頷下 kɔi55ha55 ／頸 kiaŋ221	耳朵 ȵi221 to221	水泡 sui221 pʰau33	剩飯 sin33 fan33
沙琅客話	打早 ta31tsɔ31	笠嫲 tap022 ma212	田基 tʰiɛn 21ki34	頸骨 kiaŋ31 kuɛt022	耳 ȵi31	水泡 sui31 pʰau52	剩飯 sɛn31 fan31
霞洞客話	上晝 sɔŋ21 tsiu52	帽 mɔ21	田唇 tʰiɛn24 sun24	頸 kiaŋ21	耳吉 ȵi21 kit055	泡 pʰau52	剩飯 sen21 fan21
安鋪粵語	上晏 søŋ21 aŋ33	帽 mou21	田基 tʰin21 kei55	頸仔 kɛŋ35 tsɐi35	耳仔 ȵi13 tsɐi35	瘰 pʰiau33	剩飯 seŋ21 faŋ21
石城粵語	上晏 siɛŋ21 aŋ33	張黃帽 tsiɛŋ55 wɔŋ21 mou21	田基 tʰin21 kei55	頸仔 kiɛŋ35 tsɐi35	耳仔 ȵi13 tsɐi35	水泡 sui35 pʰau33	剩飯 seŋ21 faŋ21
安鋪閩語	上日晝 tsiɔ33 iet022tau35	／	塍岸 tsʰaŋ22 hua35	胿蒂 tau33 ti55	耳団 hi33 kia31	水泡 tsui31 pʰa33	淘飯 tɔ13 pui13
石城閩語	上午 tsiɔ44 ŋu31	笠斗 lɔi44 tau31	塍岸 tsʰaŋ33 hua13	胿蒂公 tau33 ti44kɔŋ13	耳 hi44	水泡ts ui31 pɔk055	淘飯 tɔ13 pui13
羊角粵語	上晏 siɔŋ31 an33	竹笠 tsuk055 lɐp055	田基 tʰin211 kei44	頸骨 kiaŋ224 kwɐt055	耳吉 ȵi223 kɛt055	水泡 suɪ224 pʰau455	剩飯 seŋ31 fan31

林頭粵語	上晏 siɔŋ442 an33	帽斗 mou442 tɐu24	田基 tʰin211 kei44	頸骨 kiaŋ24 kwɐt055	耳仔 ŋi24 tsɐi24	水泡 sui24 pʰau24	剩飯 seŋ442 fan442
電城閩語	上旰 tsiŋ441 kua315	斗笠 tau31 lɔi441	塍岸 tsʰaŋ22 hua33	脰頦蒂 tau33 kɔ44li551	耳朵 hi441 tɔ31	起泡 kʰi31 pʰa551	剩糜 seŋ441 mɔi22
霞洞閩語	上旰 tsio332 kua443	笠 lɔi551	塍岸 tsʰan21 hua332	脰蒂 tau332 ti45	耳 hi551	水泡 tsui51 pʰau443	□糜 tɔŋ32 mui21

　　上表中的特徵詞條為普通名詞，「上午」客話叫「上晝」，「晝」為客話常見特徵詞，如「中午」叫「當晝、晝心欸」，「下午」叫「下晝」。廣府粵語一般「上晝」，而粵西高州、信宜、化州、吳川一帶粵語多叫「上晏」。青平客話則出現了方言詞彙疊置使用的現象，即在保留自身特色說法的同時，兼用粵語的「上晏」說法；安鋪閩語「上日晝」受客話影響，借用語素「晝」。

　　「斗笠」是依山而居的客家人常見的務農用具，叫「笠嫲」，「嫲」是客話特徵詞，常指雌性動物，有時也可不用於指性別而指「內藏不露」「凹下」義[註1]，如「舌嫲舌頭」「勺嫲勺子」「笠嫲」等，今廉江電白四地客話僅沙琅保留此說法。

　　「田埂」一詞用於考察客話特徵詞「唇」的說法，客話常稱物體的邊緣為「唇」，《釋名·釋形體》：唇，緣也，口之緣也。客話常見的有「田唇」「河唇河邊」「路唇路邊」「碗唇碗邊」等。沙琅客話未保留自身特徵詞說法，而是借用了粵語的「田基」一詞。

　　「脖子」在客話中叫「頸」，沿用古漢語說法，而脖子前面部分則叫「頦下」，青平、塘蓬、霞洞客話說法一致。沙琅客話則受粵語影響，與林頭、羊角粵語一致叫「頸骨」。

　　「耳朵」客話特色叫法為「耳公」，「公」原用於指雄性，常與「嫲」相對，有時也可指「突出」義，如「耳公」「鼻公鼻子」。今廉江電白四地客話均未使用「耳公」說法，塘蓬、青平叫「耳朵」，與普通話說法一致；霞洞客話叫「耳吉」，與羊角粵語相同。

　　「水泡」客話叫「瘭pʰiau52」，廉江電白四地客話均未見此說法，而安鋪粵語卻借用了客話說法。「剩飯」客話叫「舊飯」，而廉江電白四地客話和粵語則

[註1] 溫昌衍：《客家方言特徵詞研究》，北京：商務印書館，2012年，第20頁。

是向普通話靠攏，均叫「剩飯」。

（二）親屬稱謂詞

表 5-7　親屬稱謂詞

詞條 方言點	母親 （指稱）	公公 （指稱）	弟弟 （指稱）	妯娌
客話區內 特色說法	娘／嬭	家官（爺）	老弟	兩子嫂
塘蓬客話	娘 ɔi55-53	家官爺 ka55kuɔn55ia25	老弟 lo31tʰe55	兩子嫂 liɔŋ31tsŋ31so31
青平客話	阿媽 a55ma55	阿爸 a55pa55／ 家公 ka55kuŋ55	阿弟 a55tʰɛ33／ 老弟 lo221tʰɛ33	兩子嫂 liɔŋ221 tsi221ɬo221
沙琅客話	阿𡟖 a34nɛn52	家官爺 ka34kuɔn34ia212	老弟 lɔ31tʰɛ34	子嫂 tɛ31ɬ31
霞洞客話	阿𡟖 a44nɛn52	家公 ka44koŋ44	老弟 lɔ21tʰɛ44	兩子嫂 liɔŋ21tsə21ɬɔ21
安鋪粵語	媽 ma55	家公 ka55koŋ55	細佬ɬɐi33lo／ 老弟 lou13tʰɐi13	嬸嫂 sɐm35ɬou35
石城粵語	媽 ma55	家公 ka55kuŋ55	老弟 lou13tʰɐi35	嬸嫂 sɐm35ɬou35
安鋪閩語	老嬭 nɔ31nɛ31	家翁 kɛ13aŋ13	老弟 lau33ti55	姆姨 vɔ55i55
石城閩語	母 mai31	家翁 kɛ13aŋ13	弟 ti44	嬸嫂 tsim31ɬ31
羊角粵語	老母 lou223mou223	家公 ka44koŋ44	細佬 ɬɐi33lou224	妯娌 sʊk021lei224
林頭粵語	（阿）媽 （a）ma55	家公 ka44kʊŋ44	細佬 ɬɐi33lou24	嬸嫂 sɐm24ɬou24
電城閩語	老母 lau31bɔ31	家翁 kia33aŋ33	老弟 lau31ti551	嬸嫂 tsim33sɔ31
霞洞閩語	阿媽 a332ma45	家翁 kɛ332aŋ332	老弟 lau551ti51	嬸嫂 tsim51ɬ51

　　客方言中不少人稱代詞的叫法獨具特色，如稱「母親」為「娘／姨ɔi44」或「嬭mei44」，廉江電白四地客話，僅塘蓬叫「娘」；沙琅、霞洞客話叫「阿𡟖」，可能與客話稱「母乳」為「𡟖」有關。

　　「公公」一詞的指稱，客話叫「家官」「家官爺」，屬於古漢語遺留現象，宋莊綽《雞肋編》卷下：「廣南禮俗⋯⋯又呼舅為官，姑為家。」「舅為官、姑

為家」意思是「家公稱為官，家婆稱為家」。塘蓬、沙琅客話保留自身特色說法，而青平、霞洞客話叫「家公」是借用粵語的說法。

「弟弟」客話叫「老弟」，廉江電白四地客話保留此叫法，此外石城粵語和安鋪、電城、霞洞三地閩語借用客話說法，而安鋪粵語則在保留自身「細佬」特色叫法的同時兼用客話「老弟」叫法。「老」作為前綴，粵語常用於指稱比自己高一輩的親屬，如「老豆父親」「老母母親」，但年齡低於自己的親屬，則不用「老」，多用其他方式構成，故以上粵語出現「老弟」說法，與其他客方言點相同，明顯係異質成分。

「妯娌」在客、粵、閩方言中叫法各具特色，客話叫「兩子嫂」，廉江電白四點客話保留此說法；廈門閩語叫「同姒仔」；粵語叫「嬸嫂」，今石城、電城、霞洞三地閩語叫「嬸嫂」，明顯是粵化表現。

（三）動詞

表 5-8　動詞表

詞條＼方言點	傳染	挽	打傘	餓	下飯	挑	回來	蹲
客話區內特色說法	□ tsʰei52	攝	擎遮	饑	傍飯	荷 kʰai44	轉來	□ pu44
塘蓬客話	傳染 tsʰiɔn24 ȵiam31	攝 ȵiap021	開傘 hɔi55 san31	饑 ki55	傍飯 pɔŋ31 fan33	擔 tam55	轉來 tsɔn31 lɔi24	□ pu55
青平客話	傳染 tsʰɔn24 ȵiam55	折 tsap022	擔雨遮 tam55 i221tsa55	肚餓 tu221 ŋɔ33	傍飯 pɔŋ221 fan33	擔 tam55	轉來 tsɔn221 lɔi24	□ pu55
沙琅客話	□ tsʰɛ52	撈 lau34	擔遮 tam34 tsa34	餓 ŋɔ31	送飯 sɔŋ52 fan31	擔 tam34	轉來 tsɔn31 lɔi212	□ pei212
霞洞客話	惹 ȵa44	攝 ȵiap022	擔遮 tam44 tsa44	餓 ŋɔ21	送飯 łɔŋ52 fan21	擔 tam52	轉來 tsɔn21 lɔi24	□ pei44
安鋪粵語	過 kɔ33	折 tsip033	擔雨遮 tam55 i13tsɛ55	餓 ŋɔ21	送飯 łɔŋ33 faŋ21	擔 tam55	回來 wui211 ɔi21	跍 mɐu55
石城粵語	傳染 tsʰin21 ȵim13	攝 ȵiɛp033	擔遮 tam55 tsɛ55	餓 ŋɔ21	送飯 łɔŋ33 faŋ21	擔 tam55	回來 wui21 lɔi21	跍 mɐu55

安鋪閩語	傳染 tsʰien22 niam31	擎 pi55	打開傘 tʰɛ35 kʰui35 ɬua35	餓 ŋɔ35	配飯 pʰuɛ35 pui13	擔 ta13	轉來 tui31 lai22	□ tsʰui22
石城閩語	傳染 tsʰien33 nim31	擎 pi55	拍遮 pʰa55 tsia13	餓 ŋɔ13	配飯 pʰuɛ35 pui13	擔 ta13	轉來 tui31 lai33	□ tsʰui331
羊角粵語	傳染 tʃʰin211 n̩im223	攝 n̩ip033	撐遮 tsʰaŋ33 tsɛ44	肚餓 tʰou22 3ŋɔ31	送飯 ɬoŋ33 fan31	擔 tam44	翻來 fan44 lɔi211	踎 mou455 / 勾 ŋɐu455
林頭粵語	傳染 tsʰin211 n̩im24	折 tʃip033	掌傘 tsioŋ24 ɬan33	餓 ŋɔ442	送飯 ɬoŋ33 fan442	擔 tam44	轉屋 tsin33 ʊk055	勾 ŋɐu455
電城閩語	過到 kɔi315 tɔ31	擎 pi551	擔遮 ta33 tsia33	餓 ŋɔ33	配糜 pʰɔi315 mɔi22	擔 ta33	轉屒 tui31 tsʰu315	□ tsʰui22
霞洞閩語	傳染 tsʰin21 jin21	折 tsi45	開傘 kʰui33 ɬua332	餓 kɔ332	配糜 pʰoi443 mui21	擔 ta332	轉屒 tui21 tsʰu443	□ tsʰui21

　　動詞類特徵詞是展現不同方言特色說法的主要詞類之一。「傳染」客話叫「□tsʰei52」，僅沙琅客話保留此說法；而粵語一般叫「惹」，閩語叫「過」，故霞洞客話借用粵語說法，安鋪粵語借用了閩語說法。

　　「挽」用於指折疊式捲起袖子等，客話叫「攝 n̩iap021」。溫昌衍（2012：23）考本字為「絪」字，義為「黏也」，溫氏認為「折疊式卷袖口時如同一層一層往上黏，固可說『絪』」，意義上的解釋似乎稍顯牽強，故不用該字。攝，《說文》：「攝，引持也。從手，聶聲。」本義為提起、牽引，《論語·鄉黨》：「攝齊升堂。」朱熹注：「攝，摳衣也。」「摳衣」指提起衣服前襟。宋蘇軾《後赤壁賦》：「予乃攝衣而上。」「攝」有提起義，與「挽起袖子」語義相通。語音上，攝：《廣韻》書涉切，入叶書；又奴協切，入貼泥。客話「攝影」「攝衫袖」均讀「n̩iap021」，與「聶、鑷、躡」同音。塘蓬、霞洞客話保留該說法，石城、羊角粵語借用了客話說法；青平客話則借用粵語的「折」。

　　「打傘」客話叫「擎遮」，「擎」指動作「撐」，廉江電白四地客話均未保留「擎」的說法，其中青平、沙琅、霞洞客話借用粵語「擔遮」一詞。

　　「餓」客話叫「饑」「肚饑」，粵語叫「肚餓」，閩語叫「桍」「餓」；塘蓬客

話保留自身說法，而青平、沙琅、霞洞客話則說「餓」，且讀音與粵語相近，明顯是受粵語的影響。

「下飯」客話叫「傍飯」，粵語叫「送飯」，閩語一般叫「物配」，塘蓬、青平客話保留特徵詞說法，沙琅、霞洞客話則明顯是借用粵語說法。

「挑」客話叫「kʰai44」，俗字常寫作「挍」，本字經考為「荷」；粵、閩稱「用肩挑」均為「擔」，如「擔水」「擔泥」「擔貨」。廉江電白四地客話未保留自身特色說法，受粵、閩影響，借用語素「擔」。

「回來」客話和閩語均可叫「轉來」，粵語叫「翻來」，類似的詞如「回家」，客話叫「轉屋下」，閩語叫「轉厝」，粵語則叫「翻屋企」。廉江、電白四地客話保留「轉」的說法，林頭粵語不用「翻」而用「轉」，明顯是異質成分。

（四）形容詞

表 5-9　形容詞表

詞目	疏	乾	耐穿	詞目	疏	乾	耐穿
客話區內特色說法	虆	燥	耐著	客話區內特色說法	虆	燥	耐著
塘蓬客話	虆 lo33	燥 tsau55	禁著 kʰim55 tsɔk021	安鋪閩語	疏 ɬɔi13	乾 kaŋ13	禁頌 kʰim13 tsʰiaŋ13
青平客話	虆 lo33	燥 tsau55	禁著 kʰim55 tsɔk022	石城閩語	疏 ɬɔi13	乾 kan13	禁頌 kʰim13 tsʰiaŋ13
沙琅客話	虆 lɔ52	燥 tsau34	禁著 kʰem34 tsɔk022	羊角粵語	疏 sɔ44	燥 tsau44	禁著 kʰɐm44 tʃiɔk033
霞洞客話	疏 ɬɔ44	燥 tsau44	禁著 kʰim44 tsɔk022	林頭粵語	疏 sɔ44	□ ɬem455	禁著 kʰɐm44 tʃiɔk033
安鋪粵語	疏 so55	乾 kɔŋ55 / 燥 tsau33	禁著 kʰɐm55 tsøʔ033	電城閩語	疏 sɔi22	涸 kʰɔ31	禁頌 kʰim33 tsʰiaŋ33
石城粵語	疏 so55	乾 kɔŋ55 / 燥 tsau33	禁著 kʰɐm55 tsiɛʔ033	霞洞閩語	疏 ɬɔi21	涸 kʰɔ51	禁頌 kʰim332 tsʰiaŋ332

形容詞「疏」客話叫「lau52」，經溫昌衍（2012：35）考證其本字為「虆」。

爨，《集韻》郎到切，音澇；《字彙補》：寬也。塘蓬、青平、沙琅客話保留該說法，而霞洞客話及其他各點粵、閩叫「疏」，與普通話一致。「乾、乾燥」客話叫「燥」，廉江電白四地客話保留該說法，安鋪、石城粵語既說「乾」又迭用客話的「燥」，羊角粵語則被客話「燥」完全替換。衣物「耐穿」客話一般就叫「耐著」，粵語指物耐久、耐用叫「禁 kʰɐm53」，如「禁著」「禁使」「禁用」，閩語則叫「強 kiũ11 頌」；廉江電白客話、閩語均借用粵語的「禁」。

三、廉江、電白閩方言特徵詞

（一）生活用品類名詞

表 5-10　生活用品類名詞表

方言點 ＼ 詞條	房子	鍋	袖子	晚上	茶葉渣
閩語區內特色說法	厝	鼎	衫綰	暝昏	茶箬粕
安鋪閩語	厝 tsʰu35	鼎 tia31	衫綰 ła13ui31	暝昏頭 mɛ22hui33 tʰau22	茶箬粕 tɛ22hiɔ33 pʰɔ55
石城閩語	厝 tsʰu352	鼎 tia31	綰 ɔi31	暝昏 mɛ33hui13	茶粕 tɛ33pʰɔ551
電城閩語	厝 tsʰu315	鼎 tia31	衫綰 sa33ˀui31	暝昏 mia22hui33	茶粕 tia33pʰɔ551
霞洞閩語	厝 tsʰu443	鼎頭 tia51tʰau21	衫綰 ła332ui551	暝昏頭 mɛ21hui332 tʰau21	茶粕 te21pʰɔ45
安鋪粵語	屋 ok055	鑊 vɔʔ021	袖 tsɐu21	晚間黑 maŋ13 kaŋ55hɐʔ055	茶渣 tsʰa21tsa55
石城粵語	屋 ʔuk055	鑊 wɔʔ022	袖 tsɐu21	晚間黑 maŋ13kaŋ55 haʔ055	茶葉□ tsʰa21ip022 ȵia55
塘蓬客話	屋子 ʋuk021tsŋ31	鑊 vɔk055	袖子 tsʰiu33tsŋ31	暗晡夜 am33 pu55ia33	茶葉渣 tsʰa24iap055 tsa55
青平客話	屋子 ʋuk022tsi221	鑊 vɔk055	褂袖 kua33tsʰiu33	暗晡夜 am33pu55 ia33	茶葉渣 tsʰa24iap055 tsa55

羊角粵語	樓 lɐu211 / 屋 ʊk055	鑊 vɔk021	衫袖 sam44 tsɐu31	晚上 man223 siɔŋ31	茶葉渣 tsʰa21 1jip021tsa44
林頭粵語	房屋 fɐŋ211 ʊk055	鑊頭 vɔk021 tʰɐu211	袖 tsɐu442	麻黑 ma211 hak055	茶葉渣 tsʰa211 jip021tsa455
沙琅客話	屋 ok022	鑊 vɔk055	袖 tsʰiu31	暗間頭 am52 ken34tʰei21	茶葉 tsʰa21 iap055
霞洞客話	房 fɐŋ24	鑊頭 vɔk055 tʰei24	衫袖 łam44 tsʰiu21	暗間頭 am52 kan44tʰei24	茶渣 tsʰa24 tsa44

　　「房子」閩語特色叫法是「厝」，廉江電白四地閩語保留該說法，其他粵、客點未見此說法。「鍋」閩語叫「鼎」，粵語叫「鑊」，客話叫「鑊」或「鑊頭」，《察今》：「嘗一臠肉，而知一～之味，一鼎之調。」高誘注：「有足曰鼎，無足曰鑊。」「鼎、鑊」均為古漢語詞。廉江電白四地閩語保留特色說法，霞洞閩語叫「鼎頭」應是受客話影響，在語素特徵語素「鼎」後加詞尾「頭」組合而成。「袖子」「晚上」「茶葉渣」三個詞在其他閩語中的特色說法分別是「袖裌」「暝昏」「茶（箬）粕」，與粵、客方言詞有明顯的差異；廉江電白四地閩語均完整保留自身特色說法，與粵、客方言未見相互影響而變異的現象。以上幾個閩語特徵詞，廉江電白四地閩語基本保留自身特色說法，因接觸產生變異的現象少見。

（二）食物類詞

表 5-11　食物類詞表

詞條＼方言點	稻穀	糯米	粥	橘子
閩語區內特色說法	秈粟	秫米	糜	桔
安鋪閩語	秈粟 tiu55tsʰiak055	秫米 tsut022vi31	糜 muɛ22	橘子 kiet055tsi31
石城閩語	粟 tsʰiak055	秫米 tsut022ʋi31	糜 muɛ331	橘子 kiet055tsi31
電城閩語	秈粟 tiu44tsʰiak045	糯米 tsuk031bi31	粥 tsɔk045	桔囝 kik045kia31
霞洞閩語	粟 tsʰiak045	秫米 tsut021pi51	糜粥 mui2ok045	桔囝 kik045kia51
安鋪粵語	米 mɐi13	糯米 no21mɐi13	粥 tsok055	橘子 kɐʔ055tsu35
石城粵語	米 mɐi13	糯米 no21mɐi13	粥 tsʊk055	橘子 kɐʔ055tsi35

塘蓬客話	米 mi31	糯米 no33mi31	粥 tsuk021	橘子 kit021tsŋ31
青平客話	米 mi221	糯米 no33mi221	粥 tsuk022	橘子 kit022tsi221
羊角粵語	米 mɐi223	糯米 nɔ31mɐi223	粥 tsʊk055	橘子 kɐt055tʃi224
林頭粵語	米 mɐi24	糯米 nɔ442mɐi24	粥 tsʊk055	橘子 kɐt055tsei24
沙琅客話	穀 kok022	糯米 nɔ31mi31	粥 tsok022	桔 ket022
霞洞客話	穀 kok022	糯米 nɔ21mi21	粥 tsok022	柑仔 kɐm44tsei44

　　「稻穀」閩語特色叫法是「粟」，粵、客方言一般叫脫粒的稻穀為「米」，
未脫粒的叫「穀」，廉江電白四地閩語保留自身特色說法。「糯米」閩語叫「秫
米」，粵、客叫法與普通話無異，電城閩語受粵、客及普通話影響叫「糯米」。
「粥」，《爾雅·釋言》：「粥，潯糜也。」「糜」，《釋名·釋飲食》：「～，煮米使
糜爛也。」二者為古漢語同義詞。粵、客方言叫「粥」，閩語叫「糜」，今安鋪、
石城閩語保留該說法，而電城、霞洞閩語則在粵、客方言或普通話的影響下，
一個改叫「粥」，一個是「糜粥」並用形成同義複合詞。

（三）形容詞

表 5-12　形容詞表

方言點＼詞條	高	瘦	香	淡味道
閩語區內特色說法	懸	瘠	芳	饗
安鋪閩語	懸 kuai22	瘠ɬaŋ31	香 hiɔ13	饗tsia31
石城閩語	懸 kuai33	瘠ɬaŋ331	芳 phaŋ13 / 香 hiɔ13	饗tsia31
電城閩語	懸 kuai22	瘠saŋ31	芳 phaŋ33	饗tsia31
霞洞閩語	懸 kuai21	瘠ɬan51	芳 phaŋ332	饗tsia51
安鋪粵語	高 kou55	瘦 sɐu33	香 høŋ55	淡 tham13
石城粵語	高 kou55	瘦 sɐu33	香 hiɛŋ55	淡 tham13
塘蓬客話	高 ko55	瘦 sɛu33	香 hioŋ55	淡 tham55
青平客話	高 ko55	瘦ɬɛu33	香 hioŋ55	淡 tham55
羊角粵語	高 kou44	瘦 sɐu33	香 hioŋ44	淡 tham223
林頭粵語	高 kou44	瘦 sɐu33	香 hioŋ455	淡 tham24
沙琅客話	高 kɔ34	瘦ɬei52	香 hioŋ34	淡 thɐm34
霞洞客話	高 kɔ44	瘦ɬei52	香 sɔŋ44	淡 tham44

形容詞「高」「瘦」「淡」在閩語中有獨特的叫法，分別是「懸」「瘦」「饗」，與粵、客方言叫法差異大，廉江電白四地閩語保留自身特色說法，其他粵、客方言亦未受其影響。「香」閩語特色叫法是「芳」，電城、霞洞閩語保留該說法，而安鋪、石城閩語則受粵、客方言或普通話影響，前者用「香」替代「芳」，後者「芳」「香」迭用。

（四）動作行為類詞

表 5-13　動作行為類詞

詞條\方言點	喝水	餵雞	穿褲子	打屁股	澆水	曬穀	賺錢	藏
閩語區內特色說法	啜水	飼雞	頌褲	拍尻川	沃水	曝粟	趁錢	囥
安鋪閩語	啜水 tsʰuɛ55 tsui31	飼雞 tsʰi13 kɔi13	頌褲 tsʰiaŋ13 kʰɛu35	拍尻川 pʰa55 ka33 tsʰui13	沃水 ak055 tsui31	曝粟 pʰak022 tsʰiak055	賺錢 tsaŋ33 tsi22	囥 kʰɔ35
石城閩語	啜水 tsʰuɛ55 tsui31	飼雞 tsʰi13 kɔi13	頌褲 tsʰiaŋ13 kʰɛu35	拍尻川 pʰa55 ka33 tsʰui13	沃水 ak055 tsui31	曝粟 pʰak022 tsʰiak055	趁錢 tʰan35 tsi33	囥 kʰɔ13
電城閩語	嚕水 hap021 tsui31	飼雞 tsʰi55 lkɔi33	頌褲 tsʰiaŋ33 kʰɛu315	拍尻川 pʰa551 kʰa33 tsʰui33	沃水 ak045 tsui31	曝粟 pʰak031 tsʰiak045	撈錢 lau33 tsi22	逃 tɔ22
霞洞閩語	嚕水 hap045 tsui51	飼雞 tsʰi44 3kɔi332	頌褲 tsʰiaŋ443 kʰɛu443	拍尻川 pʰa51 ka332 tsʰui332	沃水 ak045 tsui51	曝粟 pʰak021 tsʰiak045	賺錢 tsan551 tsi21	囥 kʰɔ ŋ21
安鋪粵語	飲水 ȵiɐm35 sui35 / 食水 sek021 sui35	喂雞 ʋɐi33 kɐi55	著褲 tsøʔ033 fu33	打屎窟 ta35si35 fɐʔ055	□水 hiau55 sui35	曬穀 sai33 kok055	賺錢 tsaŋ21 tsʰin21	收 sɐu55
石城粵語	食水 sek022 sui35	喂雞 wɐi33 kɐi55	著褲 tsiɛʔ033 fu33	打屎窟 ta35si35 fɐʔ055	潑水 pʰut033 sui35	曬穀 sai33 kʊk055	賺錢 tsaŋ21 tsʰin21	收 sɐu55

	喝水	餵雞	穿褲	打屎窟	淋水	曬穀	賺錢	收
塘蓬客話	飲水 ȵim31 sui31	供雞 kiuŋ33 ke53	著褲 tsɔk021 kʰu33	打屎窟 ta31sŋ31 fut021-055	淋水 lim24 sui31	曬穀 sai33 kuk021	賺錢 tsʰan33 tsʰiɛn24	收 siu55
青平客話	食水 ʃit055 sui221	供雞 kiuŋ33 kɛ55	著褲 tsɔk022 kʰu33	打屎窟 ta221 ʃi221 fut055	淋水 lim24 sui221 / 潑水 pʰat055 sui221	曬穀 ɬai33 kuk022	賺錢 tsʰan33 tʃʰiɛn24	收 siu55
羊角粵語	噏水 hap033 sui224	喂雞 ʋɐi33 kɐi44	著褲 tʃiɔk033 fu33	打屎窟 ta224 si223 fɐt055	澆水 ȵiu224 sʋi224	曬穀 sai33 kʊk055	賺錢 tsan31 tʃʰin211	收 sɐu44
林頭粵語	噏水 hap033 sui24	喂雞 ʋɐi33 kɐi44	著褲 tsiɔk033 fu33	打屎窟 ta24ʃi24 fɐt055	澆水 jiu24 sui24	曬穀 sai33 kʊk055	賺錢 tsan442 tʃʰin211	收 sɐu44
沙琅客話	噏水 hap022 sœy31	喂雞 vei52 kɛ34	著褲 tsɔk022 kʰu52	打屎窟 ta31si52 fet022	□水 lem21 sœy31	曬穀 ɬai52 kok022	賺錢 tsʰan31 tsʰiɛn212	收 siu34
霞洞客話	食水 sit055 sœy21	喂雞 vui52 kɛ44	著褲 tsɔk022 fu52	打屎窟 ta21si52 fət022	淋水 lim24 sœy21	曬穀 ɬai52 kok022	賺錢 tsʰan21 tsʰiɛn24	收 siu44

「喝水」一詞考察動詞「喝」在閩語中的特色說法，常用「啜」或「啉」，如啜水／啉水、啜茶／啉茶、啉酒等。粵語多用「飲」，如飲水、飲酒、飲茶；客話用「食」，如食水、食酒、食茶。電白地區電城和霞洞閩語、林頭和羊角粵語及沙琅客話叫「噏水」，不同於核心區閩、粵、客方言的特徵說法。塘蓬客話「飲水」借用粵語成分。

「餵食」閩語基本用「飼」，粵語用「喂」，客話分兩種情況：喂動物、牲畜用「供」，如供雞、供豬；給人餵食則用「飼」，如「飼飯」。廉江電白四地閩語保留自身特色說法，沙琅、霞洞客話受粵語、普通話影響，用「喂」不用「供」。

「穿」閩語叫「頌」，為同音字，也可寫「穿」，為訓讀字，廉江電白四地閩語保留該說法。粵、客方言均用「著」。

動詞「打」「澆（水）」「曬（穀）」「藏」的閩語特徵說法與粵、客亦有很大差別，這幾個詞在閩語分別叫「拍」「沃」「曝」「园」，粵、客方言叫法比較一致，分別是「打」「淋／潑」「曬」「收」，與普通話說法相近。這幾個詞在廉江電白四地閩語中基本保留了本方言特色說法。

「賺（錢）」閩語叫「趁錢」；石城閩語保留該說法，安鋪、霞洞閩語則借用粵語說法，其中安鋪閩語「賺」的聲、韻母與安鋪粵語相同，霞洞閩語「賺」的聲、韻母與林頭、羊角粵語相同。

通過上文的比較分析，廉江、電白地區的粵、客、閩三大方言均保留了不少自身方言的基本特徵，如粵語的典型詞尾「仔」「嘅」、表人稱代詞複數的「哋」，客話的典型詞尾「公」「嘛」，閩語的典型詞尾「囝」，以及名詞、動詞、形容詞等各類特徵詞，在廉江電白粵、客、閩 12 個方言點中均各有體現。但由於當地語言環境的多樣性和複雜性，即使是特徵詞，在方言接觸過程中，也出現了一些變化，廉江、電白兩個地方的粵、客、閩方言均存在特徵詞因接觸而導致變異的現象，如粵語特徵詞對客、閩方言產生影響的有：「抽屜」「東西」「勺子」「舌頭」「岳父岳母「乞丐」「瓶」「口」「塊」「看」「談」「勞駕」「聰明」「吝嗇」「久」「我們」「耳朵」「妯娌」「耐穿」「打傘」「下飯」「賺錢」「上午」等；客話特徵詞對粵、閩方言產生影響的有：如「鳥」「鼻子」「最小的兒子」「尋找」「弟弟」「乾」「回來」等；閩語特徵詞對粵、客方言產生影響的有：「小孩」。廉江地區客話使用人數最多，其次是粵語，再次是閩語；電白地區則是閩語使用人口最多，其次是客話，粵語最少。粵語雖然不是廉江電白兩個地區使用人數最多的方言，但從以上特徵詞的接觸分析來看，粵語對客、閩方言的影響、滲透卻最顯著，反過來粵語也會受到客、閩方言的反滲透。另外，廉江電白閩語特徵詞產生變異的現象較少，較客話穩定。

第二節　接觸影響下的一般詞彙分析

廉江、電白地區粵、客、閩方言特徵詞的接觸演變分析表明，三大方言在多方言交叉使用的語言環境下，原本比較穩定的特徵詞亦存在不少變異現象。為了更全面地考察廉江電白三大方言詞彙的接觸特點，本節針對與特徵詞相對的一般詞進行接觸分析。本節從詞表 26 類詞的每一類中選擇存在接觸現象的詞進行接觸分析，所選詞目共 76 條。

一、名詞

按照詞類性質，名詞類詞存在接觸現象的詞包括自然天氣、農業生產和植

物類、動物類、用品穿戴類、房屋建築類、生活起居類。

（一）自然天氣類

表 5-14 自然天氣類詞表

詞條 方言點	流星	閃電名詞	悶熱
安鋪粵語	天星屎 tʰin55ɬiaŋ55si35	火蛇仔 fo35sɛ21tsɐi35	濕熱 sɐp055n̩it021
石城粵語	天星屎 tʰin55ɬiɛŋ55si35	火蛇仔 fo35sɛ21tsɐi35	暗□ɐm33hʊŋ21
安鋪閩語	天星屎 tʰi13tsʰɛ13ɬai31	電攝 tien22ɬi33	濕熱 ɬip055iɛk022
石城閩語	天星屎 tʰi13tsʰia33ɬai31	天攝 tʰi13ɬi55	悶熱 mun33lua441
塘蓬客話	星屙屎 sen55o55si31	火炎蛇 fo31iam24sa24	濕熱 sip021n̩iɛt055
青平客話	星屙屎ɬen55o55si221	火蛇 fo221sa24	悶熱 mun221n̩iɛʔ055
羊角粵語	流星 lou211ɬeŋ455	火蛇 fɔ224sɛ211	悶熱 mun33n̩it021
林頭粵語	天星屎 tʰin44ɬiaŋ44ʃi24	火蛇 fɔ24sɛ211	烘 hoŋ442
電城閩語	流星 lau22seŋ33	天攝 tʰi33si551	悶熱 muŋ441ik031
霞洞閩語	流星 lau21ɬen332	火蛇 hui51tsua21	好焗 hɔ51kuk021
沙琅客話	天星屙屎 tʰiɛn34ɬien34ɔ34si31	火劃蛇 fɔ31vak055sa21	逼熱 pet022n̩iat055 / 熱逼 n̩at055pet022
霞洞客話	天星過尾 tʰiɛn44ɬen44kuɔ52vui21	火蛇 fɔ21sa24	逼熱 pet022n̩iat033

「流星」粵語一般叫「天星屎」，客話叫「星欸泄屎」「星欸屙屎」，閩語叫「掣屎星」「落屎星」「拖尾星」，安鋪、石城閩語明顯是借用粵語說法，電城、霞洞閩語是普通話說法；沙琅、霞洞客話的「天星」也是借自粵語，且霞洞客話的「過尾」應是閩語成分。「閃電」粵語叫「攝電」「火蛇」，客話也叫「火蛇」，閩語叫「閃□nã21」，安鋪、石城、電城閩語借用粵語「攝電」說法，霞洞閩語則借用粵、客「火蛇」說法。

（二）農業生產和植物類詞

表 5-15 農業生產和植物類詞

詞條 方言點	秕穀	花生	玉米	茄子	橄欖	香蕉
安鋪粵語	穀泛 kok055 pʰaŋ33	番豆 faŋ55 tɐu21	粟苞ɬ ok055 pau55	矮瓜 ai35kwa55	橄欖 ka55lam35	蕉子 tsiu55tsu35

	穀仔	番豆	苞粟	矮瓜	黃欖	蕉子
石城粵語	穀仔 kʊk055 tsɐi35	番豆 faŋ55 tɐu21	苞粟 pau55 ɬʊk055	矮瓜 ai35kwa55	黃欖 wɔŋ211 am35	蕉子 tsiu55tsi35
安鋪閩語	泛粟 pʰa35 tsʰiak055	番豆 huaŋ13 tau13	粟苞 ɬiak055 pau13	矮瓜 ɔi31kuɛ13	橄欖 ka3na31	蕉子 tsiɔ13tsi31
石城閩語	粟泛 tsʰiak055 pʰa35	番豆 huaŋ13 tʰau13	苞粟 pau13 ɬiak055	矮瓜 ɔi31kuɛ13	橄欖 ka33na31	蕉子 tsiɔ13tsi31
塘蓬客話	泛穀 pʰaŋ33 kuk021	番豆 fan55 tʰɛu33	苞粟 pau55 suk021	茄子 kʰiɔ24 tsŋ31	黃欖 vɔŋ24 lam31	香蕉 hiɔŋ55ts iau55
青平客話	泛穀 pʰaŋ33 kuk022	番豆 fan55 tʰɛu33	苞粟 pau55 ɬuk022	茄子 kʰiɔ24 tsi221	黃欖 vɔŋ24 lam221	蕉子 tsiau55ts i221
羊角粵語	穀泛 kʊk055 pʰaŋ33	搃豆 mɐŋ44 tɐu31	苞粟 pau44 ɬʊk055	矮瓜 ai224]kwa44	橄欖 kam44lam224 / 黃欖 vɔŋ211 lam224	蕉子 tʃiu455tʃ i224
林頭粵語	穀泛 kʊk055 pʰaŋ33	泥豆 nɐi211 tɐu442	苞粟 pau44 ɬʊk055	茄瓜 kʰɛ211 kwa44	橄欖 kam44 lam24	蕉子 tʃiu44tsei24
電城閩語	泛囝 pʰa315 kia31	塗豆 tʰɛu22 tau33	珍珠粟 tsiŋ33 tsu33sia45	茄瓜 kʰɛ22kɔi33	橄欖 ka33na31	香蕉 hiaŋ33 tsiau33
霞洞閩語	粟泛 tsʰiak045 pʰa332	塗豆 tʰɛu21 tau332	苞粟 pau33 ɬiak045	茄瓜 kʰɛ21 kɔɛ332	橄欖 kam332 na51	芳蕉 pʰaŋ332 tsio332
沙琅客話	穀泛 kok022 pʰɐŋ52	搃豆 mɐŋ34tʰei31 / 泥豆 nɛ21tʰei31	苞粟 pau34 ɬok022	矮瓜 ai31kua34	黃欖 vɔŋ21 lam31	香蕉 hœŋ34 tsiau34
霞洞客話	穀泛 kok022 pʰɐŋ52	搃豆 mɐŋ44 tʰei21	苞粟 pau44 ɬok055	矮瓜 ai21kua44	橄欖 kɐm44 lam21	蕉子 tsiau44 tsə21

「秕穀」粵語叫「泛pʰan33穀」或「穀泛」；客話也叫「泛pʰaŋ穀」，但一般不說成逆序詞「穀泛」；閩語叫「粟」不叫「穀」。沙琅、霞洞客話借用粵語「穀泛」說法，與安鋪、羊角、林頭粵語相同。

「花生」廣州粵語叫「花生」；梅縣客話叫「番豆」，河源、清溪、揭西等

地客話叫「地豆」；閩語叫「塗豆」，安鋪、石城閩語叫「番豆」明顯是異質成分，應是借用客話說法；同樣，安鋪、石城粵語的「番豆」應是客話借詞。羊角粵語和沙琅、霞洞客話叫「搣豆」，應與粵、客方言稱「拔花生」為「搣番豆」「搣地豆」有關。

「玉米」粵語叫「粟苞」，客話叫「苞粟」，兩者互為逆序詞；廈門閩語叫「麥穗 beʔ055sui11」。廉江石城粵語、石城閩語借用客話說法；電白粵、閩方言也基本叫都「苞粟」，也是借用客話說法的表現。「玉米」一詞，客話對粵、閩語的滲透強。

「茄子」粵語叫「矮瓜」，梅縣客話叫「弔菜」，閩語叫「茄」，安鋪、石城閩語以及沙琅、霞洞客話均借用粵語說法。「橄欖」粵語、客話說法為 kamˊlam，閩語叫 kã55nã35，均寫作「橄欖」。安鋪粵語的「橄 ka」讀音與安鋪、石城閩語相近，明顯是借用閩語讀音；霞洞閩語「橄 kam」讀音與粵、客讀音接近，由於霞洞鎮為閩語鎮，僅少數人能聽懂客話，因此霞洞閩語是受粵語的影響。

「香蕉」廉江粵、閩方言、青平客話、電白林頭和羊角粵語以及霞洞客話均叫「蕉子」，為統稱叫法。林華勇（2007）認為廉江粵語常見水果名詞加後綴「子」的語言現象，如「蕉子、李子、桃子、橘子」等，是源自客話〔註2〕。電白林頭、羊角粵語亦有相同現象。以上所舉的幾種水果，粵語一般叫「蕉、李、桃、桔」，而客話則習慣加後綴「欸／子」，本文贊同廉江粵語水果名詞後綴「子」是源自客話的觀點。

（三）動物及相關類詞

表 5-16　動物及相關類詞表 i

詞條 方言點	小雞	小鵝兒	雞啄食	雞窩	翻食	公狗	公牛
安鋪 粵語	雞仔 kɐi55 tsɐi35	鵝仔 ŋo55 tsɐi35	雞叮 kɐi55 tiaŋ55	雞竇 kɐi55 tɐu33	耙地 pʰa21 tei21	狗公 kɐu35 koŋ55	牛牯 ŋɐu21 ku35
石城 粵語	雞仔 kɐi55 tsɐi35	鵝仔 ŋo55 tsɐi35	雞叮 kɐi55 tiɛŋ55	雞竇 kɐi55 tɐu33	翻食 faŋ55 sek022	狗牯 kɐu35 ku35	牛牯 ŋɐu21 ku35

〔註2〕林華勇、馬喆：《廣東廉江方言的「子」義語素與小稱問題》，語言科學，2008 年第
　　　6 期，第 633 頁。

安鋪閩語	雞囝 kɔi13 kia31	鵝囝 ŋɔ55 kia31	雞叮 kɔi13 tioŋ55	雞竇 kɔi13 tau35	耙食 pɛ22 tsia33	狗牯 kau31 kɛu31	牛牯 vu22 kɛu31
石城閩語	雞囝 kɔi13 kiak022	鵝囝 ŋɔ33 kia31	雞叮 kɔi13 tioŋ55	雞竇 kɔi13 tau35	翻食 huaŋ13 tsia331	狗牯 kau31 kɛu31	牛牯 ʋu33 kɛu31
塘蓬客話	雞兒 ke55 ȵi25-53	鵝兒 ŋo24 ȵi25-53	雞叮 ke55 tioŋ55	雞竇 ke55 tɛu33	□ kʰia33	狗公 kɛu31 kuŋ55	牛牯 ŋɛu24 ku31
青平客話	雞子 kɛ55 tsi221	鵝子 ŋo24 tsi221	雞叮 kɛ55 tioŋ55	雞竇 kɛ55 tɛu33	□食 kʰiɛʔ055 ʃit055	狗公 kɛu221 kuŋ55 / 狗牯（多） kɛu221 ku221	牛牯 ŋɛ u24 ku221
羊角粵語	雞兒 kɐi44 ȵi211-455	鵝兒 ŋo211 ȵi211-455	雞執米 kɐi44 tsɐp055 mɐi223	雞竇 kɐi44 tɐu33	化食 fa33 sek021	狗公 kɛu224 koŋ455	牛公 ŋɐu211 koŋ455 / 牛牯 / ŋɐu211 kʋu224
林頭粵語	雞仔 kɐi44 tsɐi24	鵝仔 ŋo455 tsɐi24	雞叮 kɐi44 tʰioŋ455	雞竇 kɐi44 tɐu33	化食 fa33 sek021	狗公 kɐu24 kuŋ455	牛公 ŋɐu211 kuŋ455
電城閩語	雞囝 kɔi33 kia31	鵝囝 ŋɔ22 kia31	□ tsʰəm441	雞竇 kɔi33 tau315	翻食 huaŋ33 tsia441	狗翁 kau31 aŋ33	牛牯 ŋu22 kɛu31
霞洞閩語	雞囝 koi332 kia51	鵝囝 kɔ21 kia51	叮米 tioŋ45 pi51	雞竇 koi332 tau443	化食 hœɛ332 tsia551	狗公 kau51 koŋ45	牛公 ku21 koŋ45
沙琅客話	雞仔 kɛ34 tset055	鵝仔 ŋo21ts et055	叮 tioŋ34	雞竇 kɛ34 tei52	化食 fa52 set055	狗牯 kei31 ku31	牛牯 ŋei21 ku31 / 牛頭 ŋei21tʰ ei212
霞洞客話	雞仔 kɛ44 tsai44	鵝仔 ŋo44 tsei44	雞叮 kɛ44 tioŋ44	雞竇 kɛ44 tei52	化食 fa52 set055	狗牯 kei21 ku21	牛牯 ŋei24 ku21

　　「小雞」「小鵝」廉江粵閩客方言分別用「仔」「兒／子」「囝」表小稱，電白羊角粵語用「兒」，閩語同樣是「囝」，而沙琅、霞洞客話則是借用粵語小稱

標誌「仔」。霞洞客話「仔」讀音tsai44、tsei44 不定，如「雞仔tsai44—孵雞仔ts
ei44」，讀tsei44 的有鵝仔、鴨仔、狗仔、貓仔等。這兩個讀音，音tsei44 是折合
音，使用範圍廣；tsai44 接近粵語，接觸程度較深，使用範圍還比較有限。

「雞啄食」在廉江粵閩客方言中說法非常一致，「啄」粵語叫「叮 tœŋ55」，
客話叫 tuk021，閩語叫 tɔk011，可見廉江客、閩方言明顯是借用粵語說法；同
樣地，電白霞洞閩語、沙琅客話、霞洞客話均借用粵語說法。

「窩」粵語、客話叫「竇」，閩語叫「岫 siu21」，廉江、電白四地閩語的「雞
竇」是借用粵、客說法。「雞翻食」廉江安鋪粵語與安鋪閩語、石城粵語與石城
閩語各自對應，分別叫「耙食」「翻食」；電白粵閩客三方言則基本叫「化食」。

普通話「公狗」「公牛」，南方方言常用逆序詞來表達，粵語表示雄性動物
的詞綴標記為「公」，即「狗公」「牛公」；客話特徵標記為「牯」，即「狗牯」
「牛牯」；閩語一般也用「公」，「公狗」叫「狗公」，「公牛」叫「牛忼」。廉江
粵、閩方言和電白電城閩語明顯是借用客話「牛牯」說法。羊角粵語「公」「牯」
兩用，屬於接觸中，借詞尚未完全取代原詞。

表 5-17　動物類詞表 ii

詞條 方言點	魚鰾	蝌蚪	蟬	壁虎	蝙蝠	蜜蜂
安鋪 粵語	魚鰾 n̠i21 pɔʔ055	蛤碌 kɐp055 nok055	□蠐 tsɐm21 tsɛ21	簹蛇 im21sɛ21	飛鼠 fei55si35	蜜蜂 mɐʔ021 foŋ55
石城 粵語	魚鰾 n̠i21 pɔʔ055	蛤碌 kɐp055 nʊk055	□蠐 tsɐm21 tsɛ21	偷鹽蛇 tʰɐu55 im21sɛ21	飛鼠 fei55si35	蜜蜂 mɐʔ022 fʊŋ55
安鋪 閩語	魚□ hu22 pɔŋ31	蛤碌 kap055 nɔk055	□蠐 tsam22 tsɛ22	簹蛇 iam22tsua22	飛鼠 puɛ13 tsʰu31	糖蜂 tʰɔ22 pʰaŋ13
石城 閩語	魚鰾 hu33 pɔk055	蛤碌 kap055 nɔk055	□蠐 tsam33 tsɛ33	簹蛇 iam33tsua331	飛鼠 puɛ13 tsʰu31	蜂団 pʰaŋ13 kia31
塘蓬 客話	魚鰾 ŋ̍24 pɔk055	拐碌 kuai31 n̠iuk021	蟬 sam24	跳鹽蛇 tʰiau33 iam24sa24	飛鼠 fui55 tsʰu31	糖蜂 tʰɔŋ24 fuŋ55
青平 客話	魚鰾 ŋŋ24 pɔk055	拐碌 kuai221 nuk022	蟬 sam24	簹蛇 iam24sa24	飛鼠 fui55 tsʰu221	糖蜂 tʰɔŋ24 fuŋ55

羊角粵語	魚泡 ȵi211 pʰau455	蛤碌 kɐp055 nʊk055	□蟧 tsɐm31 tsɛ31	偷鹽蛇 tʰɐu44 im211sɛ211	飛鼠 fei455 si224	蜜蜂 mɐt021 foŋ455
林頭粵語	魚泡 ȵi211 pʰau24	蛤□ kɐp055 nʊŋ455	□蟧 kɐm211 tsɛ211	偷鹽蛇 tʰɐu44 jim211ʃɛ211	飛鼠 fei455 ʃi24	糖蜂 tʰɔŋ211 fʊŋ44
電城閩語	魚鰾 hu22 piau441	蛤□ kap045 nɔŋ551	蟬 sim22	偷鹽蛇 tʰau44 iam22ʒua22	飛鼠 pɔi33 tsʰu31	糖蜂 tʰɔŋ22 pʰaŋ33
霞洞閩語	魚泡 hu21 pʰau443	蛤□ kap045 nɔŋ45	□蟧 kam332 tsɛ21	偷鹽蛇 tʰau332 ʔiam21tsua21	飛鼠 pui332 tsʰu51	蜜蜂 mit045 pʰaŋ332
沙琅客話	魚泡 ȵy21 pʰau52	拐碌 kuai31 nok055	□蟧 tsɐm31 tsɛ31	偷鹽蛇 tʰai34 iam212sa212	飛鼠 fei34 sy31	糖蜂 tʰɔŋ21 foŋ34
霞洞客話	魚泡 ȵy24 pʰau52	拐碌 kuai21 lok055	□蟧 tsɐm44 tsɛ44	偷鹽蛇 tʰai21 iam24sa24	飛鼠 fei44 sy21	糖蜂 tʰɔŋ24 foŋ44

　　「魚泡」粵語叫「魚朦pʰɔk055」「魚白」，客話、閩語一般叫「魚鰾」。安鋪、石城粵語叫pɔʔ055，實為「朦pʰɔk055」的變體。廉江石城閩語、塘蓬和青平客話的「魚朦」明顯借用粵語說法。

　　「蝌蚪」粵語叫「蛤碌」，客話多叫「拐驗」，閩語叫「蛤拐」，廉江客、閩和電白客話一致借用粵語說法，其中塘蓬客話讀ȵiuk021應是「驗ȵiam」和「nuk」接觸的結果。

　　「蟬」粵語叫「秋蟬」，客話根據蟬的叫聲擬名為「呀咦」，閩語叫「蝹蝲蟧」，廉江、電白多點一致叫tsam tsɛ，我們認為「蟧」來自閩語。

　　「壁虎」粵語叫「偷鹽蛇」，客話叫「簷蛇」，閩語叫「蟮蟲囝」，安鋪、石城閩語「簷蛇」明顯是異質成分，屬於粵、客借詞；電城、霞洞閩語說法與粵語完全一致。

　　「蝙蝠」粵語叫「飛鼠」，客話叫「別pʰet055婆」，閩語叫「密婆」或「夜婆」，今廉江和電白客、閩方言全部借用粵語說法。

　　「蜜蜂」客話一般叫「糖蜂」，粵、閩多直接叫「蜂」，安鋪、電城閩語和林頭粵語借用客話說法。

（四）生活起居類詞

表 5-18　生活起居類詞表 i

詞條 方言點	湯鍋	鍋底灰	桶底	香皂	泡沫兒
安鋪粵語	甌 ɐu55	火燂撈 fo35 tʰaŋ21lo55	桶篤 tʰoŋ35tok055	香梘 høŋ55kaŋ35	梘波 kaŋ35po55
石城粵語	湯煲 tʰɔŋ55pou55	火燂撈 fo35 tʰaŋ21lou55	桶篤 tʰʊŋ35tʊk055	香梘 hiɛŋ55kaŋ35	梘波 kaŋ35po55
安鋪閩語	湯鼎 tʰɔ13tia31	鼎撈 tia31lɔ55	桶篤 tʰaŋ31tok055	香梘 hiɔ13kaŋ31	梘泡 kaŋ31pʰuɛ33
石城閩語	湯鼎 tʰɔ13tia31	火燂撈 huɛ31 tʰam33lɔʔ055	桶篤 tʰaŋ31tok055	香梘 hiɔ13kan31	梘波 kan31pɔ551
塘蓬客話	湯鑊 tʰɔŋ55vɔk055 / 湯煲 tʰɔŋ55po55	鑊撈 vɔk055lou55	桶篤 tʰuŋ31tuk021	香梘 hiɔŋ55kan31	梘波 kan31pʰo55
青平客話	湯鑊 tʰɔŋ55vɔk055	鑊撈 vɔk055lo55	桶篤 tʰuŋ221 tuk022	香梘 hiɔŋ55kan221	梘波 kan221 pʰo55
羊角粵語	湯煲 tʰɔŋ44 pou455	鑊撈 vɔk021 lou44	桶篤 tʰɔŋ224 tʊk055	香梘 hiɔŋ44 kan224	泡沫 pʰau44 mut021
林頭粵語	湯煲 tʰɔŋ44pou455	火燂撈 fɔ24tʰam211l ou455	桶篤 tʰʊŋ24tʊk055	香梘 hiɔŋ455kan24	梘波 kan24pɔ44
電城閩語	湯鑊 tʰɔŋ33vɔ441	火燂撈 hɔi31 lam22lɔ33	桶篤 tʰaŋ31tɔk045	芳梘 pʰaŋ33kaŋ31	梘波 kaŋ22pɔ33
霞洞閩語	湯鼎 tʰɔŋ332tia51	鼎頭末 tia51tʰau21 mut021	桶底 tʰaŋ51tui51	梘 kan51	泡沫 pau443 mut021
沙琅客話	盎煲 ɐŋ34pɔ34	鑊底鹵 vɔk055 tɛ31lu34	桶篤 tʰɔŋ31tok022	香梘 hœŋ34kan31	泡 pɔ34
霞洞客話	庵煲 ɐm44pɔ44	鑊鹵 vɔk055lu44	桶篤 tʰɔŋ21tok055	香梘 sɔŋ44kan21	梘泡 kan21pɔ44

　　「湯鍋」粵、客一般叫「煲」或「鑊」，閩語叫「鼎」，電城閩語叫「湯鑊」，借用粵、客語素「鑊」，塞音舒化。在電城、霞洞閩語中，塞音舒化的現象不少，如「答ₜta」「臘ₗla」「甲ₖka」「鴨ₐa」「接ₜsi」等。「鍋底灰」粵語叫「火燂煤」或「鑊撈」，也指牆壁、屋頂上的黑油煙；客話也叫「鑊撈」，廉江粵語叫「火燂撈」，石城閩語和電城閩語借用粵語說法。

　　「桶底」粵、客方言叫「桶篤」，物體的底部常叫「篤」，類似的還有「碗篤」；閩語說法與普通話一致。今安鋪、石城、電城三地閩語借用粵、客說法。

　　「香皂」粵、客方言叫「香梘」，閩語叫「芳雪文」，是音意兼譯詞。安鋪、石城閩語完全借用粵、客說法。「泡沫」粵語叫「梘波」，客話叫「肥皂泡」為「番梘泡」，閩語叫「泡」，石城和電城閩語、青平和塘蓬客話借用粵語說法，另外安鋪閩語「梘泡」借用粵、客語素「梘」。

表 5-19　生活起居類詞表 ii

詞條\方言點	理髮	日曆	烤火	雨傘	菜刀
安鋪粵語	飛髮 fei55faʔ033	通書 tʰoŋ55si55	炙火 tsiaʔ033fo35	雨遮 i13tsɛ55	薄刀 pɔʔ021tou55
石城粵語	飛頭 fei55tʰɐu21	通書 tʰʊŋ55si55	炕火 hɔŋ33fo35	雨遮 i13tsɛ55	薄刀 pɔʔ022tou55
安鋪閩語	飛頭毛 puɛ13tʰau22mɔ22	通書 tʰɔŋ13tsu13	炙火 tsiɔ55huɛ31	布傘 pɛu35ɬua13	薄刀 pɔ33tɔ13
石城閩語	飛頭毛 puɛ13tʰau33mɔ33	通書 tʰɔŋ13tsu13	烘火 haŋ13huɛ31	雨遮 hɐu441tsia13	菜刀 tsʰai35tɔ13
塘蓬客話	飛髮 fui55fat021	通書 tʰuŋ55su55	炙火 tsaʔ021fo31	雨遮 i31tsa55	菜刀 tsʰɔi33to55
青平客話	飛髮 fui55faʔ022	通書 tʰuŋ55su55	炕火 hɔŋ33fo221	雨遮 i221tsa55	菜刀tsʰɔi33to55 / 薄刀 pʰɔk055to55
羊角粵語	飛頭 fei44tʰɐu211	通書 tʰoŋ455si455	炕火 hɔŋ33fɔ224	遮tsɛ44	薄刀 pɔk021tou455
林頭粵語	飛頭 fei44tʰɐu211	通書 tʰʊŋ44ʃi44	炕火 hɔŋ33fɔ24	布傘 pou33ɬan33	薄刀 pɔk021tou44
電城閩語	剃頭 tʰi315tʰau22	曆書 lek021tsu33	烘火 haŋ315hɔi31	雨遮 hɐu441tsia33	薄刀 pɔ31tɔ33

霞洞閩語	飛頭毛 hui332tʰau21 mɔ21	日曆牌 jit021 lek021pai21	烘火 haŋ332hɔi51	雨傘 heu51ɬua332	菜刀 tsʰai443to332
沙琅客話	剃頭 tʰɛ52tʰei212	通曆 tʰoŋ34li31	炕火 hɔŋ52fɔ31	遮tsa34	薄刀 pʰɔk055tɔ34
霞洞客話	飛頭毛 fei44tʰei24 mɔ44	通書 tʰoŋ44sy44	炕火 hɔŋ52fɔ21	洋遮 iɔŋ24tsa44	薄刀 pʰɔk055tɔ44

　　「理髮」粵語普遍叫「飛髮」，客話稱頭髮「毛」，「理髮」則叫「飛毛」「飛頭那毛」「剪毛」，今塘蓬、青平客話的「飛髮」明顯是借用粵語說法。

　　「曆書」粵、客方言均可叫「通書」，粵語有時因避諱改叫「通勝」，閩語閩南一帶多叫「曆書」、臺灣閩語還可叫「曆日」，因此安鋪、石城閩語的「通書」叫法應是受粵、客方言影響。

　　「烤火」廣府一點粵語叫「焙火爐」，「焙」音 pui22；閩語叫「烘火」，廈門話讀「haŋ55hue35」；客話多叫「炙火」。今廉江石城粵語、青平客話以及電白粵語和客話叫「炕火」，應是受閩語說法影響。

　　「雨傘」廣府粵語叫「遮」，粵東梅縣一帶以及粵西高州、信宜等地的客話也叫「遮」，福建武平客話叫「傘」，閩語多叫「雨傘」。廉江石城閩語和電白電城閩語稱傘為「遮」，與當地粵、客說法一致，應是受本地方言接觸影響的結果。

　　「菜刀」廣府粵語今普遍「菜刀」，老派偶可叫「薄刀」，粵西粵語普遍可叫薄刀。客、閩說法與普通話一致。安鋪和電城閩語、青平和霞洞客話明顯借用粵語說法，其中青平客話「菜刀」「薄刀」迭用。

（五）房屋建築類詞

表 5-20　房屋建築類詞表

詞條 方言點	監獄	煙囪	河堤	泥稀泥	小石塊
安鋪粵語	監窗 kam55tsʰoŋ55	煙通 in55tʰoŋ55	河堤 ho21tʰɐi21	淰 paŋ21	石頭仔 siaʔ021tʰɐu21 tsɐi35
石城粵語	監窗 kam55tsʰoŋ55	煙通 in55tʰʊŋ55	壩 pa33	淰 paŋ21	石仔 siɛʔ022tsɐi35

安鋪閩語	監房 kiam13paŋ22	熏通 hun13tʰɔŋ13	溪岸 kʰɔi13hua13	塗 tʰɛu22	石牯 tsiɔ22kɛu31
石城閩語	監 kiam13	灶囪 tsau35tʰiaŋ13	溪岸 kʰɔi13hua13	溰 paŋ55	石团 tsiɔ331kia31
塘蓬客話	監獄 kam55n̩iuk055	煙囪 iɛn55tsʰuŋ55	河堤 ho24tʰi24	泥 ne24	石兒 saʔ055n̩i25
青平客話	監獄 kam55n̩iuk055	煙囪 iɛn55tsʰuŋ55	河膊 ho24pɔk022	泥 nɛ24	細石頭 ɬɛ33 sak055tʰɛu24
羊角粵語	監獄 kam44n̩iʊk021	煙囪 in455 tsʰoŋ455	河膊 hɔ211pɔk033	溰 paŋ31	石兒 siak021n̩i211
林頭粵語	監欄 kam44lan44	煙通 jin44tʰʊŋ455	河膊 hɔ211pɔk033	□ □jiɔŋ455	石仔 siak021tsɐi24
電城閩語	監窗 kam33tsʰɔŋ33	煙通 ʔin33tʰɔŋ33	河堤 hɔ22tʰi22	塗 tʰɛu22	細石 sɔi315tsio441
霞洞閩語	監窗 kam332 tsʰɔŋ332	煙囪 ʔin332 tʰiaŋ332	河墘 hɔ21ki21	塗溰 tʰeu21 paŋ51	細石 ɬoi443tsio551
沙琅客話	監獄 kam34iok055	煙通 ian34tʰoŋ34	河膊 hɔ21pɔk022	溰 pʰɐŋ31	石牯子 sɐk055ku31 tset055
霞洞客話	坐欄 tsʰɔ44lan44	煙囪 ian44tsʰoŋ44	河膊 hɔ24pɔk022	泥 nɛ24	石牯仔 sɐk055ku21 tsei44

　　「監獄」一詞，廣府一帶粵語普遍叫「監窗」，閩語叫「監獄」，客話叫「班房」。今電白電城、霞洞閩語叫「監窗」是借用粵語說法，「窗」在電白閩語原本讀舌尖塞音的「tʰiaŋ33」，今借用「監窗」讀「tsʰɔŋ33」，可見讀音亦借自粵語。

　　「煙囪」粵語一般叫「煙通」，閩語叫「煙囪」，廈、漳、泉一帶讀「ian55 tsʰɔŋ55」，客話叫「煙涵」。安鋪閩語、電城閩語以及沙琅客話均借用粵語說法。

　　「河堤」粵語叫「河膊」，膊，《集韻》鐸韻伯名切，「界埒也」。「堤岸」粵語多說「膊」「陂」，如「塘膊塘堤」；客話叫「壩」，閩語叫「岸」。石城粵語「壩」借用客話說法，而青平、沙琅、霞洞客話的「河膊」則借用粵語說法。「稀泥」粵語叫「溰」，客、閩不濕泥、乾土，分別叫「塗」、「泥」，石城閩語、沙琅客話借用粵語說法，霞洞閩語的「塗溰」則將粵語說法自身說法組合起來。

「小石塊、小石頭」客話叫「細石頭」「石牯」，特徵語素「牯」一般用於指雄性動物，有時也用於表形狀突出的東西。粵語叫「石頭仔」，閩語叫「石団」，後黏著語素「仔」「団」是表小稱標記。安鋪閩語借用客話語素「牯」，霞洞客話「石牯仔」借用粵語表小語素「仔」。羊角粵語「石兒」用「兒」表小稱，不同於其他粵語。據邵慧君（2005），詞尾「兒」表小稱在茂名地區的粵語中普遍存在，類似的有「雞兒小雞」「刀兒小刀」等。

「悶熱」粵語叫「暳ei33」「暳熱」「暳焗」〔註3〕，「焗」也可單獨使用，表憋悶、空氣不流通，如「房間冇開窗，好焗（房間沒開窗，好悶）」，霞洞閩語「好焗」明顯借用粵語說法。

二、親屬稱謂類詞

（一）姑姨類親屬稱謂詞

在粵西廉江、電白兩地粵客方言中，對姑姨類親屬的稱謂也獨具特色，本文結合粵西湛江、茂名一帶姑姨類親屬稱謂方式，本章就這一語言接觸現象進行深入分析。

粵西湛江、茂名一帶的粵、客、閩方言中，有不少地方在姑姨類親屬稱謂區別長幼時，稱比父親大的「姑媽」和比母親大的「姨媽」為「pu꜀奶」。「pu꜀」常寫作俗字「娕」，其本義為「女子人名用字」，與親屬稱謂「pu꜀奶」語義不符，非本字，本字應另有其字。筆者調查了姑姨類親屬稱謂「pu꜀」在湛茂地區的使用情況，例見表 5-21。

表 5-21　湛茂地區姑姨類親屬稱謂詞「pu」

地區	湛　江					茂　名					
方言	粵	客				粵			客		閩
市鎮	廉江石城	吳川吳陽	廉江塘蓬	廉江河唇	廉江石角	化州河西街	化州中垌	信宜白石	信宜茶山	電白沙琅	電白電城
姑媽 父姐	pu꜀奶	pu꜀奶	pu꜀奶	pu꜀奶	pu꜀奶	6u꜀奶〔註4〕	6u꜀奶	pu꜀奶	pu꜀奶	pu꜀奶	pu꜀
姑媽 父妹	姑仔	姑	阿姑	阿姑	阿姑	阿姑	姑	姑	阿姑	阿姑	姑

〔註3〕李榮主編、白宛如編纂：《廣州方言詞典》，江蘇教育出版社，1998年，第130頁。
〔註4〕古幫、端二母和并、定二母仄聲，化州上江話讀內爆音聲母6、ɗ，李健記為濁化音b、d（1999：9）。

姨媽 母姐	puₑ奶	puₑ奶	大姨	puₑ奶	大姨	6uₑ奶	puₑ奶	puₑ奶	puₑ奶	puₑ奶	大姨
姨媽 母妹	姨	姨	阿姨	阿姨	阿姨	姨	奶姨	阿姨	阿姨	阿姨	姨団

從分布情況看，用「puₑ」來稱呼姑姨類親屬，在湛茂地區的粵、客方言中使用最普遍，閩語僅有個別地方使用；用於稱呼父姐的普遍性又比用於稱呼母姐高。除表中列舉的各點外，還有廉江安鋪、遂溪楊柑鎮、吳川塘㙍、化州長歧和信宜朱砂等地的白話，以及電白霞洞客話也用「puₑ奶」來稱呼「姑媽父姐」「姨媽母姐」。從語音特點看，這些粵、客方言點中的「puₑ」讀音高度一致，聲調統一為陰平調，均存在高平 55 調的變讀。當地人在區分父母的姐妹時有非常清晰的長幼差異概念，比父母大的稱「puₑ奶」，比父母小的稱「姑／姨」，絕不混淆使用。從區域差異情況看，姑姨類親屬稱謂詞「puₑ」的主要通行區為湛茂粵、客方言，與各自代表方言點或片區差異大，粵語區大本營——廣府一帶的廣州、番禺、從化、三水、中山、珠海等地一般稱父姐為「姑媽、姑奶」、稱父妹為「姑姊」，稱母姐為「大姨、姨奶」、稱母妹為「阿姨、姨仔」。四邑粵語則不論長幼，多數直接稱「阿姑／阿姨」；客話區如粵東梅州、粵中河源一帶，通常用「排行＋姑／姨」區別長幼；閩語區如粵東潮汕和粵西遂溪、雷州等地一般也直接用「姑／姨」，亦未見「puₑ」。翁婷婷等認為「媥奶」為化州粵語特色詞〔註5〕，從表 5-21 看，「puₑ」並非只存在於化州粵語中，而是普遍存在於粵西湛茂一帶的粵、客方言中，呈區域性分布特徵。

那麼，這個湛茂粵客日常生活中常用的親屬稱謂詞「puₑ」，既然與珠三角一帶粵語說法不同，其真正來源引起我們的關注。

嚴修鴻認為湛茂的「puₑ」本字就是「姑」，理由是軟齶音部位的聲母 k-在合口成分 u、w 或 v 前演變為相應的唇音 p-，即出現 $k^w \to p$ 的語音變化〔註6〕。除「puₑ」外，文中還列舉了客、閩方言中的一些類似現象，如客家話表蜷縮的「ku」和表蹲下的「pu」被認為屬於 kw→p 的演變案例。筆者認為該推論存疑，首先「ku」「pu」本字未明，並不能僅憑語義相近而斷定同出一字；其次，這兩個詞在使用上也存在一些差異，現以梅縣話為例進行分析：

（1）pu 啊間欸角頭（蹲在房間角落）（✔）＝ku 啊間欸角頭（蜷縮在房

〔註5〕翁婷婷等：《化州粵語中的特色詞探析》，《嶺南學》，中山大學出版社，2013 年，第 148 頁。

〔註6〕嚴修鴻：《KW→P 音變與方言本字考證》，《中國語文研究》，2008 年第 2 期，第 16 頁。

　　間角落）（✔）

（2）慢慢欸 pu 下去（慢慢地蹲下去）（✔）≠慢慢欸 ku 下去（×）

（3）快滴 pu 倒來（快點蹲下來）（✔）≠快滴 ku 倒來（×）

　　在梅縣客話中，表蜷縮的「ku」一般用於存現句，不用於祈使句；而表蹲下的「pu」既可用於存現句，也可用於祈使句。二者用法不完全一致，「pu」的使用範圍較「ku」大，它們可能是兩個不同的字，說「pu」是由「ku」演變而來不可信。至於「pu₌奶」，筆者也不贊成其本字就是「姑」，理由有三：第一，湛茂地區「pu₌」「姑」共時存在，但所指不同。這兩個字在當地人用語中有明顯的區別，如果稱「父姐」為「pu₌」是「姑」字軟齶音唇化的結果，那麼稱「父妹」為「姑」又是出於何種原因得以保留軟齶音 k-呢？倘若說 kʷ→p 的音變結果是專門為親屬詞「姑」區分長幼服務的，那麼為何同樣對「姑」區分長幼的廣府一帶粵語並未出現這種音變現象呢？且湛茂地區粵、客、閩三種方言中，kʷ→p 模式的演變少見其他用例，如果「姑」確實存在 kʷ→p 變化的事實，那麼當地至少應該還有其他同聲韻地位的字出現相同類型的演變，但目前並未見到這種系統性的語音演變。第二，湛茂地區姑親屬稱謂，比父大的為「pu」，比父小的為「姑」，此處「姑」有表小義。《漢語大字典》「姑」字條〔註7〕義項 3 為「丈夫的姐妹」，可指小姑，引《樂府詩集・雜曲歌辭・焦仲卿妻》：「欲與小姑別，淚落連珠子。」唐李白《去婦詞》：「回頭語小姑，莫嫁如兄夫。」義項 9 為「副詞。姑且；暫且」，此處「姑」表時間短，同樣有表小義。這樣看來，「姑」除了在「父親的姊妹」一義中可表小之外，在「小姑」「姑且」這兩個義項中也可以表小，這三種表小義在今天漢語裏仍然常用。那麼，使用範圍更廣的具有表小義的「姑」尚且沒有產生 kʷ→p 的音變，稱比父大的「姑」就更不可能率先產生音變。綜上，我們認為「pu₌」的本字並非「姑」字。第三，湛茂地區還可稱「姐姐」為「阿 pu₌」，「姐姐」與「父姐」「母姐」存在一個共同的語義特徵──「姐」義，故兩者的「pu₌」應是同一字。嚴文認為稱姐姐為「pu₌」也是來自「姑」的聲母唇化，並解釋為「從自己子女的角度稱呼姐姐為『姑』，意義上也不是很難理解」。事實上湛茂地區不論已婚還是未婚的年輕人，都可以稱姐姐為「pu₌」，對於未婚青年來說，他們並無子女，也就自然不存在「從自己子女的角度稱呼」這一說法了，因此我們認為嚴文觀點頗為牽強。

〔註7〕漢語大字典編輯委員會編纂：《漢語大字典》，崇文書局出版社，2010 年，第 1109 頁。

　　據鄭偉、張曉勤分析，女性稱謂詞「伯」可用來稱呼母親、姑母、姨母等女性長輩親屬的觀點，其中鄭文指出蘇州、江蘇江陰、無錫常熟等吳語中也有「伯」稱「姑母」這一用法。[註8] 秦綠葉認為「pu₎」的本字和吳語中稱呼女性長輩親屬的「伯」有關，「在吳語中稱呼長輩女性親屬用『伯』，與粵西的『媥』最為相近。兩者的聲母有對應，韻母也相似，而且在聲調中都是讀為高調。」[註9] 我們認為這種觀點不大可信，原因如下：第一，秦文認為「pu₎」與「伯」聲母對應，韻母相似，其實不然。吳語中用於稱「姑母」的「伯」讀音為「pʌʔ / paʔ」，該讀音符合「伯」字幫母陌韻的古音地位，但卻與湛茂地區的「pu₎」讀音相差甚遠。作為常用詞的「伯」在今天大部分粵、客方言中仍讀「paʔ / pak」。無論是內部演變還是外部作用，其韻母「aʔ / ak」也很難發展為「u」。第二，鄭偉考察的女性稱謂詞「伯」，僅是分布於個別江淮官話、西南官話、冀魯官話及吳語中，在漢語方言中並不多見，粵、客、閩方言亦如此。即便「pu₎」與女性稱謂詞「伯」均可用於姑親屬稱謂，但湛茂地區與吳語通行地區存在一定的空間阻隔，吳語的「伯」避開粵客主流方言區擴散到湛茂地區，這一點也很難解釋。再者，若鄭文所證「伯」來源於古越語底層並經過「古越語*paʔ→吳語 paʔ→吳語又讀 pa」這一演變過程是確切的，但古越語*paʔ→湛茂 pu 的推測是否成立也仍有待推敲。秦文並未有相關考證。湛茂地區原為古百越族中的南越、西越等民族聚居地，隨著大量漢人的不斷入遷，古越人逐漸同化於漢族，有些遷移海南島或其他地方，改名為壯、侗、僚、黎、瑤、佘、布依等少數民族。那麼，「pu₎」是否和湛茂地區自身的壯侗語底層有關係呢？我們查找了部分壯侗語的材料，詳見表 5-22：

表 5-22　壯侗語姑姨類親屬稱謂表 [註10]

	姑媽父姐	姑媽父妹	姨媽母姐	姨媽母妹	姐姐
武鳴壯語	taʔnieŋ₎	meʔko₎	me₎paᶜ	hai₎	çeᶜ；taʔçeᶜ

〔註8〕鄭偉、張曉勤：《漢語方言女性稱謂詞「伯」之來源考》，《廣西民族學院學報》，2004年第2期，第96頁。

〔註9〕秦綠葉：《粵方言「姑」親屬稱謂的特徵分析》，《珠江學術》，暨南大學出版社，2015年，第179頁。

〔註10〕該表中壯侗語姑姨類稱謂材料來源：中央民族學院：《壯侗語族語言詞彙集》，中央民族學院出版社，1985年，第32頁。

邕北壯語	paᶜniːŋ̬	jaˀtaːiˀ	huːi̯niːŋ̬	hoːi̯	tseᶜ
柳江壯語	kuˀmaˀ	taˀku̯	jiˀmaˀ	njaːŋˀ	tseᶜ
田東壯語	muˀ	kuˀ	muˀ	ɳaᶜ	piᶜbɯk̬
臨高話	maiᶜko̬	/	maiᶜməᶜ	/	bɔiᶜ
布依語	kuˀmaˀ	/	ʑiᶜmaˀ	/	piᶜmaiᶜbɯk̬；piᶜlukᵌbɯk̬
侗語	qu̬；paᶜ	/	/	/	ȶaːiᶜ；pəi̬
仫佬語	pa³	paᶜ	paᶜ	/	tsɛ̬
毛難語	paᶜ	kuᶜ	niᶜlaːk̬kwi̬	vaiˀ	vɛᶜ
黎語	kiːn̬	fauᶜ	kiːn̬	pei̬	hauᶜ；ɬuːk

　　從以上材料基本可斷定，粵西姑類親屬稱謂的叫法與壯侗語差異較大，「pu̬」並非受底層壯侗語影響而來，反而是個別壯侗語裏出現了受漢語影響的成分，如柳江、田東、布依語、毛難語中的「ku」，應是來自漢語的「姑」；柳江壯語和布依語稱「母姐」分別為「ji ma」「ʑi ma」，應是來自漢語的「姨媽」。排除了受底層少數民族語影響的因素，我們認為「pu̬」應當另有本字。通過調查和比對材料，筆者認為「pu̬」的本字是「婦」。下文將結合音義進行解釋。

　　婦，《廣韻》房九切，上聲有韻奉母。「婦」古為全濁聲母字，在今天的漢語方言里保留了輕唇讀作重唇的古音特點，讀 p 的多為白讀音，讀 f 則是文讀音。大部分閩語「婦」字單字文讀為 hu，白讀 pu 常見於「新婦」一詞，聲調以陽上或陽去為主，如廈門話「huᶜ文／puᶜ白」。此外，閩南話對「婦女」的稱法也與粵、客差異較大，「中年婦女」是「婦人人 huˀlin̬laŋ̬」，「女人、婦女」是「tsa̬bɔᶜ」，不分年齡大小或婚否，俗字寫作「查某」。

　　在粵語中，「婦」保留重唇讀音主要體現在「媳婦」一詞中，粵語早期語料《廣東省土話字彙》以羅馬字母記錄了「心抱」一詞：「sum pow」〔註11〕，塞音 p 不分送氣與不送氣。這是目前所見最早的羅馬字標音粵語資料。「心抱」為俗字，本字實際是「新婦」。今廣府粵語「新婦」一詞，既可讀送氣的「sɐm̬pʰouˀ」，也可讀不送氣的「sɐm̬pouˀ」〔註12〕，較早期粵語變化不大。「婦」在「新婦」一詞中保留白讀 p-／pʰ的粵方言點分布情況，詳見表 5-23（「／」前為文

〔註11〕 Robert Morrison, *Vocabulary of the Canton Dialect*, Printed at the Honorable East India Company's Press, 1928, p.100.
〔註12〕 陳伯煇：《論粵方言詞本字考釋》，香港中華書局出版社，1998 年，第 75 頁。

讀，後為白讀）：

表 5-23　「婦─新婦」讀唇音 p- / pʰ的粵方言點〔註13〕

地點	番禺（市區）	從化（縣城）	增城（縣城）	佛山（市區）	順德（大良）	高明（明城）	三水（西南）
婦	fuᶜ / pʰouᶜ	fuˀ / pʰuˀ	fuᶜ / pʰouᶜ	fuᶜ / pʰouᶜ	fuᶜ / pouᶜ	fuˀ / pʰuˀ	fuᶜ / pʰouᶜ
地點	中山（石岐）	珠海（前山）	東莞（莞城）	寶安（沙井）	香港（市區）	香港（新界）	澳門（市區）
婦	huˀ / pʰu꜀	fuᶜ / pʰuˀ	fuˀ / pʰɔuᶜ	fuᶜ / pʰɔuᶜ	fu꜀ / pʰouˀ	fu꜀ / pʰʊ꜀	fuᶜ / pʰouᶜ

從表 5-23 可以看出，粵方言廣府片基本保留「新婦」白讀重唇音的特點，且聲母多數讀送氣 pʰ-；韻母主要讀複合元音 ou / ɔu，也有部分點受文讀音疊置影響讀 u；聲調多保留陽上，個別混入陽去或陰平。不同於廣府片各點，四邑片的四邑地區、高陽片的信宜、高州、化州、陽春、陽江、廉江以及吳化片的吳川等地粵語，「新婦」中的「婦」並沒有保留白讀重唇音，而是讀文讀音 fu。這樣看來，湛茂親屬稱謂「pu 奶」中的「pu」的來源就有兩種可能：一種是來自廣府粵語「新婦 sɐm꜀pʰouˀ（pouˀ）」，韻母 ou 是元音 u 裂化的結果。一種是受他方言影響而來。

在客家話中，「新婦」的「婦」也保留了白讀重唇音的特點，分送氣和不送氣兩種。具體分布情況詳見表 5-24：

表 5-24　「婦─新婦」讀唇音 p-的客方言點〔註14〕

地點	惠州市區	從化呂田	寧化	長江	武平	秀篆	連南
婦	huˀ / puˀ	fuᶜ / pʰu꜀	fuˀ / pʰɣ꜀	fuˀ / pe꜀	fuˀ / puˀ	fuˀ / puˀ	fuˀ / pʰu꜀
地點	翁源	揭西	陸川	信宜前排	信宜思賀	高州新垌	化州新安
婦	fuˀ / puˀ	fuˀ / pɛi꜀	fuˀ / pu꜀	fuᶜ / pʰu꜀	fuᶜ / pʰu꜀	fuᶜ / pʰu꜀	fuᶜ / bu꜀

〔註13〕該表中 14 個粵方言點材料來自：詹伯慧、張日昇主編：《珠江三角洲方言詞彙對照》，廣東人民出版社，1988 年，第 165 頁。

〔註14〕該表中惠州、從化兩點來自：詹伯慧、張日昇主編：《珠江三角洲方言詞彙對照》，廣東人民出版社，1988 年，第 165 頁。粵西片方言點材料來自：李如龍主編：《粵西客家方言調查報告》，暨南大學出版社，1999 年，第 158～159 頁。汀州片、粵北片材料來自：李如龍、張雙慶主編：《客贛方言調查報告》，廈門大學出版社，1992 年，第 73、342 頁。塘蓬、霞洞點為筆者調查補充。

地點	電白沙琅	廉江石角	廉江青平	廉江塘蓬	電白霞洞		
婦	fuᶜ / pʰuɕ	fuˀ / puɕ	fuˀ / puɕ	fuˀ / puɕ	fuᶜ / pʰuɕ		

表 5-24 所列共 19 個客方言點，「新婦」一詞中「婦」讀重唇音的現象主要集中在客方言汀州片和粵西片，粵北片翁源、連南也存在該現象。表中讀不送氣音 p-聲母的有 11 個點，較送氣音聲母 pʰ-略多，與粵語多讀送氣音現象相反。汀州片幾個客方言點「婦」字白讀音聲調表現為全濁上歸陰平、去聲，其中濁上歸陰平符合客方言語音演變特點。粵西片則表現出非常一致的全濁上歸陰平，調值主要為高平（44、55）調或中升（34、45）調。不同於表中各點，粵東梅州各縣客話並不稱「媳婦」為「sinₗpuɕ」，而是以稱「simₗkʰiuɕ」代之，俗字常寫作「心舅」。而江西客話寧龍片、於桂片則主要稱「s（ɕ）inₗfuˀ」。除客家話外，閩語「新婦」一詞中的「婦」字也讀白讀音 pu，不過閩語主要讀陽去或陽上調，如廈門話讀陽去，潮州讀陽上；僅個別閩語讀陰平，如晉江話。除「新婦」一詞外，客家話常稱婦女、婦人為「婦娘」，「婦」字同樣可讀 puɕ，詳見表 5-25：

表 5-25　「婦—婦娘」保留唇音 p-的客方言點 〔註15〕

「婦人」的說法	方言點
婦娘	龍巖萬安 puₗɲioŋɕ、連城 pǝˀnioŋɕ、武平 pǝˀnioŋɕ、清流 puₗɲiŏɕ；廣東大埔 puₗɲioŋɕ、東莞清溪 puₗɲioŋɕ、深圳沙頭角 puₗɲioŋɕ、香港新界 puₗɡioŋɕ
婦娘人	長汀 puˀnioŋₗneŋɕ、上杭 pǝuˀnioŋₗnieŋɕ、詔安秀篆 puₗɲioŋₗniŋɕ、揭西 puₗɲioŋₗɕniŋɕ、從化呂田 puˀnioŋₗninₕ、增城程鄉 puˀnioŋₗninɕ
婦娘子	四川西昌 puₗɲionₗtsïᶜ；永定下洋 piₗnioŋₗtsïˀ
婦娘儕	龍巖萬安 puₗɲioɕₗsaɕ、寧化 puₗɲioŋₗsɒɕ、清流 puˀɲiŏₗsoɕ、永定 puˀnioₗsaɕ
婦娘嫲	四川儀隴 puₗɲioŋₗmaɕ
婦娘婆	中山南蓢合水 puₗɲioŋₗpʰoɕ、陸川 puₗɲioŋₗpʰoɕ

在客家方言中，「婦娘、婦娘人、婦娘子、婦娘哥、婦娘婆、婦娘子人」等均可表婦女通稱。客方言稱「婦女」為「婦娘」仍以汀州片最為集中，另外廣

〔註15〕該表中東莞清溪、香港、揭西、秀篆、陸川五點材料來自：李如龍、張雙慶主編：《客贛方言調查報告》，廈門大學出版社，1992 年，第 325 頁。其餘方言點材料來自：許寶華、宮田一郎主編：《漢語方言大詞典》，中華書局出版社，1999 年，第 2311、2312、5215 頁。

東的深圳、東莞、從化、增城、中山、揭西、兩廣交界的陸川、四川儀隴以及香港等地皆有分布。作為閩、粵、贛三省邊陲要衝的汀州，素來有客家首府之稱，是客家繁衍生息、發展壯大的祖籍地，無數客家人從這裡起步，順著汀江水不斷向外遷移，播衍海內外，開拓新的生存空間。香港新界和四川的客家人，正是在清初的「遷海復界」和「湖廣填四川」政治決策下獲得了再遷後的移民結果。今天不少客話區的祖籍地依然可以追溯到汀州府，這也是這些客方言點在語言上保留和汀州片一致的「婦娘」說法的重要原因。

在這些方言點中，「婦」讀 pu。的一致性高：表中共 23 個方言點，其中有 16 個點「婦」讀陰平，有 6 個點讀去聲，1 個點讀上聲。讀陰平調的方言點遵循客家話濁上歸陰平的普遍規律，而粵東片的純客區梅州各縣，除大埔外，一般稱「婦女」為「婦人家、女子人」，「婦娘」的稱法在一些早期文獻和歌謠中仍可見痕跡，如據羅香林分析：「婦人統稱曰「晡娘」，本字「婦女」，或「婦人」。」〔註16〕；流傳至今的專門頌揚客家婦女的客家歌謠《客家晡娘》也有記錄：「客家晡娘，雞啼起床。梳頭洗面，先煮茶湯……」〔註17〕，這些語料反映了早期梅州地區客話常見「婦娘」的說法。此外，與大埔毗鄰的饒平也用「婦娘」，當地人常記作「晡娘」〔註18〕。

「婦」為古奉母字，清化後保留重唇聲母分三種情況，一種是讀送氣音的粵語型，另一種是包括送氣和不送氣的客家型，一種是基本讀不送氣音的閩語型。湛茂粵客閩方言「pu 奶」一律讀不送氣的 p-，結合語義和聲韻調及各地方言使用情況來看，與客家最接近。

關於粵西湛茂地區客話形成的歷史背景，本書第二章第二節已作詳細介紹，也就是說，當前粵西湛茂姑姨類親屬稱謂中的「pu」，與閩西、粵東客家大本營保持高度一致，亦符合客人往粵西遷徙後保留原有「pu」的說法，並將其與當地強勢粵方言融合後產生「pu 奶」這一典型的「客＋粵」型方言詞語接觸案例。

此外，湛茂各點姑姨類稱謂詞除「pu（婦）」外，茂名高州、信宜、電白三縣市區粵語還可稱「姑媽（父姐）」為「pui 奶」，稱「姑父（父姐夫）」為「pui

---

〔註16〕羅香林：《客家研究導論》，上海文藝出版社，1992 年，第 144 頁。

〔註17〕房學嘉：《客家梅州》，華南理工大學出版社，2009 年，第 101～103 頁。

〔註18〕詹伯慧等編著：《饒平客家話》，澳門環球文化傳播有限公司，2003 年，第 49 頁。

爹」，音同「杯」。「pui」的用法和稱謂對象與「pu」完全相同，但使用的地區範圍沒有「pu」大。我們認為「pui」應屬於「pu」系列詞，「pui」可能是「pu」演變後的結果。

（二）其他親屬稱謂詞

表 5-26　親屬稱謂類詞表

詞條＼方言點	曾祖父	曾祖母	外祖父（面稱）	外祖母（面稱）	岳父（指稱）	岳母（指稱）	弟弟（指稱）	妹妹（指稱）
安鋪粵語	阿老 aʔo33 lou13	阿老 aʔo33 lou13	姐公 tsei35 koŋ55	婆 pho21	外父佬 ŋoi21 fu21 lou13	外母奶 ŋoi21 mu13 nai13	細佬 łɐi33 lou13 / 老弟 lou13 thɐi13	細妹 łɐi33 mui21
石城粵語	公老 kʊŋ55 lou13	婆老 pho21 lou13	姐公 tsei35 kʊŋ55	姐婆 tsei35 pho21	外父佬 ŋoi21 fu21 lou35	外母姆 ŋoi21 m̍13na13	老弟 lou13 thɐi35	老妹 lou13 mui21
安鋪閩語	公老 koŋ55 lau33	婆老 phɔ22 lau33	姐公 tsɛ31 koŋ55	姐婆 tsɛ31 phɔ22	外家父 vua33 kɛ13 pɛ33	外家母 vua33 kɛ13 mai31	老弟 lau33 ti55	細妹 łɔi35 muɛ13
石城閩語	公老 kɔŋ13 lau33	婆老 phɔ33 lau33	姊公 tsi31 kɔŋ13	姊婆 tsi31 phɔ331	外家父 vɛ44 kɛ13 pɛ441	外家母 vɛ44 kɛ13 mai31	弟 ti44	妹 muɛ35
塘蓬客話	阿老 a55lo31	婆老 pho24 lo31	姐公 tsiaʔo21 kuŋ55	姐婆 tsiaʔo21 pho24	外父佬 ŋoi33 fu33 lo31	外人婆 ŋoi33 n̠in24 pho24	老弟 lo31 the55	老妹 lo31 mɔi33
青平客話	公老 kuŋ55 lo221	婆老 pho24 lo221	姐公 tsiaʔo22 kuŋ55	姐婆 tsiaʔo22 pho24	外父佬 ŋoi33 fu33 lo221	外人婆 ŋoi33 n̠in24 pho24	阿弟 a55thɛ33 / 老弟 lo221 thɛ33	阿妹 a55mɔi33 / 老妹 lo221 mɔi33
羊角粵語	公祖 koŋ44 tsou224	公祖婆 koŋ44 tsou224 phɔ211	外公 ŋoi31 koŋ44 / 阿外公	外婆 ŋoi31 phɔ211 / 阿外婆	外父 ŋoi31 fu31	外母 ŋoi31 mou223	細佬 łɐi33 lou224	阿妹 aʔo33muɐi31

			aʔ033 ŋic31 koŋ44	aʔ033 ŋic31 pʰɔ211				
林頭粵語	太公 tʰai33 kuŋ44	太婆 tʰai33 pʰɔ211	阿外公 a33 ŋoi442 kuŋ455	阿姐婆 a33tsɛ24 pʰɔ211	外父佬 ŋoi442 fu442 lou24	外父婆 ŋoi42 fu442 pʰɔ211	細佬 ɬɐi33 lou24	老妹 lou24mui442
電城閩語	太翁 tʰai315 aŋ33	太 tʰai315	舅公 ku31 koŋ441	舅嫲 ku31 ma31	外父 ŋic33 hu441	外母 ŋic33 mu31	老弟 lau31 ti551	細妹 sɔi33 mɔic33
霞洞閩語	太公 tʰai443 koŋ45	太媽 tʰai443 ma51	外公 ŋuai551 koŋ45	外婆 ŋuai551 pʰɔ21	外父 ŋuai551 hu551	外母 ŋuai551 mu51	老弟 lau551 ti51	小妹 ɬiau51 mui332
沙琅客話	公祖 koŋ34 tsu31	婆祖 pʰɔ21 tsu31	外公 ŋic31 koŋ34	外婆 ŋic31 pʰɔ212	外父 ŋic31 fu31	外父婆 ŋic31 fu31 pʰɔ212	老弟 lɔ31 tʰɛ34	老妹 lɔ31 mɔic52
霞洞客話	阿祖 a44 tsu44	祖婆 tsu21 pʰɔ24	外公 ŋic21 koŋ44	外婆 ŋic21 pʰɔ24	外父佬 ŋic21 fu44lɔ21	外母婆 ŋic21 mu44 pʰɔ24	老弟 lɔ21 tʰɛ44	老妹 lɔ21 mɔic52

「曾祖父」粵語面稱、背稱均叫「太爺」「太公」，客話叫「公太」，閩語面稱時叫「阿祖」「安祖」「祖公」、背稱叫「太公」。電白羊角粵語和沙琅客話叫「公祖」、霞洞客話叫「阿祖」明顯是受閩語影響。廉江粵閩客三方言基本叫「阿老」「公老」，與各自核心區方言叫法均不同，具有粵西區域特徵。

「曾祖母」粵語叫「太嫲」「太婆」，「嫲」為俗字；客話叫「婆太」，閩語叫「阿祖」「太媽」「祖媽」。粵、客多用「婆」，閩語用「媽」，安鋪和石城閩語叫「婆老」明顯是借用粵、客說法。與「曾祖父」相對應地，羊角粵語「公祖婆」、沙琅客話「婆祖」和霞洞客話「祖婆」也是受閩語影響，仿造閩語的「祖媽」叫法，用自身方言語素「婆」替換「媽」。

面稱「外祖父母」粵語叫「阿公阿婆」，客話叫「阿公阿婆」或「姐公姐婆」，閩語叫「阿公阿媽」，廉江粵、閩四點借用客話「姐公姐婆」說法。指稱「岳父岳母」，粵語多叫「外父外母」，有時也可叫「岳丈岳母」；客話叫「丈人佬丈衣婆」；閩語叫「丈人公丈姆婆」。廉江電白客、閩方言全部借用粵語說法，廉江閩語「外家父外家母」和客話「外人婆」仿造粵語而來，與粵語說法相近而又略有不同；電白閩語和客話的「外父（佬）外母（婆）」和粵語說

法幾乎一致。

　　指稱「弟弟妹妹」，粵語一般叫「細佬細妹」，客話叫「老弟老妹」，閩語叫「阿弟阿妹」。一般而言，粵語在粵西地位較高，但在構詞上可能有其他方言的「影子」，如「老」作為前綴，粵語通常用於指稱比自己高一輩的親屬，如「老豆父親老母母親」，但年齡低於自己的親屬，則不用「老」，多用其他方式構成。今安鋪、石城、林頭粵語中，卻有「老弟」「老妹」的說法，與其他客話點相同，讀音也非常接近客話，明顯係異質成分。

三、動作行為類詞

表 5-27　動作行為類詞表

詞條　方言點	點頭	抬頭	眨眼	親嘴	吮	丟失	背	推
安鋪粵語	岌頭 ŋɐp021 tʰɐu21	擔頭 tam55 tʰɐu21	靥眼 siap033 ŋaŋ13	駁嘴 pok055 tsui35	嗍 sɔʔɐ033	甩 lɐʔ055	孭 mɛ55	擁 oŋ35
石城粵語	岌頭 ŋɐp022 tʰɐu21	擔頭 tam55 tʰɐu21	瞔眼 n̠iɐp055 ŋaŋ13	駁嘴 puk055 tsui35	嗍 sᵘɔʔɐ033	冇見 mou13 kin33	孭 mɛ55	推 tʰui55 /擁ʋŋ35
安鋪閩語	岌頭 ŋɐp022 tʰau22	擔頭 ta13 tʰau22	眨目 tsʰɐp022 mak022	駁嘴 pok055 tsui35	嗍 ɫɔɕ55	無見 vɔ22 ki35	孭 ma55	推 tʰui13
石城閩語	點頭 tiam31 tʰau33	頷頭 ŋɔk022 tʰau33	□目 tsʰɐm31 mak022	駁喙 pok055 tsʰui35	嗍 ɫɔɕ55	做落 tsɔ44 la441	孭 ma441	□ ɔi13
塘蓬客話	點頭 tiam31 tʰɛu24 /鍞頭 ŋam31 tʰɛu24	抬頭 tʰɔi24 tʰɛu24	瞔眼 n̠iap021 ŋan31	駁嘴 puk055 tsɔi33	噈 tsɔt021	無見欵 mu24 kiɛn33 e33	孭 pe24 /背 pɔi33	擁 uŋ31
青平客話	岌頭 ŋaʔ022 tʰɛu24	昂頭 ŋɔŋ55 tʰɛu24	靥眼 sap022 ŋan221	駁嘴 puk055 tsui221	嗍 ɫɔk022	無見 mo24 kiɛn33	孭 pɛ24	推 tʰui55
羊角粵語	點頭 tim224 tʰɐu211	擔高頭 tam44 kou44 tʰɐu211	瞔眼 n̠iap033 ŋan223	親嘴 tsʰɐn44 tsui224	□ nɔk033	漏 lɐu31	孭 pɛ44	擁 oŋ224

林頭粵語	岋頭 ŋɐp021 tʰeu211	擔頭 tam44 tʰeu211	矁眼 jiap033 ŋan24 / 霎眼 ʃip033 ŋan24	駁口 pʊk055 hɐu24	嘲 ɫɔk033	打漏 ta24 leu442	趩 mɛ44	擁 ʊŋ24
電城閩語	岋頭 ŋap021 tʰau22	擔頭 ta33 tʰau22	□目 tsʰim31 mak021	□ tsʰɔi551	□ sɔi551	拍漏 pʰa551 lau315	趩 mia315	□ ɔi33
霞洞閩語	點頭 tiam51 tʰau21	抬頭 tʰai21 tʰau21	矁目 iap021 mak021	駁喙 pɔk045 tsʰui443	嘲 ɫɔ45	無見 pɔ21 ki443	□ ne332	推 tʰui332
沙琅客話	岋頭 ŋɐp055 tʰei212	頤頭 ŋɔk055 tʰei212	矁眼 ȵiap022 ŋan31	駁嘴 pɔk055 tsɔi52	□ nɔŋ31	漏 lei31	背 pɛ34	擁 ɔŋ31
霞洞客話	點頭 tiam21 tʰei24	抬頭 tʰɔi24 tʰei24	矁眼 ȵap055 ŋan21	抵嘴 tɛ21 tsɔi52	□ nɔk022	漏 lei21	背 pɛ24	推 tʰui44

「點頭」粵語叫「岋 ŋap022 頭」，常見的還有「岋頭岋髻」，指一個勁兒點頭；客話叫「鎖 ŋam31 頭」，閩語叫「頤頭」。安鋪和電城閩語、青平和沙琅客話借用粵語說法，其中電城閩語和沙琅客話讀音與粵語完全一致。

「抬頭」粵語叫「頤ŋɔk022 頭」，抬頭東張西望叫「頭頤頤」；客話叫「擔頭」，「仰起頭」叫「昂起頭」；閩語叫「揭頭」。安鋪、石城、林頭粵語以及安鋪閩語、電城、霞洞閩語均借用客話說法，羊角粵語借用客話語素「擔」；石城閩語和沙琅客話則借用粵語說法。

「眨眼」粵語一般叫「蹔tsam35 眼」，「蹔」有少頃、短暫義，《廣韻》藏濫切，同「暫」，《玉篇》：「不久也。」客話多用「矁ȵiap055 眼」，偶而也可說「霎 sap011 眼」；《康熙字典》：「矁，目動貌。」《集韻》尼輒切，音聶；「霎」強調的是眼睛閉上的一瞬間。閩語叫「□nĩʔ011 目」，與客話應是同源。安鋪粵語借用客話「霎眼」說法，石城、羊角、林頭粵語借用客話「矁眼」說法；安鋪粵語讀 siap 與青平客話一致，是 sap 的變體；林頭粵語和霞洞閩語讀 jiap，是沙琅客話 ȵiap 的變體。

「親嘴」粵語叫「啜嘴」，客話叫「唔嘴」，閩語叫「唔喙」。粵西粵語多叫「駁嘴」，而「駁嘴」在廣府核心區粵語中是指「頂嘴」。安鋪、石城、霞洞閩語以及塘蓬、青平、沙琅客話均借用粵語說法。

吮吸」粵語叫「嘬」，如「嘬奶」「嘬氣」；閩語也叫「嘬 suʔ011」，與粵語同源；客話叫「噈tsot055」。青平客話「嘬」讀音與粵語一致，借用粵語說法。安鋪、石城、霞洞閩語叫ɬɔ，應是模仿粵語 sɔk 發音並且塞音舒化的結果。

「丟失」粵語叫 lɐʔ055，俗字寫作「甩」；客話叫「唔見」，閩語叫「交落 ka55 lauʔ055」「落落 lak011 loʔ055」「拍無見」。電白羊角、林頭粵語以及沙琅、霞洞客話的「漏」借自閩語，與「落」同源；林頭閩語模仿電城閩語的「拍漏」，因粵方言多說「打」少說「拍」，故改為「打漏」。

動詞「背」粵語叫「孭」，如「孭仔背小孩」；閩語叫「□iaŋ11」，「背小孩」叫「□iaŋ11 囝」，客話就叫「背」。塘蓬、青平、沙琅、霞洞四地客話動詞「背」單字音調查時讀 pɔi，今詞彙調查讀 pɛ，應是受粵語 mɛ的影響，借用粵語說法但是卻保留客話重唇讀音；羊角粵語的讀音表現為與變異後的客話一致，從中可見粵、客方言相互影響、相互滲透的接觸狀態。另外，安鋪、石城閩語的 ma 和電城閩語的 mia，與閩語原來的叫法相差甚遠，我們認為也是受粵語影響的結果，其韻母演變路徑為：ɛ＞a＞ia。

「推」粵語叫「擁」，白讀為 oŋ35，文讀為 ioŋ35；客話叫「揀 suŋ31」，閩語叫「推」或「揀 sak011」，今塘蓬、沙琅客話借用粵語說法。

四、性狀形容類詞

表 5-28　性狀形容類詞表

詞條\方言點	難受	陌生	香	澀	窄	整齊	礙手礙腳
安鋪粵語	抵力 tɐi35 lek021	生面 saŋ55 min21	香 høŋ55	澀 kip033	狹 kiap021	齊 tsʰɐi21	阻手阻腳 tso35sɐu35 tso35køʔ033
石城粵語	抵力 tɐi35 lek022	生疏 saŋ55 so55	香 hiɛŋ55	澀 kip033	狹 kiɛp022	齊整 tsʰɐi21 tseŋ35	阻手阻腳 tso35sɐu35 tso35kiɛʔ033
安鋪閩語	難受 naŋ22 ɬiu33	生面 ɬɛ13 mien13	香 hiɔ13	澀 ɬiap055	隘 ɔi33	整齊 tsɛŋ31 tsɔi22	阻手阻骹 tsɔ31tsʰiu31 tsɔ31kʰa13
石城閩語	辛苦 ɬɛŋ13 kʰɛu31	生面 ɬɛ13 mien13	芳 pʰaŋ13 / 香 hiɔ13	澀 kip055	隘 ɔi44	齊 tsɔi33	阻手阻骹 tsɔ31tsʰiu31 tsɔ31kʰa13

塘蓬客話	惡抵 ɔk021te31	無識 mo24 sit021	香 hioŋ55	澀 kiap021	狹 kʰiap055	整齊 tsin31 tsʰe24	阻手阻腳 tsu31siu31 tsu31kiɔk021
青平客話	難受 nan24 ʃiu33	生面 łaŋ55 miɛn33	香 hioŋ55	澀 kiɛp022	狹 kʰiap055	整齊 tʃin221 tsʰɛ24	阻手阻腳 tso221 ʃiu221tso221 kiɔk022
羊角粵語	抵力 tɐi224 lek021	生暴 saŋ44 pou31	香 hiçi44	澀 kiap033	狹 kiap021	齊整 tsʰɐi211 tseŋ224	阻手礙腳 tsɔ224sɐu224 ŋɔi31kiɔk033
林頭粵語	好抵力 hou24 tɐi24 lek021	生暴 saŋ44 pou44	香 hioŋ455	澀 łɐp055	狹 kiap021	齊整 tsʰɐi211 tseŋ24	阻手阻腳 tsɔ24sɐu24 tsɔ24kiɔk033
電城閩語	惡抵 ɔk055 tɔi31	熟無 siak021 pɔ22	芳 pʰaŋ33	澀 kip055	狹 kiap021	工整 kɔŋ33 tseŋ31	塞地 tʰak055tɛ31
霞洞閩語	惡抵 ɔ45tui51	生暴 łe332 pɔ443	芳 pʰaŋ332	澀 kiap045	狹 kʰiap021	齊整 tsɔi21 tsin551	阻手阻骹 tsɔ51tsʰiu51 tsɔ51kʰa332
沙琅客話	抵力 tɛ31let055	生暴 łaŋ34 pʰau31	香 hioŋ34	澀 kiap022	狹 kʰiap055	齊整 tsʰɛ212 tsen31	阻手阻腳 tsɔ31siu31 tsɔ31kiɔk022
霞洞客話	抵力 tɛ21lit055	生暴 łeŋ44 pʰu21	香 sɔŋ44	澀 kiap022	狹 kʰiap055	齊 tsʰɛ24	□到 tʰut055tɔ21

　　「難受」粵語可叫「難抵」「惡抵」「難受」。安鋪、石城、羊角、林頭粵語叫「抵力」，這種說法在廣府粵語中指的是吃力、費力，如「擔百幾斤擔好抵力（挑一百多斤重的擔子很吃力）」，從語義角度看，似乎也可引申指難受。塘蓬客話、電城閩語、霞洞閩語借用粵語地道說法「惡抵」；沙琅和霞洞客話則借用與當地粵語相同的說法「抵力」。

　　「陌生」粵語叫「生暴」，客話叫「唔熟」，閩語叫「生分」，各有不同。廉江粵語叫「生面」，實指「陌生人」，廣府粵語也可叫「生面」，但多數時候叫「生暴人」。霞洞閩語、沙琅和霞洞客話借用粵語地道說法「生暴」，與羊角、林頭粵語相同。

　　形容氣味「香」，閩語一般叫「芳」，如「芳味香味」「芳水香水」「芳料香料」。石城閩語「芳」「香」送用，後者應是受粵客方言的影響。

「澀」粵語叫 kip033，俗字寫作「呷」，客話叫 kiap021；閩語叫 siap011。
上表中粵、客方言採用訓讀字「澀」。石城和電城閩語借用粵語讀音；羊角粵語
則借用客話讀音，林頭粵語為文讀音。

「整齊」粵語叫「齊整」，客話叫「工整」，閩語叫「整齊」，霞洞閩語和
沙琅客話借用粵語說法。形容詞「窄」粵語叫「逼狹 kip022」，也可叫「逼窄
tsak033」，客話叫 hap055 或 kiap055，閩語叫 ueʔ055，客、閩方言均寫作「狹」。
廉江粵語、電白粵語和電白閩語六個方言點叫「狹 kiap021」是客、粵讀音的
組合，其聲、韻母與客話相同，但聲調則使用粵語低調讀音。

「礙手礙腳」粵語叫「阻手阻腳」，客話叫「礙手礙腳」，閩語叫「纏骹絆
手」。安鋪、石城、霞洞閩語以及塘蓬、青平、沙琅客話六個點借用粵語說法，
閩語借用粵語說法時用自身特色說法「骹」代替粵語的「腳」。

五、人稱代詞單複數形式

表 5-29　人稱代詞單複數形式詞表

詞條 方言點	我	我們	你	你們	他	他們
安鋪 粵語	我 ŋo13	我哋 ŋo13ti21	你 nei13	你哋 nei13ti21	佢 kʰei13	佢哋 kʰei13ti21
石城 粵語	我 ŋo13	我大家 ŋo13tai21ka55	你 nei13	你大家 nei13tai21ka55	佢 kʰei13	佢大家 kʰei13tai21ka55
安鋪 閩語	我 va31	咱 naŋ31	汝 lu31	汝大家 lu31tua13kɛ13	伊 i13	伊大家 i13tua13kɛ13
石城 閩語	我 va31	我群 va31-35kʰun33	汝 lu31	汝個 lu31kai331	伊 i13	伊群 i13kʰun33
塘蓬 客話	偓 ŋai24	偓人 ŋai24nɛn55	你 ɲń24	你人 ɲń24nɛn55	佢 ki24	佢 人 ki24nɛn55
青平 客話	偓 ŋai24	偓哋 ŋai24ti221	你 ni24	你哋 ni24ti221	佢 kʰi24	佢哋 kʰi24ti221
羊角 粵語	我 ŋɔ223	我哋 ŋɔ223tei31	你 nei223	你哋 nei223tei31	佢 kʰʋi223	佢哋 kʰʋi223tei31
林頭 粵語	我 ŋɔ24	我哋 ŋɔ24tei211	你 nei24	你哋 nei24tei211	佢 kʰoi24	佢哋 kʰoi24tei211
電城 閩語	我 ua31	咱儂 naŋ31-33naŋ22	汝 lu31	汝儂 lu31naŋ22	伊 ʔi33	伊儂 ʔi33naŋ22

霞洞閩語	我 ua51	我儂 ua51naŋ21	汝 lu51	汝儂 lu51naŋ21	伊ʔi332	伊儂 ʔi332naŋ21
沙琅客話	偓 ŋai212	我人 ŋai212ȵen212 / 我哋人 ŋai212tei34 ȵen212	你 ȵi212	你大家 ȵi21tʰai31ka34 / 你哋人 ȵi21tei34 ȵen212	佢 ki212	佢哋人 ki21tei34ȵen212
霞洞客話	偓 ŋai24	我人 ŋai24ȵin24	你 ȵi24	你大家 ȵi24tʰai44ka44	佢 ki24	佢大家 ki24tʰai44ka44

　　粵語人稱代詞複數用「哋」，閩語人稱代詞基本上穩定保留使用「儂」後綴，而客家話主要使用「人〔ȵen55〕」作為複數標記，但廉江青平客話已直接使用「哋」後綴，而在電白兩個客家話中，「哋」的滲入也已經可以明顯觀察到：電白沙琅客話是客話標記與粵語標記疊置，「哋」是粵語複數標記，「人」是客家話複數標記，從順序而言，「哋」在前，「人」在後，說明核心標記還是「人」，也就是「人」尚處於主導地位。

六、量詞、副詞

表 5-30　量詞、副詞表

詞條＼方言點	個 (一～人)	頂 (一～蚊帳)	床 (一～席子)	床 (一～被子)	不曾	當然
安鋪粵語	隻 tsiaʔ033	番 faŋ55	張tsøŋ55 / 番 faŋ55	張tsøŋ55 / 番 faŋ55	未曾 mei21tsʰɐŋ21	梗係 kɐŋ35hɐi21
石城粵語	隻 tsiɛʔ033	張 tsiɛŋ55	張 tsiɛŋ55	張 tsiɛŋ55	未曾 mei21tsʰɐn21	定係 teŋ21hɐi21
安鋪閩語	個 kai33	番 huaŋ13	番 huaŋ13	床 tsʰɔ22	無 vɔ22	當然 taŋ13ien22
石城閩語	個 kai33	番 huan13	番 huan13	番 huan13	無 vɔ33	當然 taŋ13ien33
塘蓬客話	隻 tsaʔ021	番 fɔn55	張 tsɔŋ55	番 fɔn55	無 mo24	當然 tɔŋ55iɛn24
青平客話	隻 tsaʔ022	番 fɔn55	條 tʰiau24 / 番 fɔn55	番 fɔn55	無 mo24	一定 it022tʰin33
羊角粵語	隻 tʃiak033	張 tʃiɔŋ44	張 tʃiɔŋ44	張 tʃiɔŋ44	未曾 mei31tsʰɐŋ211	當然 tɔŋ44jin211

林頭粵語	隻 tʃiak033	頂 teŋ24	番 fan44	張 tʃiɔŋ44	冇曾 mou24tsʰɐŋ211 /言 miaŋ211	肯定 kʰɐŋ24 teŋ442
電城閩語	個 kai22	頂 teŋ31	番 huaŋ33	番 huaŋ33	無曾 bɔ22tsʰaŋ22	當然 taŋ33jiŋ33
霞洞閩語	個 kai21	頂 tin51	番 huan332	番 huan332	無曾 pɔ21tsʰian21	肯定 kʰaŋ51 tiŋ443
沙琅客話	隻 tsɐk022	床／番 tsʰɔŋ212／ fan34	張 tsɔŋ34	番 fan34	未曾 mei31tsʰɐŋ212	梗係 kɐŋ31hɛ52
霞洞客話	隻 tsɐk055	張 tsɔŋ44	張 tsɔŋ44	張 tsɔŋ44	言曾 mian24tsʰɛn24	定係 tʰin21hɛ52

　　普通話用於稱量「人」的量詞「個」，粵語和閩語都叫「個」，如粵語「兩個女兩個女兒」、閩語「一個人」；不用於粵、閩方言，客話通常用「隻」來形容人，如「一隻人一個人」「三隻學生三個學生」。今廉江、電白四個點的粵語亦說成「一隻人」，應是從粵西客話借入的。

　　稱量「蚊帳」「席子」「被子」時，粵語用量詞「張」，閩語用「領」，客話用「番」，各有特色。今廉江、電白粵、閩方言亦見用「番」來稱量蚊帳、席子、被子這三種事物：安鋪粵語用「番」代替「張」稱量蚊帳，稱量席子、被子時「張」「番」並用；安鋪閩語用「番」稱量蚊帳、席子；石城閩語完全被「番」替代；林頭粵語用「番」稱量席子；電城、霞洞閩語用「番」稱量席子、被子。廉江、電白粵、閩方言的「番」應是從客話借入的。

　　副詞「未曾／不曾」粵語叫「未曾」，閩語叫「未」或「未曾」，客話叫「唔曾」或「□maŋ11 曾」，俗字寫作「言」。客話口語一般不用「未」表否定，常用「唔」「無」。沙琅客話明顯借用粵語說法，而林頭粵語「冇曾」「言」迭用，前者是「未曾」的變體，後者則是客話成分。

　　副詞「（飽）得很」粵語叫「得滯」，放在形容詞後，表示程度極深，如「啲茶濃得滯這茶濃得很」「車開得快得滯車開得快得很」「好得滯好得很」；除「得滯」外，還可叫「認真」，放在形容詞前，表義相同，如「認真好非常好」「認真鹹非常鹹」。客話一般用「忒 tʰiet021」或「十分」，用於形容詞前，如「忒鹹」。塘蓬客話「認真」、沙琅客話「得滯」明顯是粵語成分。

　　「當然」粵語常用的三種說法是「梗係 kɐŋ35hɐi22」「無疑」；客話說法和

普通話一致。電白沙琅客話借用粵語說法。

　　廉江、電白地區盛行粵、閩、客三種方言，我們在調查過程中發現，當地人日常交際中交叉使用母語方言和其他方言的現象非常普遍。受方言接觸的影響，母語方言詞被外方言完全替代、借用外方言語素並結合自身方言折合讀音、母語方言和外方言語素組合等接觸類型非常豐富。從以上分析來看，不論是穩定性比較高的特徵方言詞還是一般詞，均存在方言間相互借用的現象。

第三節　接觸影響下的雙階核心詞分析

　　上個世紀五十年代，美國語言學家 Swadesh（1952）受到放射性碳元素（C14）年代推算的啟發，以多語言同源詞歷史保留的角度確定嚴格的擇詞標準，從數十種印歐語言中挑選出人類語言中最穩定的 200 核心詞，以期通過計算語言中核心詞根語素的保留率來推算語言分化的年代。這些詞中的大多數詞被認為在世界上其他語言中具有一定的普適性。而後，Swadesh（1955）在實際語言研究中發現這 200 詞項也存在借用現象，便又從中篩選出 100 詞，並認為這 100 詞是人類語言最核心的詞。第二詞表的設計和提煉，Swadesh 就新舊兩個詞表的年代學統計應用結果指出：根據新詞表計算出的同源詞保留率比老詞表的高。儘管 Swadesh 本人並未有意區分詞彙層級，但根據他的考證結果，後人不乏對詞表加以分層。陳保亞根據語言接觸的有階性，將 Swadesh 的 200 核心詞分為兩階，第 100 詞集為一階核心詞或高階核心詞，第 200 詞集為二階核心詞或低階核心詞（詳見附錄 3），並通過考察漢語和侗臺語間一批對應嚴格的關係詞以及壯侗諸語間關係詞的分布比例，發現處在語言接觸中的兩種語言，第 100 核心關係詞比例低於第 200 詞，若是處於語言分化中則情況正好相反。總的來說，高階詞並非絕對穩定，只是說它比低階詞要更穩定、更難以借用，而低階詞則較易受到干擾，因此，高階詞的同源保留率比低階詞高。該詞表在歷史比較語言學的研究中被廣泛採用來探討語言演變中的一些問題。我們借助陳保亞整理的雙階核心詞，考察湛茂廉江、電白的粵閩客三種方言詞彙的核心詞接觸情況，對 200 核心詞中存在借用現象的詞條進行分析。完整的雙階核心詞表詳見附錄 3，本節只對存在接觸現象的詞目進行羅列分析。

一、一階核心詞接觸分析

一階核心詞中雖然是最穩定的詞，但在多方言雜處的廉江、電白地區依然存在因接觸造成的借用現象。粵閩客方言一階核心詞接觸詞目不多，列表如下：

表 5-31　一階核心詞接觸詞目表

詞條＼方言點	3.we 我們	7.what 什麼	41.nose 鼻子	49.belly 肚子	57.see 看見	70.give 給	99.dry 乾
安鋪粵語	我哋 ŋo13ti21	乜嘢 mɐʔo55 n̠iɛ13	鼻公 pei21 koŋ55	肚屎 tu13si35	睇見 tʰɐi35kin32 / 睇到 tʰɐi35tou35	畀 pei35	乾 kɔŋ55 / 燥 tsau33
石城粵語	我大家 ŋo13tai21 ka55	乜嘢 mɐʔo55 n̠iɛ13	鼻 pei21	肚屎 tu13si35	睇見 tʰɐi35 kin33	畀 pei35	乾 kɔŋ55 / 燥 tsau55
安鋪閩語	咱 naŋ31	乜物 mi55mi33	鼻公 pʰi13 koŋ55	肚 tɛu31	映見 ɔ35 ki35	乞 kʰi61	乾 kaŋ13
石城閩語	我群 ʋa31-35 kʰun33	乜物 mi55mi44	鼻 pʰi13-24	肚囝 tɛu31 kia31	映見 ɔ35ki35	乞 kʰi55	乾 kan13
塘蓬客話	偓人 ŋai24 nɛn55	乜 mat021	鼻公 pʰi33 kuŋ55	肚屎 tu31si31	看見 hɔn33 kiɛn33	分 pun55	燥 tsau55
青平客話	偓哋 ŋai24ti221	乜佬 mai24 lo221	鼻子 pʰi33 tsi221	肚屎 tu221 si221	望見 mɔŋ33 kiɛn33	分 pun55	燥 tsau55
羊角粵語	我哋 ŋo223tei31	乜嘢 mɐt055 n̠iɛ223	鼻 pei31	肚 tʰou223	睇見 tʰɐ224 kin33	畀 pei224	燥 tsau44
林頭粵語	我哋 ŋo24tei211	乜嘢 mɐt055 n̠iɛ24	鼻公 pei442 kuŋ455	肚 tʰou24	睇見 tʰɐi24 kin33	畀 pei24	□ ɬem455
電城閩語	咱儂 naŋ31-33 naŋ22	乜物 mi55 lmi551	鼻囝 pʰi33 kia31	肚囝 tɛu31 kia31	看著 kʰam22-33 tɔ31	分 puŋ33	涸 kʰɔ31
霞洞閩語	我儂 ua51naŋ21	乜 mi551	鼻囝 pʰi332 kia51	肚 teu51	看見 kʰam 332ki443	分 pun332	涸 kʰɔ51

	我人 ŋai212 n̠en212 / 我哋人 ŋai212 tei34 n̠en212	乜嘢 mɐt022 n̠ia34	鼻 pʰi31	肚 tu31	睇見 tʰɛ31 kiɛn52	分 pen34	燋 tsau34
沙琅 客話							
霞洞 客話	我人 ŋai24 n̠in24	脈介 mɐk022 kai52	鼻 pʰi21	肚 tu21	睇見 tʰɛ21 kiɛn52	分 pun44	燋 tsau44

　　人稱代詞「我們」，青平、沙琅客話借用粵語人稱代詞複數形式「哋」，前文提及，不再贅述。疑問詞「什麼」粵語叫「乜嘢」；客話一般叫「脈個」；閩語叫「甚物」，「物」為一切人、事、物的通稱。塘蓬、青平客話借用粵語語素「乜」，沙琅客話完整借用「乜嘢」一詞。身體部位詞「鼻子」在廉江、電白三大方言中的接觸表現主要是安鋪粵語、閩語以及林頭粵語借用客話「鼻公」說法，前文已分析。「肚子」粵語叫「肚」，為單音語素；客話叫「肚屎」；閩語多叫「腹」「腹肚」。安鋪、石城粵語明顯借用客話說法，而安鋪、霞洞兩地閩語以及沙琅、霞洞客話則採用粵語單音語素說法。身體感知動詞「看」的接觸表現主要是電白客話借用粵語的「睇見」說法。動作行為詞「給」和形容詞「乾」的接觸表現是廉江、電白粵語分別借用客話「分」和「燋」的特色說法。

二、二階核心詞接觸分析

　　廉江、電白三大方言二階核心詞存在接觸現象的詞目數量和一階核心詞並未見太大差距，具體詞目羅列見下表：

表 5-32　二階核心詞接觸詞目表

詞條 方言點	101.and 和	133.here 這裡	148. narr-ow 窄	153.push 推	154.right- Side 右邊	168.smell 聞	181.they 他們
安鋪 粵語	共 koŋ21 / 撈 lou55	嗰□ ko35 nei55	狹 kiap021	攤 oŋ35	右邊 iɐu21pin55	□ hoŋ33	佢哋 kʰei13ti21
石城 粵語	共 kʊŋ21	嗰□ ko35 nei55	狹 kiɛp022	推 tʰui55 / 攤ʊŋ35	右邊 iɐu21pin55	□ hʊŋ33	佢大家 kʰei13tai21 ka55

安鋪閩語	共 kaŋ55	□□ ia55 nai55	隘 ɔic33	推 tʰui13	右爿 iu33pai22	聞 mien22	伊大家 i13tua13 kɛ13
石城閩語	□ hiau13	□□ ia55nai55	隘 ɔic44	□ ɔic13	右爿 iu44pai33	鼻 pʰi13	伊群 i13kʰun33
塘蓬客話	撈 lau55	嗰 ko24	狹 kʰiap055	擁 uŋ31	右片 iu33pʰiɛn33	鼻 pʰi33	佢人 ki24nɛn55
青平客話	撈 lau55	嗰 ko24	狹 kʰiap055	推 tʰui55	右析 iu33łak022	鼻 pʰi33	佢哋 kʰi24ti221
羊角粵語	共 koŋ31	己□ kei224 nei44	狹 kiap021	擁 oŋ224	右便 jiɐu31pin31	聞 mɐn211	佢哋 kʰʋi223 tei31
林頭粵語	湊 =tsʰɐu33	嗰□ kɔ24 nai44	狹 kiap021	擁 ʋŋ24	右□ jiɐu44 sat033	聞 mɐn211	佢哋 kʰoi24 tei211
電城閩語	湊 =tsʰau315	□地 ia551 tɛ315	狹 kiap021	□ ɔic33	ʔ右爿 ʔiu551pai22	鼻 pʰi33	伊儂 ʔi33naŋ22
霞洞閩語	湊 =tsʰau443	□地 joŋ443 te443	狹 kʰiap021	推 tʰui332	右邊 iu51pin332	鼻 pʰi332	伊儂 ʔi332naŋ21
沙琅客話	撈 lau34	□定 ti31 tʰiaŋ31	狹 kʰiap055	擁 oŋ31	正手邊 tsen34siu31 piɛn34 / 右片 ziu31 pʰiɛn31	□ tʰɛn212	佢哋人 ki21tei34 ȵɛn212
霞洞客話	湊 tsʰei52	己定 ki21tʰ iaŋ44 / 己啲 ki44ti44	狹 kʰiap055	推 tʰui44	右手邊 ziu21siu21 piɛn44	□ hoŋ52	佢大家 ki24tʰai44 ka44

　　連詞「和」粵語中有「湊」「撈」「同」「共」多種說法，客話只用「撈」「同」，閩語叫「合」「共」。電城、霞洞閩語及霞洞客話借用粵語「湊」說法。近指代詞「這裡」在廣府大本營粵語中一般叫「呢度」，遠指代詞「那裏」叫「嗰度」，「嗰」被認為是「個」的變音。今廉江、電白地區粵語用「嗰」表近指，塘蓬、青平客話借用粵語說法。形容詞「窄」粵語叫「逼狹 kip022」，也可叫「逼窄tsak033」，客話叫／hap055／或／kiap055／，閩語叫／ueʔ055／，客、閩方言均寫作「狹」。廉江粵語、電白粵語和電白閩語六個方言點叫「狹

kiap021」是客、粵讀音的組合，其聲、韻母與客話相同，但聲調則使用粵語低調讀音。動作行為詞「推」粵語叫「攋」，白讀為／oŋ35／，文讀為／ioŋ35／；客話叫「捒 suŋ31」，閩語叫「推」或「捒 sak011」。塘蓬、沙琅客話借用粵語說法，石城、電城閩語的／ɔi／疑是粵語／ɔŋ／的變體。方位詞「右邊」粵語說法與普通話同，客話叫「右片」或「右析 sak021」，閩語叫「右爿」或「正手邊」（右為正，左為反）。林頭粵語「右□sat033」可能是受客話影響的結果；而沙琅客話「正手邊」則是借用閩語說法。人稱代詞「他們」和前面的「我們」一樣，方言接觸表現為青平、沙琅客話借用粵語人稱代詞複數形式「哋」，前文提及，此處亦不再贅述。

湛茂廉江、電白地區盛行粵閩客三大方言，我們在調查過程中發現，當地人日常交際中交叉使用母語方言和其他方言的現象非常普遍。受方言接觸的影響，母語方言詞被外方言完全替代、借用外方言語素並結合自身方言折合讀音、母語方言和外方言語素組合等接觸類型非常豐富。從以上分析來看，不論是穩定性比較高的特徵方言詞、雙階核心詞，還是其他常用詞，均存在借用現象，因此我們認為，廉江、電白粵閩客三大方言詞彙接觸程度較深。下面的章節我們將繼續探討廉江、電白三大方言的詞彙接觸類型和接觸程度等問題。

第四節　廉江和電白粵閩客方言詞彙的接觸演變類型

在方言接觸中，詞彙系統是反應最靈敏的部分，它可以是某個詞或某個語素的借用，也可以是某個聲母、韻母或者聲調上產生演變。Thomason 將語言接觸引發的演變分為兩類：「借用」（borrowing）和「轉用引發的干擾」（shift-induced interference）〔註19〕。「借用」指的是外來成分被某種語言的使用者借入到其所在語言社團的母語中，由於增加了外來成分，這個社團的母語發生了變化。Thomason 認為，世界上幾乎每一種語言都存在向其他語言借用詞彙成分的現象，借用常常始於詞彙中的非基本詞尤其是文化詞，隨著接觸時間和強度的增加，借用成分可擴展到諸如語音、音系甚至句法和形態等結構特徵方面。「轉用引發的干擾」也可簡稱為「轉用干擾」，指的是語言轉用過程中，受

〔註19〕Thomason Sarah G 著、吳福祥導讀：*Language Contact：An Introduction*，世界圖書出版公司，2014〔2001〕年，p.66.

語人將其母語特徵帶入到要學習的目標語中。受語人在意識到其母語的某些
特徵不存在於目標語時，通過帶入自己母語的特徵這一做法來更快地適應目
標語，並且保留了母語和目標語的區別。「轉用引發的干擾」在語言特徵上的
一個關鍵特徵是，跟借用始於詞彙成分不同，它通常始於音系和形態、句法成
分三個層面。目前，在語言或方言接觸研究中，詞彙借用普遍存在，但具體的
表現模式又各有差異，對類型屬性相近的漢語方言來說，因接觸而造成的詞彙
借用現象以及方言詞彙接觸中的語音干擾現象也相當突出。本節對廉江、電白
兩地粵、閩、客方言詞彙接觸演變的類型進行歸納。

一、詞彙干擾：借詞產生

　　跨語言干擾（interference），最顯著的是詞彙干擾案例，借用產生的借詞，
通常是指一種語言從另一種語言借來的詞，不同民族在相互交流的過程中，當
某種物品的名稱在交流一方使用的語言中並不存在，或其中一方使用的語言佔
據優勢時，就容易產生借詞。嚴格意義上來說，借詞屬於外來詞的一種，如漢
語中的外來借詞主要有音譯、半音半譯、音譯附加漢語語素、音意兼顧等。

　　關於方言詞的借用，本文的界定是，共時平面下的漢語方言接觸雙方的詞
彙共有成分，如果同時出現在代表點方言及其所屬的大部分次方言區，或者說
和代表方言及其核心區域方言可以找到語音對應關係，則認定為同源成分，反
之，如果並未出現在代表點方言及其所屬的大部分次方言區，認定為借用成
分。以廉江、電白地區的粵、閩、客方言來看，我們在第二章中已經對這兩個
地區的三大方言的來源和形成進行探討，它們主要是明清時期分別自粵中珠
三角、福建廈門和莆田一帶、粵東梅縣一帶的粵、閩、客方言核心區域遷徙而
來的移民所帶來的，因此，落戶廉江、電白地區的粵、閩、客方言，根據語言
特徵的相似性，仍然可以追溯到其源頭方言，那些不能在源頭方言裏找到對應
特徵的，基本可以判斷為遷徙後演變而成的。這些遷徙後演變的表現，又包括
內源性變異和外源性變異兩種情況。對於多方言共存的區域來說，有些共同成
分從歷時的層面去追蹤，可能來自一個源頭，但是就當前這個共同成分的形成
來說，至少包括三種情況：一是方言分化前後始終是共有的；二是分化前為共
有，分化後彼此存在差異，經接觸後重新生成共性；三是分化前存在差異，分
化後保留差異或出現共性。當然，共同成分的形成還有其他複雜的路徑。本文

判定詞彙接觸產生的借用，立足於共時平面下，將雙言或多言區方言詞彙與核心方言區域或本類方言多數片區的普遍說法進行比較，判斷共時層面的方言接觸影響下形成的詞彙借用現象。廉江、電白兩地粵、閩、客方言詞彙借用，根據借用內容和方式的不同，分為以下幾種：

（一）整體借詞

整體借詞是指某一方言借用另一方言的詞，借用時詞形不變，因方言間存在語音差異，借詞的語音形式常根據受借方言語音進行折合。廉江、電白三大方言接觸中，整體借詞的例子很常見，且大部分整體借詞都會根據受借方言的語音系統進行語音折合，其折合方式有以下種類：

第一種，借用詞形及源語讀音，受借方根據自身語音系統，對借語音讀的韻和調進行細微折合。如：

（1）大衣：安鋪粵語和石城粵語叫「大褸 tai21lɐu55」，安鋪閩語叫「大褸 tai33lau55」。閩語核心區廈門、漳州一帶叫「大衣 tua11i55」，對比可知，安鋪閩語「大褸」一詞不是閩語地道說法，「大」字讀音也出現異化，「大」在閩語裏一般讀「tua」，安鋪閩語其他含「大」語素的詞，如「大齒 tua35-13kʰi31」「大腿 tua35-13tʰui31」「大方 tua35-13huaŋ13」等，這些詞中的「大」讀音遵循閩語原本讀音，未出現異化現象，而安鋪閩語「大褸」一詞的「tai33」則非閩語主流讀音。再對照安鋪、石城粵語，不難發現安鋪閩語「tai33lau55」實則是借用粵語說法，其詞形與粵語相同，讀音也與粵語更接近：tai 借自粵語，又因安鋪閩語自身音系並無舌面央元音／ɐ／，故用發音相對接近的舌面前元音／a／來折合粵語的／ɐ／，即「褸」lɐu→lau；「tai33lau55」調類與粵語保持一致。

（2）騙：粵語叫「呃」，石城粵語叫「呃 ŋɐʔ055」，羊角、林頭粵語叫「呃 ŋɐk055」，均是上陰入調。「騙」在廈門話一般說「佬 lau53」，如「互伊～去（被他騙去）」，今霞洞閩語借用粵語說法讀「呃 ŋak045」，念陰入 45 調，是高域陰入 55 調的變調。

（3）尋找：廣府粵語核心區叫「揾ʋɐn35」，客、閩方言無「揾」說法。今安鋪、石城、林頭粵語均叫「揾」。電白沙琅客話借用粵語說法，讀「ven31」，因音系中無舌面央元音／ɐ／，用 en 折合粵語的ɐn；沙琅客話上聲調不分陰陽，

直接用上聲 31 調對應粵語的陰上調。

（4）哄～小孩：廣府粵語叫「tʰɐm22」，俗字寫作「㖭」，「哄小孩」叫「㖭細佬哥」；梅縣客話叫「拐 kuai31」，廈門閩語叫「弄 laŋ11」。今廉江、電白粵語也叫「㖭tʰɐm33」，霞洞閩語叫「㖭tʰam443」，明顯借用粵語說法，因其音系中無元音ɐ，因此用 am 折合粵語的ɐm，用陰去 443 調來折合，比陽去 551更接近電白粵語的 33 調。另有沙琅、霞洞客話叫「tʰɛm52」亦借自粵語，粵語的ɐ折合為ɛ，均為陰去調。

（5）聊天：粵語多叫「傾偈」，廉江安鋪、石城粵語讀「kʰeŋ55kɐi35」，電白林頭粵語讀「kʰeŋ44kɐi24」，讀音差異不大，均為前字陰平、後字陰上調。今安鋪、石城閩語叫「kʰɛŋ13kai31」、電城閩語叫「kʰeŋ33kai31」，均是借用粵語「傾偈」說法。

（6）蝙蝠：粵語普遍叫「飛鼠」，廉江安鋪、石城粵語念「飛鼠 fei55si35」，電白羊角念「fei455ʃi224」，林頭粵語念「fei455ʃi24」。客話一般叫「別 pʰet055婆」，今沙琅客話叫「飛鼠 fei34sy31」、霞洞客話叫「飛鼠 fei44sy21」，均是借用粵語說法，「飛」單字音調查讀 fui34 / fui44，今詞中讀 fei 為粵語音。

（7）次（質量）：廣府一帶粵語叫「㗉 iɐi13」，客話叫「次」或「差」。電白林頭、羊角粵語說法和廣府一致，而廉江青平客語、電白霞洞和沙琅客語叫 iai，也是借用粵語「㗉」的說法。

（8）囉嗦：廣府粵語特色叫法是「吱喳」，音讀為「tsi53tsau53」，調類為下陰平。石城閩語「吱喳」整詞借用粵語說法，且讀音「tsi55tsau55」也與粵語非常接近。在石城閩語中，陰平調原本是 13 調，此處採用變體高平 55 調，更接近粵語讀音。

（9）給：梅縣、河源、武平等地客話叫「分 pun44」，電白沙琅客話讀「pen34」，霞洞客話讀「pun44」，均為陰平調。「給」在閩語裏一般叫「乞」，而今電白電城閩語和霞洞借用客話說法「分」，電城閩語讀「puŋ33」，陰平調，與我們調查到的該地「分」單字音同，說明電城閩語借用客話「分」的說法並代入自己的音讀；霞洞閩語念「pun32」，陰平調，與該地「分」單字音「hun32」不同，但與霞洞客話聲、韻一致，讀音亦借自客話。

第二種，借用詞形但不借入源語讀音，受借方將自身單字讀音代入目標語。該借詞說法在受借方言中原本是不存在的，在進行語音折合時受借方常常用自

己方言的單字音逐字替代借用詞中的每一個語素。

（10）包子：客話叫「粄」或「粄欸」。電白霞洞閩語說「粄」，可斷定為借用客話說法。此外，在讀音上，石城閩語讀「pua551」也是用自身單字讀音代入目標語「粄」字。據練春招（2010）一文，「粄」在粵閩贛三省客話核心區及廣西、四川、海南、臺灣等地共 24 個客話方言點中，「粄」無一例外地讀「pan31」，符合客話山攝合口一等幫母桓韻字的讀音規律，而今霞洞閩語，同等音韻地位的字讀音不一，例如，「搬 pun45」和「半 pua32」，明顯「粄 pua551」是石城閩語將自身讀音代入借詞。

（11）佔便宜：廣府粵語叫「著數」「討著數」「有著數」，廈門話叫「有偏 u11-21pʰĩ55」或「有長 u11-21tioŋ35」。今安鋪粵語叫「著數tsøʔ033su33」，石城粵語叫「著數tsiɛʔ022su33」；安鋪閩語叫「討著數 tʰɔ31tiɔ33łiau35」，石城閩語叫「討著數 tʰɔ31tiɔ44łiau35」，明顯借用粵語說法，「著」「數」安鋪、石城閩語分別讀 tiɔ、łiau，因此「討著數 tʰɔ31tiɔ33łiau35」是借用粵語詞形，但是「著」「數」代入的卻是閩語的讀音。

（12）吃虧：粵語叫「蝕底」，安鋪、石城粵語也是叫「蝕底 sit021tɐi35」；廈門話叫「食虧」或「克虧」，今安鋪、石城閩語叫「蝕底łi55tɔi31」，無疑是粵語借詞，但讀音與粵語不同，「蝕」廈門話讀「sit055」，安鋪閩語讀「łi55」，讀音演變表現為：第一，聲母 s→ł；在粵西粵閩客方言中，聲母讀邊擦音 /ł/ 的多數是古心、生、邪母字，古禪、從、崇、船、書母亦有少數。安鋪閩語中，與古船母字「蝕」同樣聲母讀 /ł/ 的有「術łut022」「述łut022」等。第二，塞音韻尾脫落，韻母舒音化，這種現象在粵西閩語中多見，如：食tsiaʔ（廈）—食tsia（安鋪閩語）、殺 sat（廈）—殺łua（安鋪閩語）、割 kuaʔ（廈）—割 kua（安鋪閩語）。

（13）玉米：廣府粵語基本叫「粟米」，梅縣客話叫「苞粟 pau44siuk021」，廈門閩語叫「麥穗 beʔ055sui11」。廉江塘蓬客話叫「苞粟 pau55suk021」，青平客話叫「pau55łuk022」；石城閩語叫「苞粟 pau13łiak055」，明顯是借用客話說法，其中「粟」用石城閩語單字音代入，以同調類對應。

（14）扁擔：廣府一帶粵語叫「擔竿」，有時因避諱而叫「擔潤」，粵西粵語多叫「擔濕」。客話一般叫「擔竿」，並無「擔濕」說法。今霞洞客語稱「扁擔」為「擔濕 tam52sip022」，明顯是借用粵語說法，且將客話中「濕」字讀音

代入詞中，保留了自身方言和借語的區別特徵。

（二）融合借詞

接觸中的一種方言受另一種方言影響，在保留母語詞語原有結構的前提下，用母語方言的同義語素或近義語素對其借詞中某個語素進行替換進而構成新詞。接觸的雙方方言，受借方社團對輸出方詞彙中的某個語素不接納，但又不能將其簡單捨棄，因為這樣會造成源詞結構的變化，這時候受借一方就從自身方言詞彙系統中挑選同義或近義語素進行局部替換，詞彙的原有結構並未受到影響。豪根（Haugen）曾根據借用形式的不同嚴格區分外來詞和混合詞，外來詞指完全引進源語言的詞素，不用本族詞素進行任何替換，而混合詞是指在引進新詞時用本族詞素進行部分替換，其形成過程是引入（importation）→局部替換（substitution）〔註20〕。我們將受接觸影響，在詞語的表達形式上既保留母語方言部分語素又借用外方言語素來替換原詞說法中的局部，從而組詞新詞的情況稱為融合借詞。融合借詞分兩種情況，一種是受借方言詞 AA』借入外方言的某個語素 B 來替換 A』，組合模式為「本方言 A 語素＋外方言 B 語素」，融合後的詞半新半舊。另一種是將同時借自兩種外方言的語素組合成新詞並替換受借方言原有說法，組合模式是「外方言 A 語素＋外方言 B 語素」，替換對象是方言 C 的整詞，融合後的詞為新詞，不同於第一種情況。

漢語方言是同源關係，方言詞彙既有共性也有差異性，其差異成分往往具有特徵性和排他性。輸出一方方言的個別語素滲透進受借一方，特徵性語素或排他性語素也常常成為接觸方言中的輸出成分，第一種融合借詞往往既滿足多方言雜處的交流需求，也保留了受語的部分語素而使其特徵不至於被完全替換，進而保留輸出方言和受用方言之間的區別。而第二種融合借詞則是兩種以上方言相互接觸的典型現象。

第一種融合借詞舉例如下：

（15）鳥：廣府粵語一般叫「雀仔」，梅縣、武平等多數客家話叫「鳥 tiau44」，今廉江塘蓬、青平客話和電白沙琅、霞洞客話說法與客話區內相同。林頭粵語今叫「鳥仔 tiu455tsɐi24」，從「鳥」的讀音可知，是借用客話語素「鳥」，再和「仔」融合，組成新詞。

〔註20〕　（美）Einar Haugen: "The Analysis of Linguistic Borrowing", *Language,* Vol.26, No.2, 1950, pp.210-231.

（16）最小的兒子：客方言中表排行最末者叫「晚 man44」，粵語普遍叫「孻 lai55」。安鋪粵語有「孻仔」「晚仔」兩種說法，「仔」是粵語中常見後綴，「晚仔」正是借用客話語素「晚」並將其和粵語語素「仔」組合而來。而安鋪、石城、電城閩語以及塘蓬、沙琅、霞洞客話也受到粵語影響，借用粵語語素「孻」，其中閩語將語素「孻」和「囝」組合叫「孻囝」，客話則將「孻」和「子」組合叫「孻子」，「晚仔」「孻囝」「孻子」均是帶有兩種方言特徵的融合詞。

（17）多久：粵語一般叫「幾耐」，「耐」指「久」，如「好耐」即是「好久」。廉江安鋪粵語、石城粵語、電白林頭粵語保留該說法。客家話無「幾耐」一詞，普遍只說「幾久」，而今廉江青平客話和電白霞洞客話均借用粵語語素「耐」，屬於「客＋粵」型融合借詞。

（18）米湯：在粵語中一般叫「粥水」，客話叫「粥湯」，閩語普遍叫「飲」或「飲湯」「飲漿」。廉江、電白閩語保留本方言說法。今電白羊角、林頭粵語都借用閩語語素「飲」，稱米湯為「粥飲」，「粥」是粵、客常用語素，「飲」則是閩語語素，屬於「粵／客＋閩」型融合借詞。

（19）粥：粵語叫「粥」，閩語叫「糜」。今霞洞閩語借入粵語語素「粥」後叫「糜粥」，屬於「閩＋粵」型融合借詞。

（20）泥淤泥：「淤泥」廣府粵語叫「泥淰 nɐi21pan22」，淰，《廣韻》：「深泥也。」廉江安鋪、石城以及電白羊角粵語都叫「淰 paŋ21」。「泥」在閩語裏叫「塗」，電白霞洞閩語借用粵語語素「淰」，並將其和閩語的「塗」融合組成「塗淰 tʰeu21paŋ443」說法，屬於「閩＋粵」型融合借詞。

（21）親嘴：廣府粵語叫「𠱸嘴 pok055tsui13」，梅縣客話叫「親嘴tsʰin44 tsɔi53」，廈門話叫「相唚 sio55tsim55」「唚喙」。閩語稱人和動物的「嘴」為「喙」，如「喙渴」「喙角」「開喙」等。安鋪閩語也叫「𠱸嘴」，整詞借自粵語。而電白霞洞閩語叫「𠱸喙」，則是借用粵語語素「𠱸」，屬於「粵＋閩」型融合借詞。

第二種融合借詞較少：

（22）糍粑：客家地區逢傳統節日或家庭喜慶，都有做糍粑的習俗，叫「tsʰi11pa55」，普遍也叫「粄」，「粄」的說法在客方言去具有較強的內部一致性，被普遍認為是客話特色詞，可用於區分客與非客。糍粑類的糕點，廈門話叫「粿ke53」，莆田叫「kue453」。今電白林頭粵語叫「捶踏□tsʰui211tɐp021ma455」，

「ma455」與陽江粵語叫法相同〔註21〕。電白電城閩語叫「捶踏粄 tʰui22tap031
pua31」，其中「捶踏」借自林頭粵語，「粄」則是借自客話，組合後的新詞在電白
閩語中屬於「粵＋客」型融合借詞。

（三）疊置借詞

疊置借詞是指一種方言保持原有說法不變，同時完整借入另一方言的說
法，形成兩種說法可交替使用的局面，我們稱之為疊置借詞或並列借詞。之所
以形成疊置，是因為受借方言一方面要保留自身原有說法，另一方面又在接觸
狀態下吸收了外方言說法，這兩種不同說法具有並列關係。形成疊置的兩種說
法，在使用頻度上也不一致，但不外乎三種可能：第一種是母語方言的 A 說
法仍然常用，從外方言借來的 B 說法相對較少使用，但並非不用。第二種剛
好相反，即從外方言借來的 B 說法在受語社團中很受歡迎，使用頻度已經超
過原有母語方言的 A 說法。第三種是兩者使用頻度並無太大差距，表現為受
語人幾乎感覺不到兩者的區別，兩者都常用。方言詞的疊置以及疊置詞的使用
頻度，實際上反映的都是方言接觸的深淺程度，一般情況下，接觸程度相當深
的，會出現借用方言詞完全覆蓋原有方言詞的情況，而疊置借詞既有借用成
分，也有母語成分的保留，其接觸程度顯然是比完全替代要輕。語言或方言接
觸的最終結果，大體上都是一種語言成分和結構覆蓋另一種語言的成分和結
構，而疊置狀態則可以說是接觸中的過渡性階段的標誌之一。廉江、電白兩地
三方言接觸形成的疊置借詞有：

（23）上午：廣府粵語區一般叫「上晝」，粵西粵語叫「上晏」。客話區只
叫「上晝」。廉江青平客話「上晝」和「上晏」疊置，其中「上晏」來自粵西粵
語。「上午」是日常使用頻率比較高的詞，「上晝」說法在客話中也普遍可見，
青平客話在借入粵語說法後，並未棄用客話原有說法，而是將借詞與母語方言
詞並置，交替使用。調查時，發音人告訴我們，這兩個詞可以隨意替換使用，
沒有明顯的多用與少用的差別。由此看來，這兩個呈疊置態的詞在使用頻度上
表現為上述第三種。

（24）捆柴：粵語區叫「縛柴」，「縛」在粵語中一般用於指捆、綁、係、

〔註21〕陽江粵語叫「ma24」，上聲調，材料來自：北京大學中文系：《漢語方言詞彙（第二
版）》，北京：語文出版社，1995 年，第 127 頁。

紮等動作。客話無此說法。廉江塘蓬客話迭用「捆柴」「縛柴」兩種說法，其中「縛柴」來自粵語，但該詞借入後並未覆蓋原有說法。

（25）拔雞毛：粵語區多稱「拔」為「搣」，「拔雞毛」就叫「搣雞毛」。客話區叫「拔」不叫「搣」。今廉江青平客話有「拔雞毛」「搣雞毛」兩種說法，後者來自粵語，借入後與母語方言原有說法並列。

以上分析的各種借用類型，是廉江、電白地區三種方言接觸最常見的詞彙干擾形式，也可能是漢語方言接觸中最常見的詞彙干擾形式。方言詞彙接觸產生的類型分析表明，廉江、電白兩地三種方言的詞彙借用並不是簡單地對外來詞的吸收，它包含幾個特點：

（a）兩種方言在結構類型上類型距離接近且接觸時間長，借詞可涉及一般詞甚至是特色詞。

（b）源語詞形及源語讀音可同時借用，也可只借形不借音。

（c）只借源語詞部分語素並將其和母語方言語素組合形成新詞。

（d）借詞未取締受語原有詞，兩者可交替使用。

（e）由於文化、雙言人心理等多方因素的影響，源語詞部分語素未被受語一方接受，受方仿造源語語素。

二、語音干擾

「干擾」這一概念，在語言接觸研究中所指不一，它既可以指演變的結果〔註22〕，即接觸的結果；也可以指接觸演變的一種過程，與借用相對應。語音干擾的問題涉及到說話人感知和再現另一種語言的聲音的方式。強調區分「干擾」是指結果還是過程，原因在於：假設接觸中的兩種語言系統分別為第一系統、第二系統，如果第一系統與第二系統是「施」「受」關係，就容易產生第一系統對第二系統的語音演變進行干擾，此時的「干擾」指的是過程，而這兩個系統也就是我們常說的優、劣勢語言，可以理解為優勢語干擾了劣勢語。如果干擾指的是接觸造成的結果，則往往不討論是第一系統對第二系統進行了施加作用、還是第二系統主動向第一系統靠攏，以致形成干擾。

雙語或雙言環境下，雙語人社團一方面習慣用母語音音去感知不熟悉的外

〔註22〕「Interference」在 Weinreich 的 *Languages in Contact*（1968〔1953〕）一書中指的是演變的結果。

來音，當雙語人將目標語系統的音位與母語系統中的音位相比照，例如在借入
其他語言成分時遇到自身語言系統中沒有的音，在目標語系統的干擾下，以其
為標識，採用自身系統中相近的音去替代那個音，申小龍（1991：211）指出：
「只懂一種語言的人，只擁有一套規範。而操雙語者至少擁有兩套規範。這兩
套規範在一個人的交替使用中發生了接觸，同時也就導致了語言干擾，即使用
雙語的人的言語中由於語言接觸而發生的偏離兩種語言規範的現象。」在印歐
語言裏，雙語接觸產生的語音干擾模式可表現為音位的替換、增加或詞語中某
個英文字母的替換、重音位置的偏移等。漢語方言詞彙接觸研究包括字和音兩
部分內容，詞彙作為方言接觸的重要環節，其中所包含的語音系統，亦伴隨著
接觸的進行而出現變化。接觸中因轉用引發的干擾表現在語音成分上的變化，
不能只通過檢視接觸方言的單字音來呈現。本節對廉江、電白兩地三大方言詞
彙中的語音干擾進行分析。

（一）韻母干擾

　　一般來說，粵、閩、客三種方言的韻母系統較聲母系統存在更明顯的差異
〔註23〕，在方言接觸過程中，韻母干擾的情況也比聲母要明顯，而韻母中容易
受影響的則是主元音。我們通過案例分析來解釋廉江、電白三大方言詞彙的韻
母干擾問題。

1. 元音替代

　　在雙方言或多方言接觸中，一方字詞讀音受外方影響出現變異的現象，往
往伴隨著字詞的借用而出現。不同的方言彼此間的語音系統也多有差異，接
觸影響的結果就是使原本存在差異的部分變成一致。受施加干擾方的韻母影
響，受方讀音變異時常常出現元音替代模式。詞彙中「冷清」一詞，安鋪粵語
叫「冷 lɛ13」，與廣大粵語區的讀音「laŋ」不同，但卻與安鋪閩語的「冷 lɛ13」
相同，我們懷疑安鋪粵語說法是受安鋪閩語說法的干擾而來。我們先來比較
這兩個方言韻母系統（見附錄）中的主元音，用下圖表示：

〔註23〕廉江、電白地區三大方言的韻母系統，閩語的韻母系統表現得與其他閩語區的系統
　　　　有不同之處：無明顯鼻化韻，僅少數韻母為 i 的字，聽感上有輕微的鼻音，如安鋪
　　　　閩語「米 wĩ31」「遲 tĩ22」；部分入聲字塞音韻尾弱化後脫落，如：落 lɔ、百 pɛ、辣
　　　　lua、薄（～荷）pɔ。

圖5-1　安鋪閩語和安鋪粵語主元音對照圖

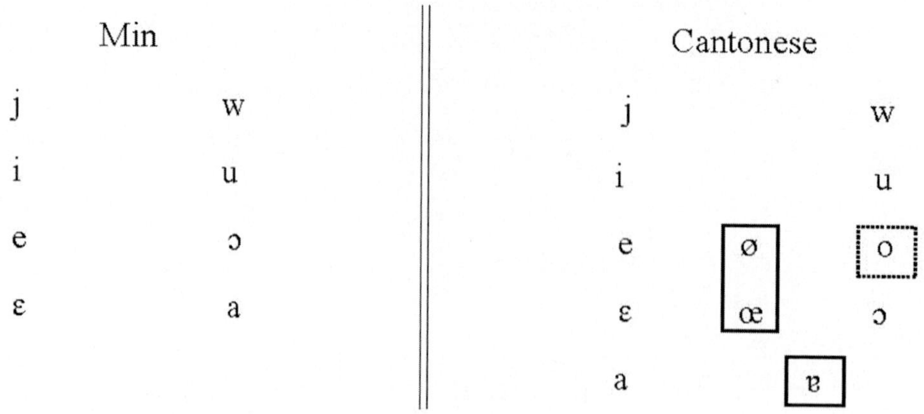

說明：

（1）半元音 j、w 一併放入圖中。

（2）圖中安鋪粵語主元音系統中，實線方框表示安鋪閩語無此相同主元音，虛線方框表示具有相似對應的主元音。

（3）安鋪粵語主元音系統比安鋪閩語豐富，彼此之間不能形成完整的一一對應關係。

（4）安鋪粵語的主元音 / ø / 主要出現在宕開三等字，少數出現在江開二等字，安鋪閩語以 / a / 和 / ɔ / 與之對應，例：/ a / 良、亮、將、象、桌；/ ɔ / 涼、兩、上、略、啄。

（5）安鋪粵語中的主元音 / œ / 僅出現在遇合三等字「去」中，安鋪閩語以 / u / 對應。

（6）安鋪粵語分長短元音，閩語不分，短元音 / ɐ / 出現在蟹開三、四等字時，安鋪閩語均以 / ɔ / 和 / i / 對應，例：/ ɔ / 例、制、批、底；/ i / 藝、世、米、體。/ ɐ / 出現在蟹合三等和止合三等字時，安鋪閩語以 / u / 對應，例：衛、桂、規、虧。

（7）安鋪粵語中的主元音 / o /，安鋪閩語有相似對應元音 / ɔ /，例：阻、所、報、刀。此外，安鋪閩語還以 / u / 和 / a / 對應，例：果、科、火、島、道、老、早。

為了更好地考察安鋪粵語和安鋪閩語「冷」字讀音在主元音上出現的干擾現象，現在我們將這兩個點說法帶語素「冷」的詞條檢索出來：

表 5-33　安鋪粵語、閩語說法中帶語素「冷」的詞條

詞　條	安鋪閩語	安鋪粵語
冷清	冷 lɛ13	冷 lɛ13
冷天~	寒	冷 laŋ13
發冷	發寒	攕發冷 laŋ13
打冷戰	震	打冷 laŋ13 震
買賣清淡	生意冷 lɛ13	冇好買

　　「冷」在粵語中讀陽上調，廣府片粵語讀「laŋ13」，高陽、四邑片讀「laŋ23」
「laŋ21」，未見「lɛ」音。廉江安鋪粵語「冷」基本遵循粵語主流讀音，唯獨
出現一例讀「lɛ13」，且正好與安鋪閩語讀音一致，本文認為這是安鋪粵、閩
方言接觸所致，原因如下：

　　第一，安鋪粵語的「lɛ」並非是內源性音變。與安鋪粵語韻母系統非常接近
的石城粵語，「冷」讀音和廣府等地粵語一致，並未出現安鋪粵語中的「lɛ」音，
排除這一讀音，安鋪和石城粵語具有內部一致性。安鋪粵語其他詞中以及內部
一致性較高的石城粵語中都沒有再出現「冷」讀「lɛ」的案例，因此，安鋪粵語
不大可能在自發演變為「lɛ」後再去影響安鋪閩語。

　　第二，安鋪閩語「冷」讀「lɛ13」是系統內正常讀音。先看「冷」在閩語
區的讀音分布：閩南廈門、漳州、泉州等地讀「liŋ53」「liŋ55」，均為陰上調；
閩南區的漳浦和大田、莆仙區的莆田和仙遊、閩東區的福清和寧德以及閩中區
的明溪等地則讀陰上調的「lɛŋ」；潮汕區潮州和澄海讀「nẽ53」；閩中區三明讀
「lɛ̃21」。從以上讀音分布來看，安鋪閩語讀「lɛ13」並不算特異，通過以上讀
音分布和變化，我們推測「冷」在閩語中的讀音可能具有「liŋ＞lɛŋ＞lɛ̃ / nẽ＞
lɛ」的演變軌跡。

　　第三，安鋪閩語的 / ɛ / 和安鋪粵語的 / aŋ / 可形成對應關係。安鋪閩語
的「冷 lɛ」對應安鋪粵語讀音占多數的「冷 laŋ」，諸如此類的主元音對應如：
生生瘡łɛ13（閩）—saŋ55（粵）；醒tsʰɛ31（閩）—łiaŋ35（粵）；扒~龍船 pɛ22
（閩）—pʰa21（粵）；茶飲茶 tɛ22（閩）—tsʰa21（粵）。因此，安鋪閩語的「冷」
讀 / ɛ / 和安鋪粵語讀 / aŋ / 對應是規律的，反之，安鋪粵語唯一讀「lɛ13」
的音屬於異源成分，是閩、粵方言接觸的結果。

　　綜上，安鋪粵語「冷清」一詞叫「冷 lɛ13」，是接觸過程中受安鋪閩語讀音
干擾形成。根據圖 5-1 安鋪閩語和安鋪粵語主元音對照圖的分析，安鋪粵語和

安鋪閩語韻母的主元音系統既有差異也有共性，當出現接觸干擾時，安鋪粵語可以很快地從自身系統中找到與施加干擾方讀音相同的元音／ε／，最終促成變異。該案例中干擾的結果，安鋪粵語並不是將新的音位吸收進語音系統，而是從自身原有語音系統中找到與發出干擾方語音系統相同的音位，進而替換原有說法。

2. 相似匹配和對應匹配共同作用

在接觸干擾作用下，受影響的一方可能重新調整字詞的讀音，原有的模式產生變異後要求用其他的模式來替換，以此達到與施借方互相匹配的目的。我們認為方言接觸中的重要語音演變類型包括對應匹配一項，對應匹配指的是方言因接觸而產生語音變異時，受方從母語語音系統中調用與施方讀音之間符合語音對應規則的成分來替換原有成分。音韻系統受到干擾的方言，有時並非都可以從自身語音系統找到與施加干擾方言完全相同的音位，這時候受方往往採用發音相近的音來替代，這就是相似匹配。粵語的主元音系統普遍存在長、短元音，它們之間既有音長的差異，又有舌位的區分。音長的差異使長短元音音位形成對立，大多伴有音色差異，聽感上明顯不同。廉江、電白地區三種方言詞彙接觸中，當受語接收母語方言中不存在的外方言詞時，粵語的短音／ɐ／在不分長短元音的閩、客方言中找不到相同的對應，這時閩、客方言往往採用系統中發音相近的元音進行替換。結合前面借詞類型一節的分析，本節舉例說明廉江、電白兩地閩、客方言引入帶短元音／ɐ／的新詞時的干擾情況：

表 5-34　干擾作用下粵語短元音／ɐ／的替代

輸　入	詞　條	主元音替代	輸　出
粵語／ɐ／	傾偈聊天 kʰɐŋ55kɐi35	→／a／	kʰɛŋ33kai13（安鋪、石城閩語） kʰɛŋ33kai31（電城閩語）
	腤哄 tʰɐm33		tʰam443（霞洞閩語）
	掹拔 mɐŋ55		maŋ55（沙琅客話）
	呃騙 ŋɐʔ055		ŋak055（霞洞閩語）
	搵找 vɐn35	→／ε／	vɛn31（沙琅客話）
	腤哄 tʰɐm33		tʰɛm52（沙琅客話）
	睇看 tʰɐi35		tʰɛ21（霞洞客話）
	諗想 nɐm13		nɛm31（塘蓬、青平客話）

　　廉江、電白兩地閩、客方言受粵語的影響，常常引進一些粵語詞，如上表所舉的幾個詞例。受語在學習這些自身方言中不存在的新詞時，它們往往會受到借出方讀音的干擾，如果這個新詞的主元音在受用方言元音系統並不存在，這時候要解決語音干擾常有兩種途徑，一是將新元音吸收並補充到自己的語音系統中，二是不吸收新元音，而是採用母語系統中發音相近並符合自身語音系統特點的元音進行替代。一般來說，後一種途徑實施起來可能會比較容易一些。上表所舉詞例，反映了廉江、電白的閩、客方言在學習粵語詞時，就多採用第二種途徑來處理粵音干擾項，即這些字詞裏原本讀短 / ɐ / 的，被閩、客方言元音系統中發音相近的 / a / 、 / ɛ / 替代，保證了這些詞輸入到受用方言詞彙系統中時發音協調。

　　那麼，促使受方系統選擇哪個元音作替代的原理是什麼？其中一個重要原因是：不同方言語音系統的對應。安鋪、石城、羊角、林頭四處的粵語今讀韻母含主元音 / ɐ / 的字的古音韻地位基本一致，我們根據調查的字、詞材料，對其進行歸納，並將其和安鋪、石城、電城、霞洞四處閩語以及塘蓬、青平、沙琅、霞洞客話進行比對，分析主元音對應情況。

表 5-35　廉江、電白粵語帶主元音 / ɐ / 的韻母在廉江、電白閩語、客話中的對應情況

粵　語	古音來源	例　字	安鋪閩語	石城閩語	電城閩語	霞洞閩語	塘蓬客話	青平客話	沙琅客話	霞洞客話
ɐi	蟹開三	幣例際制世藝	i / ɔi	i / ɔi	i / ɔi / ai	i / ui / ai	i / ɛ	i / ɛ	i / ɛ	i / ɛ
ɐi	蟹開四	迷低米體題泥洗雞	i / ɔi / ui	i / ɔi / ui	i / ɔi	i / ui	i / ɛ / ɔi	i / ɛ / ɔi	i / ɛ / ɔi	i / ɛ / ɔi
ɐi	蟹合三	衛	ui	ui	ui	ui	ui	ui	ui	ui
ɐi	蟹合四	桂攜惠	u	u	ui	ui	ui	ui	ui	ui
ɐi	止開三	荔尼膩駛毅	u / i / ai	u / i / ai	ai / i	ai / i	i / ɛ	ɛ / u	i / ɛ / u	i / ɛ / u / ə
ɐi	止合三	規虧危軌櫃位圍	ui	ui	ui	ui	ui	ui	ui	ui
ɐu	流開一	偷頭豆樓狗喉	au	au	au	au	ɐu	ɐu	ei	ei

粵語韻母	古音來源	例字								
ɐu	流開三	否浮謀劉修抽愁州手右	εu / iu	εu / iu	au / iu	au / iu	εu / iu	εu / iu	ei / iu	ei / iu
ɐm	咸開一	含暗膽	am / a	am / a	am / a	am / a	am / εm	am	εm / am	εm / am
εm / ip	深開三	林浸尋針沈集汁十及	im / ip	im / ip	im / ip	im / ip	im / ip	im / ip	im / ip	im / ip
ɐŋ / ɐn	臻開一	根痕	ien / un	ien / un	in / un	in / an	in / εn	εn	εn	εn
ɐŋ / ɐn / ɐʔ / ɐt	臻開三	賓貧民敏鄰珍筆匹七實	ien / aŋ / iet	ien / iet	in / it	in / it	in / it	in / it	εn / εt	εn / εt
ɐŋ / ɐn / ɐʔ / ɐt	臻合一	鈍侖昆棍婚骨	un / ut	un / ut	un / uk	un / uk	un / ut	un / ut	un / ut	un / ut
ɐŋ / ɐn / ɐʔ / ɐt	臻合三	輪筍巡準春雲律術出	un / ut	un / ut	un / ut	un / ut	iun / ut	iun / ut	iun / ut	iun / ut
ɐŋ / ɐʔ	曾開一	崩登贈北墨	aŋ / ak	aŋ / ak	aŋ / ak	aŋ / ak	εn / εʔ	εn / εʔ	εn / εʔ	εn / εʔ
ɐŋ	梗開二	猛孟衡杏	aŋ	aŋ	aŋ	aŋ	aŋ / εn	aŋ / εn	aŋ / εn	aŋ / εn

　　上表 5-35 列出廉江、電白粵語中所有帶主元音 ɐ 的韻母和古音來源、常用例字，並將與之對應的閩、客方言韻母讀音標注出來。現在再來看表 5-35 中的干擾作用下粵語短元音 / ɐ / 在閩、客方言中的對應模式產生的緣由。表 5-34 羅列了 / ɐ / — / a / 和 / ɐ / — / ε / 兩種情況，它們是規律對應還是隨意對應呢？

　　（1） / ɐ / — / a /

　　「傾偈」的「偈」為俗字，音「kɐi35」，到了閩語變讀為「kai」。結合上面的韻母對應表來看「kɐi35」的古音來源，廉江、電白粵語韻母為〔ɐi〕的字主要來自蟹攝開口三、四等字，蟹攝合口三、四等字以及止攝開口三等和止攝合口三等字，合口字粵語一般加介音 u- 或 w-，因此可排除，那麼，「kɐi35」應是來自蟹攝開口三、四等或止攝開口三等，這三種古音字在廉江、電白四個閩語點今讀韻母有 i、u、ai、ui、ɔi 五種，其中 / ai / 出現在蟹開三等、止開三等，可見，粵語「偈 kɐi35」的音讀在閩語語音系統中可以找到對應，諸

如此類的對應如：駛 sɐi35（粵）＝sai31／ɬai31（閩）；毅 ŋɐi21（粵）＝ŋai551
（閩）；藝 ŋɐi21（粵）＝ŋai551（閩）。因此，「傾偈」雖然不是閩語中固有的
詞，但根據借出方粵語的讀音，雙語者可以很快地找到母語裏音近的字，當
然他們並不會去追蹤古音來源，但現在看來，這個接觸影響下對新詞的折合
音變並非偶然，它是有嚴格的語音對應關係的。

　　粵語「哄小孩」叫「tʰɐm33」，一般寫作「𦛨」，《廣韻》：他紺切，咸開一
等勘韻透母字。粵語〔ɐm〕韻字主要來自咸開一等和深開三等，其中，咸開
一等字在廉江、電白閩語今讀韻母存在〔am〕韻，〔ɐm〕－〔am〕對應的例
字如：含 hɐm21（粵）＝ham21（閩）；庵 ɐm55（粵）＝am13／am32（閩）；
暗 ɐm33（粵）＝am35／am44（閩）。因此，霞洞閩語借用粵語詞「tʰɐm33」
時，儘管是新詞，但是仍可以從母語系統中找到對應讀音，故讀「tʰam」。

　　同理，表示動作的「拔」，粵語叫「mɐŋ55」，沙琅客話借用後讀「maŋ55」。
粵語韻母為〔ɐŋ〕的字主要來自增開一等、梗開二等。另外，臻開一、三等以
及臻合一、三等在安鋪粵語中亦讀後鼻音尾的〔ɐŋ〕，發音人並無 an～ɐŋ 的音
感對立。現在我們看粵語〔ɐŋ〕韻主流古音來源，其中梗開二等字在客話中存
在〔aŋ〕韻對應讀音。因此，粵、客方言〔ɐŋ〕－〔aŋ〕既是音近對應，也是
符合規律的對應。再有，「欺騙」一詞，粵語叫「ŋɐʔ55」，俗寫「呃」，霞洞閩
語借用後讀「ŋak55」。廉江粵語ɐʔ韻的古音來源，除安鋪粵語山、臻攝-n、-t
尾字部分轉收-ŋ、-ʔ尾這一特殊情況外，主流古音來源是曾開一等，如「北」
「墨」，對應的閩語讀音為 ak，因此，霞洞閩語借用粵語詞「ŋɐʔ55」變讀「ŋak55」
亦是合理對應。

　　（2）／ɐ／－／ɛ／

　　廉江、電白地區客方言借用粵語讀音韻母含主元音／ɐ／的新詞時，受方接
收新詞常常將粵語的／ɐ／變讀為／ɛ／。廉江塘蓬、青平和電白沙琅客話系統
不存在元音

／ɐ／，在借用新詞時沒有徑直把它吸收進來，而是採用音變的形式來處理
這個陌生的音讀，這個「音變」則是來自母語系統。那麼，為何客話選用元音
／ɛ／來對應／ɐ／，而不是用其他的元音呢？這種變異當然不是隨機選取，同
樣也是有規律可循。

　　表 5-28 將廉江、電白粵語的／ɐ／與客方言的對應讀音，現舉如下詞例：

A. 蟹開三等ɐi韻對應客話的 i、ɛ韻，如：際tsɐi33（粵）＝tsi33 / tsi52（客）、例lɐi21（粵）＝lɛ33 / lɛ21（客）；蟹開四等iɐ韻對應客話的 i、ɛ、ɔi韻，如：低tɐi55（粵）＝tɛ55（客）、迷mɐi21（粵）＝mi24（客）、梯tʰɐi55（粵）＝tʰɔi55（客）。

B. 止開三等ɐi韻對應客話的 i、ɛ、u、ə韻，如：尼nɐi21（粵）＝nɛ24（客）、荔lɐi21（粵）＝lɛ24 / li24（客）、駛sɐi35（粵）＝su31 / sə21（客）。

C. 流開一、三等ɐu韻對應客話的 ei、ɛu、iu韻，如：頭tʰɐu21（粵）＝tʰɛu24 / tʰei24（客）、劉lɐu21（粵）＝liu24（客）。

D. 咸開一等ɐm / ɐp韻對應客話的ɛm、am / ap韻，如：含hɐm21（粵）＝ham24文 / hɛm24白（客）、盒hɐp21（粵）＝hap55（客）。

E. 臻開一、三等ɐn / ɐt韻對應客話的ɛn / ɛt、in / it韻，如：根kɐn44（粵）＝kɛn55文 / kin55白（客）、民mɐn21（粵）＝min24 / mɛn24（客）；七tsʰɐʔ55（粵）＝tsʰit21（客）、實sɐʔ21（粵）＝sit55 / sɛt21（客）

F. 曾開一等ɐŋ / ɐʔ韻對應客話的ɛn / ɛʔ韻，如：登tɐŋ55（粵）＝tɛn55（客）、德tɐʔ55（粵）＝tɛʔ21（客）。

G. 梗開二等的ɐŋ韻對應客話的 aŋ、ɛn韻，如：杏hɐŋ21（粵）＝hɛn21（客）、猛mɐŋ13（粵）＝maŋ55（客）。

粵語「搵找ʋɐn35」韻母為ɐn，是臻開一等或臻開三等字，該音韻地位對應的電白沙琅客話韻母為ɛn，因此沙琅客話在借入時變讀為「ʋɛn31」屬於規律音變，符合自身韻母特點。

沙琅客話借用粵語「膥哄tʰɐm33」，變讀為「tʰɛm52」。粵語ɐm韻來自咸開一等和深開三等，沙琅客話對應韻母分別為ɛm / am、im。今讀「tʰɛm」，讀同自身系統中的咸開一等字。同樣是借用「膥哄tʰɐm33」的霞洞閩語，遵循規律音變讀「tʰam」，那麼，沙琅客話在規律音變範圍內既可以讀「tʰɛm」，又可以讀「tʰam」的情況下，選擇了前者，我們認為客話在符合規律音變的條件下，和借出方保持區別特徵的同時，遵循與其他同類方言音讀保持一致或相近的原則。類似的還有廉江塘蓬、青平客話借用粵語「諗想nɐm13」變讀為「nɛm31」。值得一提的是，塘蓬、青平客話讀「nɛm31」不讀「nam31」除了符合音變規律外，還可能受其他因素影響。梅縣話「想」叫「緬mɛn31」，可見，變讀「nɛm31」和梅縣說法「mɛn31」，兩者韻母也很接近。廉江客話和梅縣音語音特

徵接近並非偶然，例如塘蓬客話有舌尖前元音／ɿ／，主要分佈在止開三支、
脂、之韻精、照組字，另外遇合一、三等及蟹開三、四等精、照組也有少數字
讀／ɿ／，如：蘇 sɿ55、梳 sɿ55、誓 sɿ33、資tsɿ55、師 sɿ55、指tsɿ31 等，這一
特征和梅縣客話就非常接近。

最後，霞洞客話借用粵語「睇看tʰɐi35」，變讀為 tʰɛ21，粵音「tʰɐi35」為開
口音，由表 5-28 可知，其古音來源應是蟹開三、四等或止開三等，對應霞洞客
話的韻母 i、ɛ、ɔi 韻，故變讀為 tʰɛ21 亦是對應音變範圍。

在相似匹配和對應匹配相互作用下，原本不具備長短元音區別的廉江、電
白閩語、客話在借用粵語含有短元音／ɐ／的詞語時產生的音變情形，其音變過
程和依據大致可以歸納為：

A. 語音干擾作用下，受方接收外方言新詞時產生的語音變異多發生在元音
上，這是母語方言元音系統和借方方言元音系統出現衝突的結果。

B. 新詞發音與母語語音系統出現衝突，迫使受方對新詞發音進行更改，音
變產生。

C. 音變以適應受方母語系統為主旨，但並不完全脫離源語發音。受方遵循
語音對應規律條件，選取與源語相對應的音。對應音範圍內，選擇與源語發音
相近的音進行替代，源語語音干擾完成。

D. 部分音變還參考核心區域方言同詞異形的音讀情況。

以上案例是廉江、電白方言接觸下的主要的語音干擾現象，表現為受方韻
母及主元音變化的兩種不同模式，模式一的元音替代與模式二的相似匹配和對
應匹配共同作用模式之間的不同之處在於：模式一不要求施、受雙方存在語音
對應，受方在施方的影響下，從語音系統中尋找與施方相同的語音成分，替換
原有成分。案例中的「冷」字為梗開二等庚韻字，變異方安鋪粵語與施方安鋪
閩語的韻母對應關係是「aŋ—ɛ」，如：生 saŋ55（安鋪粵）＝ɬɛ13（安鋪閩）；甥
saŋ55（安鋪粵）＝ɬɛ13（安鋪閩）；硬 ŋaŋ21（安鋪粵）＝ŋɛ55（安鋪閩）。現在
安鋪粵語「冷」字由「laŋ」變讀為與安鋪閩語讀音相同的「lɛ」，反而是從原本
相互對應的關係變成一致關係。安鋪粵語變異前後的特徵是韻母被替換了。與
模式一不同的是，模式二講究變異成分的語音對應性。受方在施方的影響下，
變異遵循語音對應規律，從母語系統中選擇與施方讀音對應的韻母，受方對應
韻母的主元音往往具有和施方韻母的主元音發音相似特徵，因此稱之為對應匹

配和相似匹配相互作用。以上兩種語音干擾模式是廉江、電白方言接觸中的主要模式，它們之間存在一定的差異。

（三）聲調干擾

廉江、電白地區粵、閩、客方言接觸除了造成詞彙、語音的變異外，個別方言還出現了聲調變異現象。安鋪閩語陰入出現了兩個調的現象引起我們的注意。我們知道，多數粵語入聲調類分為上陰入、下陰入和陽入，古入聲清音字陰分上、下兩個調的原因，各家觀點差異不大，麥耘（2012：51）指出粵語廣州話陰入分為兩調大致是以韻腹長短為條件，存在少數例外。陳曉錦（2014：351）認為陰入音節主要元音一般舌位較高，下陰入音節主要元音一般舌位較低，但是也分別有一些主要元音舌位高和低的韻母，沒有明顯的規律。粵語古陰入清聲字分上、下兩調並無異議，那麼，安鋪閩語陰入字出現類似粵語分上、下兩調的現象，是否受粵語影響所致？根據我們初步聽感判斷，安鋪閩語讀下陰入的字共 127 個，調值和廣州話的下陰入 33 調略近，初定為 33 調。我們從這些字裏挑選 20 個，將其和廣府粵語、石城閩語作對比：

表 5-36　廣府粵語-安鋪閩語下陰入對照例字表

方言＼例字	發（～財）	押	法	貼	妾
廣府粵語	fat33	at33	fat33	tʰip33	tsʰit33
安鋪閩語	huak33	ak33	huak33	tʰiap33	tsʰiap33
石城閩語	huat55	at55	huat55	tʰiap55	tsʰiap22

方言＼例字	攝	折（～紙）	切	結	殼
廣府粵語	sip33	tsip33	tsʰit33	kit33	hɔk33
安鋪閩語	niap33	tsiet33	tsʰiet33	kiet33	kʰak33
石城閩語	niap22	tsi441	tsʰiet55	kiet55	kʰak55

方言＼例字	角	惡（厭～）	托	樸	桌
廣府粵語	kɔk33	ɔk33	tʰɔk33	pʰɔk33	tsɔk33
安鋪閩語	kak33	ɔk33	tʰɔk33	pʰɔk33	tsuak33
石城閩語	kak55	u35	tʰɔk55	pʰɔk55	tsʰɔk55

方言＼例字	國	魄	踢	答	塌
廣府粵語	kɔk33	pʰɔk33	tʰek33	tap33	tʰap33

| 安鋪閩語 | kɔk33 | pʰɛk33 | tʰiak33 | tap33 | tʰap33 |
| 石城閩語 | kɔk55 | pʰak55 | tʰiak55 | ta551 | paŋ13（崩） |

上表中，廣府粵語中讀下陰入的字，在安鋪閩語中亦讀下陰入。廉江石城
閩語和大部分閩一樣，陰入不分上、下調，表中所有廣府粵語和安鋪閩語中讀
下陰入的字，在石城閩語裏基本遵循讀陰入 55 調。那麼，安鋪閩語聲調系統中
是否確實存在下陰入呢？我們對安鋪閩語的調類情況進行實驗驗證。首先，選
取安鋪閩語聲調系統中每個調類用於實驗的例字 20 個，然後根據這些字的基
頻歸一化處理後做出聲調圖，下表為我們選用做實驗的例字：

表 5-37　廉江安鋪閩語聲調例字表

陰　平	沙花歌坡科紗家加車遮花租粗蘇枯污初梳書居
陽　平	材皮麻婆爬茶芽邪華蒲途圖爐壺湖除徐薯符臺
上　聲	可寫久膽手朵鎖火馬灑補譜堵古苦股旅煮舉海
陰　去	過菜化布固戴載賽概蔡蓋泰帶貝戒派閉替帝計
陽　去	部簿戶裕坐杜度耐害敗厲誓倍匯被技易備利跪
上陰入	急七覺測鯽得揭撇刮越決缺筆畢匹漆質失室吉
下陰入	扎托刻押法貼妾攝切結殼角樸桌國魄踢答塌發
陽　入	合列液截日律物鶴弱岳默特勒賊力直值極額責

以上各個調類的例字，用 Praat 軟件求得每個字的基頻後作歸一處理並做
出安鋪閩語聲調調型圖：

表 5-38　安鋪閩語聲調例字實驗基頻歸一化平均值

調型	陰平	陽平	上聲	陰去	陽去	上陰入	下陰入	陽入
1	102.7382	102.5783	115.9161	126.4731	100.312	157.8273	141.7269	94.51921
2	108.7434	109.556	118.0751	137.6767	104.7587	167.443	147.2513	107.4069
3	112.3466	114.8133	115.3838	140.3969	104.177	171.3893	149.4476	111.791
4	117.9327	112.472	111.2735	138.7567	104.6252	170.1751	151.2241	113.51
5	126.4223	112.5054	106.5776	137.5582	111.2	170.1282	148.9791	114.1531
6	132.7848	112.6704	102.4355	135.6625	122.6577	168.3888	148.69	114.7112
7	135.1654	111.9161	97.94352	134.675	136.1038	167.9039	147.8774	114.4622
8	138.0586	110.1033	93.08958	133.2815	149.8374	168.7332	148.6704	114.0389
9	133.3488	108.2714	87.84023	131.5572	161.0396	169.2379	149.7042	113.3322
10	120.7642	108.2226	81.61901	129.3835	161.7005	162.8651	152.2316	110.6846

圖 5-2　安鋪閩語聲調調型圖（基頻歸一化處理）

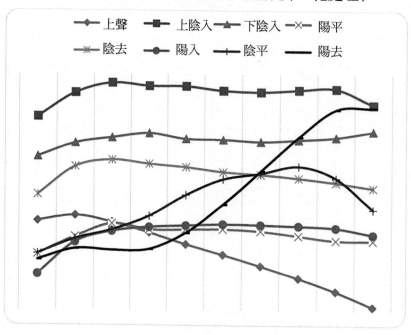

從安鋪閩語聲調調型圖可以看出，安鋪閩語存在八個調，平、去、入各分陰陽，上聲不分陰陽，陰入分上、下兩調，調值居於最高的上陰入和中間的陰去之間。各個調類的調值，陰平為 13 調，調值末段有輕微的降勢，但幅度不大；陽平調型平緩，為 22 調；上聲為中降調，起點介於 2-3 度之間，可定為 31 調；陰去處於整個調域範圍中間並呈平緩狀，定為 33 調；陽去為低升調，可定為 25 調，聽感上偶有 35 調，無對立；上陰入在高域，可定為 55 調，下陰入介於上陰入和陰去之間，定為 44 調；陽入調值和陽平接近，定為 22 調。

以上實驗和分析表明，安鋪閩語在粵語接觸影響下，古陰入清聲字出現了和粵語一樣分上、下兩調的現象，其中上陰入調值和粵語一樣，讀高調 55 調，而下陰入則比粵語的 33 調略高一點，為 44 調，說明安鋪閩語受粵語影響，分出下陰入，但調值並未和粵語的 33 調相同，而是處於 55 和 33 中間，隨著接觸的深入，有可能會發展為和粵語相同的 33 調。

綜上，漢語方言詞彙接觸主要有詞彙借用、語音干擾類型，詞彙借用包含了受語方對借詞詞形、語素以及借詞語音的多方處理，受語方言常常將自身母語特徵帶入其目標語中，以此保持特徵不被覆蓋，如此可更好地和源語方言區別開。另外，語音干擾常常體現在詞彙借用中的韻、調的變化，並且以吸收新成分到受語系統、用母語語音系統的成分進行音位替代兩種模式為主，轉用目標語的過程中，音位的發音原理、受語人的語言態度等同樣可作為影響因子。

儘管跨語言干擾的兩個主要方向之間的二分法具有全球意義，但應該指出的
是，並不是所有的語言接觸過程和語言接觸的產物都可以直接被簡單歸類為
詞彙借用或遷移，不同的語言係屬或是某種語言的方言接觸，語言干擾都應根
據具體的語言特徵和語言接觸情形來進行判斷或重新分類。

　　面對這些豐富的類型模式，我們不經要問，是什麼原因造成方言詞彙之間
的干擾？也就是說雙語者為什麼要借用其他方言的詞。本文認為，造成方言
詞彙借用的原因，可以從兩大因素來解釋：第一，系統內部因素。語言或方
言接觸，時常通過文化傳遞來實現，而詞彙就是語言文化中的重要組成部分。
當本地語言詞彙不算豐足的情況下，隨著外來事物的進入，新的詞語也隨之
而來。另外，借用外方言詞，可以滿足豐富自身語義表達的需求。當兩種或
多種方言混雜在一起時，它們之間因方言差異存在一定的交流鴻溝，這道鴻
溝在詞彙上的差異各種各樣。而跨越這道鴻溝最好的辦法就是熟悉或學習彼
此的表達形式，這時候借用自然就應運而生。第二，外部因素。語言系統之
外的原因，不外乎一些社會因素，例如雙語人樂於接受外來文化和新鮮事物、
使用優勢語給雙語人帶來的身份認同感等。不可否認的是，造成方言詞彙借
用和語音干擾現象，必然是接觸影響下多種力量博弈的結果，如語言系統的
博弈、心理認知的博弈、文化認同的博弈等。

第五節　廉江、電白粵閩客方言詞彙的接觸關係

　　在語言干擾方面，還應該考慮到接觸語言的地位方面的進一步區別，以及
這種區別所帶來的不同接觸關係。當語言或方言形成接觸關係時，根據雙語人
的語言態度以及方言地位，施借方向存在差異。溫福德（Winford）在 Van Coetsem
（1988）的研究模式和分析框架基礎上，將接觸引發的語言演變歸納為借用和
施加兩種類型和過程，並認為它們具有普遍性〔註24〕。在「借用」情形裏，受
語被認為是「借用」的信號發出者，強調的是受語主體性（RL agentivity）。而
「施加」情形裏，源語通常是優勢語言，它是信號發出者，受語則是劣勢語言，
強調的是源語主體性（SL agentivity）。這兩種分類的差異體現了對同樣的演變
作出的不同解釋，簡單來說就是施借方向不同，「借用」情形表現了劣勢語對優

〔註24〕 Donald Winford. Contact-induced changes: Classfication and processes. Diachronica,
2005, pp.373-427.

勢語的主動作用，而「施加」情形則是優勢語對劣勢語的主動作用。在溫福德的分類裏，雙語人是關注的焦點，他們既可以是施加目標語的作用者，也可以是借用目標語的學習者。我們認為，如果從施借方向上來看，以上兩種情形是相對存在的，但這種主動和被動關係並不是一成不變的。優勢語言在語言接觸情形下，可以同時扮演施加的主動者和目標語學習者兩種角色，劣勢語言也是如此。強勢語言，主要是文化和經濟上層語言，例如，英語是文化上層語言，漢語、日語、越南語等語言常常受到上層語言的影響，音譯借詞就是最明顯的表現之一。我們說強、弱勢語言是相對而言的，同一種語言既可以是強勢語言，也可以是弱勢語言，如漢語吸收英語詞明顯比英語吸收漢語文化詞（如工夫gongfu、太極 taichi）要更多、更快，那麼英語是強勢的，漢語是弱勢的；而漢語相對於韓語而言，則又是一種強勢語言。判斷語言或方言的強、弱勢很難有科學的定性區分，但結合語言或方言的影響力、人們的實際語感，也可大致作出區分。根據廉江、電白地區三種方言的語言地位作用，我們將當地粵、閩、客方言的接觸關係分為以下三類。

一、上位層干擾

「上位層」社團指的是某個區域範圍內在社會、經濟、文化上佔優勢的團體，該團體使用的語言或方言佔有相對優勢地位，容易對本區域範圍內的其他語言或方言產生影響，這種影響我們稱為「上位層干擾」。形成上位層干擾的前提條件，也必須是使用上、下位語言或方言的人口在本區域範圍內存在社會流動性，彼此之間有交流。社會上的語言都不是孤立的，人口也不是完全封閉的。上、下位層語言或方言之間的類屬差異程度並無明確要求，可以是不同係屬的語言，也可以是同種語言的地方方言。廉江、電白地區的粵、閩、客方言來自漢語這個源頭，但發展到今天，存在諸多共時平面上的差異特徵，差異特徵會引發目標語的學習。在廣東這個以粵語為省內主導方言的大環境影響下，廉江、電白兩地的粵語也就自然成為當地最突出的上位層方言，佔有通行範圍廣、社會地位高的絕對優勢。上位層語言或方言，常常借助文化的傳播不斷擴大自己的影響力。以粵語為例，廣東地區的粵劇、穗港的影視劇、省臺的方言電視以及廣播節目等都是粵語傳播的主要途徑。清末以來粵劇在粵語區內是重要的群眾文化娛樂形式，近年電視廣播的普及、影視文化的傳播、粵語流行歌曲的風

行等，促進並鞏固著廣州話對外的滲透干擾。

　　粵語對閩語、客話的干擾，在特色詞、基本詞的借用以及語音遷移方面均
有體現。廉江、電白的粵語相對於同區域內的閩、客方言來說是上位層，而電
白閩語相對於電白客話來說也是上位層，同樣可以出現干擾。目前，方言社團
中的年青一代偏愛粵語的現象有增無減。根據我們前文的調查結果，閩、客方
言區的人基本可以用粵語交流，人們在外使用粵語、在家則用母語的情況相當
普遍。隨著粵語的受歡迎程度的加深，上位層干擾也可能會出現增強的趨勢。
由於語言社會地位、社團人口的心理均屬於不可預測的社會因素，因此，干擾
增強的程度也是不可預測的。

二、下位層干擾

　　「下位層」是相對於「上位層」而言的，指的是某個區域範圍內在社會、
經濟、文化上占劣勢的團體，該團體使用的語言或方言地位相對較低，但不代
表完全喪失影響力。當下位層語言或方言將其母語特徵帶入到區域範圍內社
會、經濟、文化處於優勢的語言或方言中，稱為「下位層干擾」。語言的互動
給予下位層干擾足夠的空間。

　　前文的諸多接觸詞例分析，已經充分表明廉江、電白的下位層方言對上位
層方言的干擾。不過，廉江、電白兩地的下位層方言略有不同。廉江地區總人
口約 160 萬，以客話為第一母語方言的人口有 60 餘萬，和以粵語為母語方言
的人口數非常接近，但客民的影響力不如粵民；粵民經商開埠，客民重農業生
產，經濟實力遜於粵民，因此廉江客話是廉江粵語的下位層方言。廉江以閩語
為第一母語方言的人口約 20 餘萬，經濟上不如粵民發達，因此閩語也是粵語
的下位層方言。而總人口數達 180 餘萬的電白地區，以閩語為母語方言的人數
超過 100 萬，占絕對的人口優勢，且電白地處廣東西南沿海，閩人分佈在西部
及西南部的沿海平原地帶，以漁業為生，在地區經濟占比上有著非常重要的位
置。電白第二大方言是客話，使用人數約 34 萬，客民主要分佈在東北部和北
部的山區地帶，以農耕業為生，經濟地位遠不如閩人，因此電白客話是電白閩
語的下位層方言。電白第三大方言是粵語，使用人數約 10 萬。僅從人口數量
上看，粵語遠遠不及閩語，但是人口數量的多少並不能決定一種語言或方言的
影響力。電白所在的地級市茂名的政府部門、機關日常辦公以粵語為通用語

言，電視節目、電臺廣播也都不乏粵語的身影，不同方言地區人們互相交際時都習慣使用電白粵語，因此，粵語在電白地區的政治、文化地位中占主導位置，故而人口數量並未影響粵語在電白的地位，它仍然是上位層方言，而電白閩語、電白客話都是其下位層方言。

下位層干擾是相對於上位層干擾而言的，反映了地位不同的語言接觸產生的滲透和反滲透能力。處於劣勢的方言不僅僅是被干擾方，也可以是干擾主動方。廉江、電白地區中的下位層方言干擾上位層方言的例子並不少見，如電白客話表給予的「分」，被帶入到電白閩語中，代替了閩語原有說法「乞」，屬於特徵詞干擾項；廉江安鋪閩語表冷清的「冷」讀音，被帶入到安鋪粵語中，以致安鋪粵語表冷清的「冷」讀音產生變異，屬於語音干擾項。應該來說，在漢語方言詞彙接觸中，下位層干擾的數量和範圍不及上位層干擾豐富，但干擾類別大體上和上位層干擾差異不大。

三、平行干擾

平行干擾也是語言或方言接觸干擾的一種，指的是處於接觸中的兩種方言，在經濟、文化、社會上的地位相仿，彼此屬於平行關係，相互之間產生的語言干擾稱為「平行干擾」。平行干擾是相對於前面兩種接觸關係提出來的。

以粵語為對應，廉江其他方言都可以稱為下位層，那麼在這些同為下位層關係的方言裏，還可能存在次下位層方言，或者是存在地位相仿的、地位平行的方言社群。廉江粵語相對應的下位層方言是閩語和客話，以閩語為第一母語方言的人口約 20 餘萬，和人口數約 60 萬的客話差距大。在以粵語為政治、文化及日常不同方言背景人群交流中為主導的語言環境下，廉江閩、客方言之間的語言地位落差未出現如粵—閩、粵-客那樣明顯的上下位層級關係。根據前文對廉江方言形成及來源的考察，我們發現，早期入廉江地區的閩籍移民，根據族譜記載，其遷徙時間最早可追溯到宋、元時期。客民入遷時間多在明清時期，反而晚於閩人。經海路而來的閩人，到達廉江後在漁港碼頭佔據優越地理位置。而後面到來的客籍移民，只能選擇靠山而居。發展到今天，廉江閩語和客話社群無論是經濟上還是語言地位上，二者並未見明顯高地之分，也就是彼此處於平行關係。處於平行地位的閩、客方言，在居民的通婚、交錯雜居以及雙語人對外族文化的心理接受程度等各種社會因素的作用下，彼此之間也存

在著諸多語言干擾現象，或叫閩客平行干擾現象。如客家話通常稱河、海等的
邊緣為「唇」，如「河唇（河灘）」「海唇（海灘）」「碗唇（碗邊）」「田唇（田
埂）」，「唇」是客話特色詞。「沙灘」一詞，石城閩語叫「沙唇」，明顯是客—
閩之間的干擾標誌；「米湯」在閩語裏叫「飲」，亦是閩語特色說法，不同於客
話的「粥湯」「飯湯」。如今廉江客話也叫「飲」，同樣屬於閩—客干擾現象。
就廉江、電白地區而言，閩、客兩種方言因平行干擾作用產生的接觸類型仍然
主要表現為詞彙的借用。

第六章　廉江和電白粵閩客方言詞彙的接觸層級及接觸機制

第一節　廉江和電白粵閩客方言詞彙的接觸層級

　　不同語言或方言之間發生接觸時，相互間的影響一般是由淺入深，通常情況下，接觸從詞彙開始，然後逐步深入到語音和句法層面。詞彙層面的接觸主要表現為詞彙的借用，當然也包括詞彙音讀的變異。詞彙成分借用常常始於非基本詞彙特別是文化詞，隨著接觸的深入，可以逐步發展為特徵語素借用、基本詞彙借用、詞彙結構借用等，方言詞彙接觸還可以出現特徵詞借用，這些都是比較高等級的接觸。詞彙接觸中所包含的語音變異，也隨著接觸的深入而出現不同程度的變異，比如鼻音脫落、音位替代、音位增加、調類的改變等。語言接觸的深度跟語言接觸的強度相關，Thomason（2001：70-71）認為，借用成分的種類和等級跟語言接觸的強度密切相關，因此在借用等級的概括中必須考慮兩個語言之間的接觸強度和等級。Thomason（2001）對語言接觸等級和借用成分的種類、層次的關係進行了詳細的歸納，概括出比較全面的借用等級。

表 6-1　Thomason 借用等級及層次體現

接觸等級	借用成分的種類和層次
1. 偶然接觸 （借用者不必是源語的流利使用者，以及／或者在借語使用中雙語人為數極少）	只有非基本詞彙被借用
2. 強度不高的接觸 （借用者須是相當流利的雙語人，但他們很可能在借語使用者中占少數）	功能詞（虛詞）以及較少的結構借用 詞彙：功能詞以及實義詞；但仍屬非基本詞彙。 結構：在此階段只有少數結構借用，尚未引入可改變借語結構類型的語言特徵。
3. 強度較高的接觸 （更多的雙語人；語言使用者的態度以及其他社會因素對借用有偏愛傾向或促進作用）	基本詞彙和非基本詞彙均可借用；中度的結構借用 詞彙：更多的功能詞被借；基本詞彙（傾向於在所有語言中出現的詞彙類別）在此階段也可被借，包括像代詞和數值較小的數詞這類封閉類詞彙以及名詞、動詞和形容詞；派生詞綴也可被借。 結構：更多重要的結構特徵被借用，儘管沒有導致借語主要類型的改變。
4. 高強度的接觸 （在借語使用者中雙語人非常普遍；社會因素對借用有極強的促進作用）	繼續大量借用各類詞彙，大量的結構借用 詞彙：大量借用 結構：所有結構特徵均可被借，包括那些導致借語主要類型改變的結構借用。在句法方面，次序、關係小句結構、否定表達式、並列結構、主從結構、比較結構和量化結構這類特徵有大規模的變化。

　　Thomason 基於雙語人對借語使用流利程度的角度、雙語人數量為參數，將語言接觸等級分為四層，這個等級的最大特點是以接觸強度為衡量標準，即接觸強度越高，借用的成分越多、層次越複雜。然而，廉江、電白的方言接觸等級和層次的關聯性與表 6-1 中 Thomason 的論斷不盡相同〔註1〕，具體表現為：

　　第一，方言接觸出現少量功能詞借用，但借用者並非相當流利的雙語人。Thomason 指出接觸第二階段「強度不高的接觸」的依據是借用者須是相當流利的雙語人，借用結果是功能詞、實詞和少數結構借用，實詞仍是非基本詞彙。我們認為，強度不高的接觸可以造成少數功能詞、非基本詞彙借用，但不一定要求借用者必須是相當流利的雙語人，例如，霞洞閩語和電白客話之間的接觸，借用成分包括個別虛詞、一般詞、少數特徵詞，功能詞如：借用客

〔註1〕Thomason 的接觸借用成分的種類和層次包括詞彙和結構兩部分，其中結構又包含語音結構、語法結構兩方面內容。本文只討論詞彙和語音結構兩方面，不涉及語法結構層面，因此，文中的對比也不涉及語法結構方面。

話表示被動義的「被、讓」和表給予義的「給」的說法「分」。從借用成分上來看，霞洞閩語和客話之間的接觸等級可歸為「初階接觸」，但是使用電白閩語的人實際上並不能流利地說客話，只能簡單聽懂一些客話詞語；當地客話母語者也很難聽懂閩語，因此雙方的交流比較有限。用「分pun55」表示給、被等義，是客話極具區別性的特徵之一，閩語借用該說法，讀為陰平調的「puŋ33」或「pun33」，由此看來，閩、客之間的低頻交流並未影響它們之間的詞彙借用。由於借用的成分還包含一般詞、其他特徵詞以及個別詞尾結構，故不將它們歸為「偶然接觸」，而是歸為「強度不高的接觸」。綜上，我們認為Thomason將「借用者須是相當流利的雙語人」作為「強度不高的接觸」的一個判斷標準是不合適的。

第二，方言接觸強度不高，除出現較少的結構借用外，還存在基本詞彙、特徵詞彙借用。Thomason認為「強度不高的接觸」這一等級出現的借用成分種類和層次體現為少數結構借用、屬於非基本詞彙系列的少數功能詞和實義詞借用。然而，從我們的材料分析來看，廉江、電白地區的粵、閩、客12個方言點中，粵—客、粵—閩、客—閩三種類型的接觸，部分方言組接觸出現較少的結構借用現象，如音位替代，還有一些組合存在詞頭、詞尾的借用，可歸入「強度不高的接觸」，但是，我們還注意到，這些方言之間除了出現一般詞的借用外，基本都出現了特徵詞借用。特徵詞是代表方言區域特徵的詞，有些特徵詞是基本詞，如客話稱「雨」為「水」，閩語稱「腳」為「骹」；有些特徵詞是非基本詞，如客話稱水坑為「水湖」、依賴他人叫「打幫」等。廉江、電白中的一些方言點出現的個別特徵詞借用就包括基本詞，如霞洞閩語借用客話的「番」稱量席子、被子，「上午」一詞安鋪閩語叫「上日晝」而不叫「上旰」或「頂晡」，借用了粵、客話的「上晝」說法。這些屬於基本詞借用。因此，我們認為，強度不高的方言詞彙接觸，借用成分可包含個別基本詞彙。

Thomason劃定的接觸等級對應的接觸成分是以結構類型不同的語言為研究對象制定而成，對於類型相似的兩種語言或同一種語言裏的兩種相似的方言來說，其每一個接觸等級中的接觸成分表現和雙語接觸存在差異。也就是說，Thomason的雙語接觸等級對應的成分特點有些並不適用於方言接觸。吳福祥（2007：8）指出：「託馬森的借用等級跟其他語言學家所提出的借用等級一樣，都只是一種普遍的傾向而非絕對的規則。因為根據這個等級所作出的預

測有時存在例外。一種最有可能的例外情形是借用過程發生於類型相似的兩個語言之間（或者是同一語言的兩個相似的方言之間）。」本文就方言接觸中的詞彙和語音變異情況，結闔第四、第五兩章的計量和分析，對廉江、電白粵閩客方言詞彙接觸等級及其對應成分和層次表現作一個歸納和界定：

1. 方言特徵詞納入方言接觸等級劃分的判斷依據。特徵詞是方言差異的重要標誌，不同方言具有不同的特徵詞體系。因此，不採用「基本詞彙──非基本詞彙」組概念，而是用「特徵詞───一般詞」組概念。特徵詞代表一定的方言文化，在方言詞彙系統中根深蒂固，是比較穩定的一類詞，一般不容易受其他方言的影響而出現變異。然而，對於處在接觸中的方言來說，特徵詞演變並非不可能，因為隨著接觸程度的加深，方言詞彙的借用可以從一般詞的借用發展到特徵詞的借用。因此，判斷特徵詞在接觸方言中的變異情況，是劃分方言接觸等級的一個重要參考因子。那麼，判斷特徵詞的接觸變異情況的操作方法，除了具體到某個詞目的接觸分析外，我們採用特徵詞的相似度作為等級劃分的一個參考。前文第四章廉江、電白粵閩客方言特徵詞相似度的計量結果表明：粵語特徵詞與客話、閩語的相似度範圍分別是〔0.423，0.699〕、〔0.356，0.478〕；客話特徵詞與粵語、閩語的相似度範圍分別是〔0.357，0.523〕、〔0.298，0.385〕；閩語特徵詞與粵語、客話的相似度範圍分別是〔0.257，0.327〕、〔0.230，0.351〕。求取兩種方言的特徵詞相似度平均值後，我們作出以下規定：

特徵詞相似度平均值區間	＜0.3	0.3～0.4	0.4～0.6	0.6 以上
接觸等級	偶然接觸	初階接觸	中階接觸	高階接觸

以安鋪粵語為例，它與接觸方言客話之間的特徵詞相似度平均值，就是塘蓬客話、青平客話、沙琅客話、霞洞客話分別與安鋪粵語特徵詞的相似度之和的平均值，即「（0.423＋0.449＋0.542＋0.553）／4＝0.492」〔註2〕。此為接觸等級的參考項之一。

2. 方言詞彙成分中的一般詞、封閉類詞以及詞綴的借用情況作為接觸等級的判斷依據。前文第五章「接觸影響下一般詞彙分析」一節，從自然天氣、動植物、農業生產、房屋建築、用品穿戴、商業活動、親屬稱謂、動作行為、性狀形容、人物品性、人體部位、方位、代詞、數量詞、副詞等開放詞類和封閉

〔註2〕各方言組的特徵詞相似度值請查閱第四章第二節「特徵詞相似度計量分析」，此處不再重複羅列數據。

詞類中的一般詞彙進行分析，結果表明廉江、電白地區粵、閩、客方言間常出現一般詞彙的借用。一般詞詞類來源應儘量廣泛。關於詞綴借用，此處實際指詞頭、詞尾的借用。廉江、電白三大方言詞彙的詞綴借用情況主要表現為：粵語詞尾「-仔」「-佬」的借用，如霞洞客話的「□仔小孩」、「外父佬岳父」；客話詞頭「老-」、詞尾「-公」的借用，如安鋪、林頭粵語借用客話「老弟弟弟」「鼻公鼻子」的說法。封閉類詞在接觸方言中較少出現，如電城、霞洞閩語借用客話的「分被、給」。

　　3. 借詞類別與接觸等級。據第五章廉江、電白三大方言借詞類別分析，主要包括整體借詞、融合借詞（語素借詞）、疊置借詞三大類，其中整體借詞還根據形、音借用情況再分下類。整體借詞是直接借用外方言詞，借形且借音比只借形不借音的接觸程度深；疊置借詞是施、受雙方詞語並列，未形成替換，因此不屬於深度接觸；融合借詞保留受方部分語素，同時也出現局部語素的替換，接觸程度亦尚未達到深度接觸。

　　4. 語音變異與接觸等級。語音變異屬於結構成分，受方出現部分元音替代，則可認為處於初階接觸；相似匹配後出現符合語音規律的對應匹配，接觸等級高於元音替代；調類的變化影響聲調系統的結構，屬於程度較深的接觸。

　　綜合以上幾點，我們對廉江、電白地區粵、閩、客 12 個方言點相互接觸影響下的借用成分、層次和接觸等級的關係作以下歸類：

表 6-2　方言借用等級及成分體現

接觸等級	借用成分的種類和層次
1. 偶然接觸 （借用者不必是源語的流利使用者，以及／或者在借語使用中雙言人為數極少，借方和受方交流少）	特徵詞相似度平均值＜0.300 僅少數一般詞、特徵詞被借用。
2. 初階接觸 （借用者不必是源語的流利使用者，雙言人可簡單聽懂借語方言）	0.300＜特徵詞相似度平均值＜0.400 詞彙：部分一般詞、特徵詞、少數封閉詞及詞綴借用。 借詞類別：疊置借詞、整體借詞（借形不借音） 結構：少數結構借用，未引入可以改變受方結構類型的方言特徵。偶而出現音位替代來協調借用新詞和方言母語的讀音。偶而可見元音相似匹配、韻母替代。

3. 中階接觸 （更多的雙言人；借方和受方語言交流多，雙言人能完全聽懂借方方言，並且會說借方方言，但不是特別流利；語言使用者的態度對借用有偏愛傾向或促進作用）	0.400＜特徵詞相似度平均值＜0.600 詞彙：經常出現一般詞、特徵詞借用；部分封閉類詞、詞綴也可被借用。 借詞類別：整體借詞（借形且借音）、融合借詞 結構：更多結構特徵被借用，經常出現音位替代、出現規律性對應匹配，原有調類結構改變等。
4. 高階接觸 （雙言人非常普遍；借方和受方有相當頻繁的語言交流，雙言人可以流利地使用借方方言。）	0.600＜特徵詞相似度平均值 詞彙：大量借用各類詞彙。 借詞類別：借詞完全替換原詞 結構：大量的結構特徵借用，導致受語主要結構類型改變。

通過對廉江、電白粵閩客方言詞彙、語音接觸事實的分析，我們歸納出上表中所示的四個接觸等級及其對應的接觸表現，現在我們來看廉江、電白三大方言每一個方言點與其他方言的接觸等級關係：

表 6-3　廉江、電白地區粵、閩、客方言詞彙接觸等級

方言點	接觸方言	特徵詞相似度平均值	借用成分的種類和層次	接觸等級
安鋪粵語	客	0.492	詞彙：一般詞、特徵詞、詞頭「老」 借詞類別：整體借詞（借形且借音）、融合借詞 結構：韻母替代	中階接觸
	閩	0.409	詞彙：一般詞、特徵詞 借詞類別：融合借詞 結構：音位替代、韻母替代	中階接觸
石城粵語	客	0.533	詞彙：一般詞、特徵詞、詞頭「老」 借詞類別：融合借詞 結構：音位替代	中階接觸
	閩	0.453	詞彙：一般詞、特徵詞 借詞類別：融合借詞 結構：音位替代	中階接觸
安鋪閩語	粵	0.305	詞彙：一般詞、特徵詞、詞尾「仔」 結構：調類改變、對應匹配、相似匹配	中階接觸
	客	0.282	詞彙：少數一般詞和特徵詞	偶然接觸
石城閩語	粵	0.301	詞彙：一般詞、少數特徵詞 借詞類別：整體借詞（借形不借音）、疊置借詞 結構：音位替代、相似匹配	初階接觸
	客	0.267	詞彙：少數一般詞和特徵詞	偶然接觸

塘蓬客話	粵	0.396	詞彙：一般詞、特徵詞、詞尾「仔」 借詞類型：整體借詞（借形且借音）、疊置借詞、融合借詞 結構：音位替代、對應匹配	中階接觸
	閩	0.324	詞彙：部分一般詞和特徵詞 結構：相似匹配	初階接觸
青平客話	粵	0.456	詞彙：一般詞、特徵詞、詞尾「仔」「佬」、人稱代詞複數形式「哋」 借詞類型：整體借詞（借形且借音）、疊置借詞、融合借詞 結構：韻母替代、對應匹配	中階接觸
	閩	0.374	詞彙：一般詞、特徵詞 結構：相似匹配	初階接觸
羊角粵語	客	0.577	詞彙：一般詞、特徵詞 借詞類型：整體借詞（借形且借音）、疊置借詞 結構：相似匹配	中階接觸
	閩	0.423	詞彙：一般詞、特徵詞 借詞類型：融合借詞	中階接觸
林頭粵語	客	0.552	詞彙：一般詞、特徵詞 借詞類型：融合借詞 結構：相似匹配	中階接觸
	閩	0.416	詞彙：一般詞、特徵詞 借詞類型：融合借詞 結構：相似匹配	中階接觸
電城閩語	粵	0.318	詞彙：少數一般詞和特徵詞 結構：音位替代、相似匹配	初階接觸
	客	0.286	詞彙：少數一般詞和特徵詞	偶然接觸
霞洞閩語	粵	0.295	詞彙：一般詞、個別特徵詞、詞尾「仔」 結構：音位替代	初階接觸
	客	0.307	詞彙：一般詞、特徵詞、個別虛詞 借詞類型：疊置借詞	初階接觸
沙琅客話	粵	0.422	詞彙：一般詞、特徵詞、人稱代詞複數形式「哋」 借詞類型：整體借用（借形且借音） 結構：音位替代、對應匹配	中階接觸
	閩	0.330	詞彙：一般詞、特徵詞 借詞類型：疊置借詞	初階接觸

霞洞客話	粵	0.472	詞彙：一般詞、特徵詞、詞尾「仔」 借詞類型：整體借用（借形且借音）、融合借詞、 疊置借詞 結構：音位替代、對應匹配	中階 接觸
	閩	0.361	詞彙：一般詞、特徵詞 借詞類型：疊置借詞	初階 接觸

　　廉江、電白地區三大方言在相互影響格局下，彼此的詞彙系統、語音系統都產生了一些變異，總的來說，詞彙系統的變異主要體現為一般詞彙、方言特徵詞、詞綴、少數功能詞的借用；語音系統的變異則主要體現為聲調類型的變異、以音位為單位的演變等。方言之間的接觸引發的演變使受方系統出現新詞彙特徵的增加、原有特徵的消失、新舊特徵的兼用等結果，根據這些方言原有成分、框架和演變的特徵，可以劃出不同的接觸等級，主要分佈在「偶然接觸——初階接觸——中階接觸」這三個階段之間，尚未進入高階接觸段。當然，方言接觸的層級還應該根據具體的接觸現象來判斷，個別方言的特徵詞相似度平均值較高，但是借用成分僅停留在詞彙層面，並未出現結構上的變異，因此仍然屬於初階接觸；相反，如果借用成分包含詞彙以及結構上的系統性變異，即便特徵詞相似度不高，但也可以歸為中階接觸。

第二節　廉江和電白粵閩客方言詞彙的接觸影響因素和機制

一、兩地方言接觸的影響因素

　　語言接觸雖地域、時間、人物以及文化等各方的不同而形式多樣，產生語言或方言接觸的動因，簡而言之，包括語言結構上的動因、心理上的動因以及社會方面的動因。結合廉江、電白兩地語言和文化實際，我們認為，當地方言接觸的影響因素主要包括：

　　1. 移民。移民為地理上接壤或不接壤的兩地語言接觸的產生創造了條件。布龍菲爾德曾舉美國外來移民語言和英語接觸的案例來證明古老英語的借用。無論是地緣靠近的兩種語言（或方言）接觸，還是地域範圍內的多種語言（或方言）的接觸，都可能和移民有關。從某種意義上來說，方言也是移民這一歷史因素下的語言融合。廉江、電白的粵、閩、客方言的形成，我們在第二章已

有詳細論述，移民這一歷史因素使當地語言環境變得複雜，促使不同語言或方言的交流成為可能。因此，討論影響漢語方言接觸的成分，移民是一項重要因子。

2. 語言層級。指的說話人習得的目標方言與母語方言存在層級性，級別差異對方言接觸的走向產生一定作用。典型的情形是，相互接觸的方言有優、劣勢之分，優勢方言更容易吸引、影響劣勢語言，但反過來劣勢語言當然也可以對優勢語言產生影響。廉江、電白地區就存在明顯的方言層級情況，粵語已經成為明顯的優勢語。陳恩泉（1990：66）就曾指出，粵語就是廣東人的普通話。粵語之所以成為廉江、電白乃至整個廣東具有強大凝聚力的方言，主要得益於它悠久的歷史、具有自己的方言文化、經濟優越等多方因素。廉江、電白地區的方言接觸影響因素，我們認為應該提出語言層級這個概念。

3. 文化認同。認同是個體和社會關係融洽發展的重要因素，包括民族認同、文化認同等。語言是文化的一部分，在具備語言或方言接觸條件的社團中，雙語人對母語之外的其他語言社團的態度，一是認同，二是排斥。而語言認同形成之前，大部分人首先會對其他語言社團的文化進行甄別，如果雙語人接受這個社團的文化，意味著更容易接受這個社團的語言，方言接觸也是如此。粵、閩、客方言，擁有各自形成的背景，文化認同是促使方言接觸形成的重要一環。舉例來說，粵方言核心區域，在古代是「百越」雜居的中心地區。粵語形成前的南越，大致包括今天的壯、黎、疍家、苗、瑤、畬等族，粵語是漢語受南越壯侗語族影響形成的一種方言，這是南越土著民族對漢族彼此產生民族認同作用下的結果。文化認同包含語言認同、風俗習慣認同等，它要求人們對所在的社群文化持有認可並自我內化後產生歸屬感，廉江、電白地區以粵語作為官方語言，符合文化認可後的歸屬心理，是對該文化是身份和地位的自覺把握。

4. 源語和受語的結構類型距離。如果兩種方言在結構上一致或相似，那麼更容易相互吸引並促使接觸的產生。換言之，方言的詞彙和結構類型一致性程度越高，發生接觸的可能性越大；方言的詞彙和結構類型一致性程度越低，發生接觸的可能性越小。我們對廉江、電白粵、閩、客方言共 12 個點組成的 66 對方言組進行詞彙相似度計量，研究表明，無論是廉江還是電白，粵語和客話的相似度都明顯高於粵語和閩語、閩語和客話的相似度，這個結果包含兩個重要信息，第一，粵語本來就和客話具有較高的詞彙一致性；第二，粵語和客話

接觸產生的共同特徵要高於其他方言組。這個結果證實了我們的觀點。

綜上，我們根據廉江、電白地區的歷史文化背景、三種方言的結構類型對該地區的方言接觸機制做出歸納，其中，第 1、第 2 兩個概念是社會因素角度來看方言接觸，第 3 個概念是從文化因素來討論，而第 4 個概念則是從語言自身結構角度來談機制。Thomason 指出，社會因素是語言接觸後果的唯一決定性因素。我們則認為，語言接觸演變，應該從外部因素和內部因素來綜合考慮，語言或方言的接觸，是多種力量博弈的結果，這些「力量」包括社會、文化、心理以及語言類型差異影響下的結構重組等諸多方面，如果只談其中一種或幾種，並以此為決定因素，未免絕對。

目前普遍認為，接觸引起的語言變異，會隨著接觸強度的變化而變化。預測社會因素作用的一個重要切入口是接觸強度：接觸越強烈，干擾的種類就越多，但是，強度是很難界定的一種因子。總的來說，它與一組發言者對另一組發言者施加的文化壓力有關，因此可以確定一些相關的社會因素來幫助澄清這一概念。首先，接觸的持續時間很重要：在借用情況下，兩種語言接觸的時間越長，使用二語或外方言的時間就越長。這兩個群體都可能成為雙語，從而為彼此間廣泛的結構性干預奠定了基礎。第二，數量上的變化：如果兩個接觸組中的一組比另一組的社團要大得多，那麼兩組群體的影響程度不會大致相等，而是社團較小的一組從較大組的語言中獲取特徵的可能性更大。在某種程度上，產生這種傾向的原因是，社團更大一些的一組，其文化可能是一種主導文化，這個現象指向第三個也是最重要的社會因素：一個群體發揮的社會經濟效應越大，下屬群體採用主導群體語言功能的可能性越大。社會原因相當複雜，但顯而易見的是，下層群體的成員成為雙語或雙言的傳遞者，隨著接觸的深入，二語產生的干擾可逐步變得廣泛。儘管語言接觸的影響因子產生作用的強弱很難絕對區分，但不可否認，接觸因子絕不會是單一的，而是多維度的。

二、兩地方言接觸的機制、過程

研究語言接觸演變的機制，是為了解釋語言接觸性演變是如何發生的問題。關於語言接觸的機制問題，早期布龍菲爾德（Bloomfield，〔1933〕1997）在《語言論》中討論語言借用現象時劃分出「文化借用」一類，指出借用的產生基於文化的差異。瓦因萊赫（Weinreich，〔1953〕1968）正式提出語言接觸

概念後，他（1968：15）以瑞士德語〔註3〕和羅曼什語〔註4〕之間的語音、詞彙、語法接觸為研究對象，從語言結構上的變異觀察語言間的接觸表現，同時，還著重提出語言接觸機制概念，並且認為主要有文化因素、雙語人心理因素、語言勢力因素。他強調語言接觸研究不僅要分析語言結構變異的內部原因，也要注意外部原因。此後，對語言接觸機制提出系統概括的是 Thomason（2001），機制內容包含七個方面：

第一，語碼轉換（code-switching）。語碼轉換被認為是語言接觸演變的重要機制，它指的是說話人在言語中使用兩種或兩種以上的語言成分，簡單地說，就是在使用 A 語言時，偶而可以插入 B 語言或 C 語言。語碼轉換導致的接觸性演變的主要特徵是語言成分的借用而不是干擾。

第二，語碼交替（code-alternation），指的是同一說話人具備講兩種以上語言的能力，在不同的語言環境裏，選用適合的語言。典型的情形是，說話人在家裏使用一種語言、在外使用另一種語言。

第三，被動熟悉（passive familiarity），指的是說話人從一個他熟悉但從不主動使用的語言或方言中獲得一種語言特徵。

第四，適應（negotiaton），這個機制是從心理學、社會學的角度提出來的，指的是說話人改變母語原有模式（包括詞彙和結構）來適應接觸語言或方言的模式。適應機制裏存在語言干擾模式。

第五，第二語言習得策略（strategies of second language acquisition）。二語習得策略指的是說話人在學習目標語時採取一些手段來實現習得，例如將母語特徵帶入到目標語中。這個機制的關鍵是討論「策略」，即習得目標語的方式。

第六，雙語人的第一語言習得（bilingual first language acquisition）指的是同時習得兩種第一語言時，產生語言演變。典型的情形是，父母雙方分別講不同的語言，他們的小孩同時習得這兩種語言，兩種語言相互作用導致出現語言演變現象。這種機制是比較特殊的，它更多地是被歸入到兒童語言習得研究中。

〔註3〕Schwyzertutsch：從德語衍生出來的語言，在瑞士大部分地區通用的一種口語，常常譯為瑞士德語。

〔註4〕Romansh：羅曼什語，是瑞士四大官方語言之一，相當於瑞士當地的土著語言。

第七，權衡決定（deliberate decision）。有些學者將其譯為「蓄意決定」。這個機制指的是說話人為了保持母語獨立性，故意採取手段改變母語原有特徵來阻礙其他語言社團的習得。

Thomason 的語言接觸機制框架，前面四個比較具有普遍意義，也多為其他學者參考使用，後面三個是屬於特殊語言狀況下的機制類型。我們研究廉江、電白地區三大主流方言的接觸機制，還必須結合當地語言狀況、條件來分析，我們認為第一、二、四種符合廉江、電白方言接觸實際，第三種「被動熟悉」強調說話人從不主動使用目標語，與廉江、電白當地的語言狀況不完全相符。廉江、電白地區講閩、客方言母語的人，對粵語的習得是屬於「主動熟悉」型的，而粵語對閩語、客話的接觸以及閩語對客話的接觸，則屬於「被動熟悉」型。

國內學者對語言接觸過程問題的研究，方欣欣（2008）通過對漢英借詞的研究，提出漢語借用英語詞語的過程遵循「三段兩合」的路徑，及接觸階段（CS1）——接納階段（CS2）——接續階段（CS3），中間包含交接（ADP）、交融（ASP）兩個交合過程。何麗（2014）以大學英語專業的學生為研究對象，對語碼轉換進行探討，提出語碼轉換過程包括：1.預期性和偶然性轉換；2.隨意性和制約性轉換；3.應答性和非應答性轉換。何麗的研究主要是從社會語言學的方法出發，結合語際交流中漢語母語者在使用雙語時出現的變異現象研究語碼轉換問題。語言的傳播通常認為需要經過吸收、記憶、表達（使用）和傳輸的週期，當兩種或多種語言社團彼此接觸時，雙語人的語言使用會受到二語影響，這種影響造成的結果對雙語人本身以及互動方來說是可以被感知的，目前，語言接觸的過程或模式，逐漸受到語言研究者們的關注。通過前面對廉江、電白兩地粵、閩、客方言詞彙接觸的分析，本節嘗試對該區方言接觸過程進行初步探討。

研究雙語或雙言人的語言接觸過程，語碼轉換似乎是一項不可忽略的程序。說話人在言語中使用兩種或兩種以上的語言成分，在使用 A 語言時要插入 B 或 C 語言，需要通過一個過程來實現這種效果，這個過程所採取的模態、順序以及接觸作用下表達前後的變化，就是接觸行為的過程。語碼轉換是一個動態的語言現象。我們暫且通過接觸方言前後的變化來探討其語碼轉換過程。方欣欣（2008）將接觸過程的先期部分提煉為接觸階段，主要是從外在因素角度來敘述的，及中國文化和歐美及亞洲文化的接觸。在此之後開始討論接納外語時的

多種詞彙形式變化表現。毌我們認為廉江、電白三大方言詞彙接觸過程，主要包括以下階段：

第一階段：接觸階段。接觸階段是借詞源詞由源語言體系進入受語語言體系之前的階段。接納是接觸的初始階段，外部因素起主要作用，強調受語人對第二方言的心理干涉、接觸語言的地理因素、社會文化的影響。不同社團之間的直接或間接接觸在某種媒介作用下，促使語言產生接觸，這是誘因。當外因促使語言接納二語成分時，語言內部會隨之產生語言矛盾，變異出現。文化的創造和傳承以語言為基礎，語言的接觸和文化的接觸是同步的。就詞彙系統而言，受方系統因存在缺位促使其向外方借入新詞。例如，廉江閩、客方言均將粵語的「薯菇」「叉燒」作為新詞借用進來，就是文化接觸的結果。「慈菇」也寫作「茨菰」，屬淡水草本植物，生長於淺湖、池塘和溪流，在客、閩地區少見，即便田間雜生，但也不作食物，粵方言區則常作為餐桌美食。「叉燒」源自廣府一帶，是廣東省傳統的漢族名菜，屬於粵菜系。粵、閩、客方言區的飲食文化差異，促使詞彙借用的產生。原本不存在這些食物的地區，引進新物品的同時，也引進了新的詞語，填補原有系統的空缺。再如，「粄」是大多數客話區常見的食物，其叫法具有地域特徵，客家人有「粄」，閩人有「粿」，亦是文化差異的表現，現在電白霞洞閩語叫「粄」不叫「粿」，借用的新詞填補了閩語原有詞彙系統的空白。在一定的背景和條件下，新的文化因素可能在一定程度上鼓勵或促進語言系統的發展。

第二階段：同化、解碼階段。

同化過程也是外來語言成分的解碼過程，指借用成分被受方認識、接受並作出相關反應的過程。廉江、電白的三大方言相互借用對方詞語時，由於各自語言系統的差異，需要對新詞進行解碼，選擇符合自身母語系統的表現形式，這個形式既包括語音上的，也包括語素上的。例如，沙琅客話在借用粵語的「搵 ʋɐn35」來表示找的意思時，粵語讀音與其本身語音系統有較大差異，如果要吸收這個詞，就需要對新詞語碼進行轉換，將舌面央元音 / ɐ / 轉換為符合語音對應規律的 / e / ，即ʋɐn 變為 ven，這是音素的解碼。再舉聲調上轉換的例子，粵語表示聊天的「傾偈」，廉江安鋪、石城粵語「傾」讀「kʰeŋ55」，為高平調，現在安鋪、石城閩語要借用這個詞，但是在它們的聲調系統裏，舒聲調類並無高平 55 調，與之對應的陰平調為 13 調，那麼對借詞的聲調解碼的處理是用自

身陰平調代入，讀為「kʰɛŋ13」。結合前文語音干擾模式的分析，我們認為，方言詞彙借用過程中的語碼轉換的主要依據是語音對應和語音相似原則，受方在接受目標語時，對新詞的語音偏離情況進行處理，既保證原有系統的特徵和規範，也成功吸收新的語言成分。由於言語交際中的言語行為是雙向的，那麼言語交際行為中出現的語碼轉換自然也是雙向行為，就以廉江、電白兩地方言接觸來說，既存在粵語轉為客話的模式，也存在客話轉為粵語的模式。

　　第三階段：系統重組。當接觸產生的借用成分被受方吸收後，受方的語音系統需要重新組合。完整的新詞補充和豐富了受方的詞彙系統，新吸收的某個語音成分也會成為系統重整的對象。例如，石城閩語的單字音的聲母系統中並不存在唇齒擦音 f，但有趣的是，石城閩語受粵語的影響，在「浮萍」一詞中，出現了「浮蓮 fau33lien331」的讀音，雖然這是詞彙中出現的唯一一例聲母讀唇齒擦音 f 的詞，但不可否認的是，唇齒擦音 f 隨著接觸的產生，悄悄進入了石城閩語的聲母系統中。新成分的移入，該方言語音系統重組後可能改變原有系統的一個重要特徵，並且隨著接觸的深入，也許會產生更多的用例。此外，詞彙接觸過程中的系統重組，還包括替代、共存兩種模型。替代是借用新詞經系統重組後淘汰舊詞的一條途徑，與其相對的，系統重組也可以決定是否將舊詞保留並與新詞共用，進而出現新、舊疊置的狀態。安鋪閩語的調類系統，受粵語的影響，接觸後出現了下陰入調，在語音重組後，下陰入調和上陰入調共同存在於系統中。

　　第四階段：記憶、使用、擴散。記憶、使用、擴散是指外來成分在受方記憶中的停留和儲存，停留的時間越長，被使用的可能性越大，擴散到同類語言成分中的可能性越大。因接觸而輸入的新的語言成分，有些只在短期內得到使用，有些得到長期使用，新引入的成分在雙語或雙言人的記憶模式中由儲存轉化為感知形體，即話語輸出，屬於接觸特徵的反映，對著接觸強度的加深，這種特徵可能會逐漸擴散到其他同類詞中。例如，安鋪閩語「浮蓮 fau33lien331」中的唇齒擦音 f，隨著粵閩、粵客方言接觸強度的增加，會出現更多聲母讀 f 的案例。

　　以上四個階段是我們對廉江、電白兩地粵、閩、客方言詞彙接觸機制、過程的初步探討，大致可以用下圖來表示：

圖6-1　廉江、電白方言接觸過程示意圖

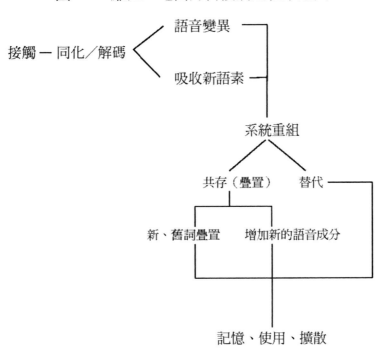

語言或方言接觸過程具有動態的屬性，由於其包括了語言結構、雙語人心理、社會文化因子以及發生學因子，因此接觸過程具有相當的複雜性。方言接觸有別於語言接觸的一個重要特徵是，方言來源於同一個語言源頭，其語言類型、語言結構特徵相對接近，研究方言接觸過程，需要從更加細微的變異著手。語言接觸是不斷變化的，接觸的過程和結果也會隨之改變。廉江、電白的三大方言接觸過程，仍需要結合更多的接觸事實以及跟蹤調查來輔助分析。

第七章 結 語

　　本章將總結本研究內容與所得。第一節回顧全文重點，總述研究成果；第二節將對研究限制、尚需深入的問題加以討論，指出未來可進一步探討的方向。

第一節　研究總結

一、廉江和電白粵閩客方言詞彙相似度表現

　　語言接觸研究，是語言共性特徵的研究。本書採用以語素為單位的非加權方法計算粵西廉江、電白地區粵、閩、客方言之間各對方言的相似度，以此進一步探討方言詞彙親疏關係。方言詞彙相似度和語素對應與否關係很大，共有語素越多，兩個方言的詞語相似度越高。12 個方言點構成的 66 對方言組，得到的相似度數據矩陣表明各組方言之間的相關關係，同時做出樹狀類聚圖來表現方言親疏關係。首先，同類方言組合相似度明顯高於不同方言組合的相似度；其次，不同類方言組合中，以電白霞洞客話和電白羊角粵語的相似度為最高，緊接著是電白羊角粵語和電白沙琅客話，電白林頭粵語和電白霞洞客話，廉江安鋪粵語和廉江青平客話。而同類方言的內部相關程度表現，即三大方言詞彙內部相關程度的高低順序是：廉江粵語> 廉江客話> 廉江閩語> 電白客話> 電白粵語> 電白閩語。廉江地區同類方言組相似度呈「粵> 客> 閩」形態，而電白地區則是「客> 粵> 閩」，在這三種方言中，閩語的

內部相關程度始終是最低的。另外，同方言組合中的粵語組，廉江安鋪、石城粵語兩個點的相似度遠高於電白羊角、林頭粵語，說明電白粵語可能受外界影響產生的變異多於廉江粵語，導致內部相關程度降低。

除了整體相似度計量之外，粵、閩、客方言特徵詞相似度的計量也反映了方言之間的相關程度，計算各方言之間的相似度平均值表明，廉江、電白粵—客方言特徵詞關係始終比粵—閩、客—閩更密切，而粵—閩的特徵詞相關程度又高於客—閩。

當然，數據並不能成為方言接觸分析的決定性依據，但是以統計的方法將大數據的方言語料進行量化，得出不同方言組的相似度高低，可以為方言接觸分析工作提供重要的參考。接觸雙方存在的共性特徵量化後，使方言關係分析有了初步的宏觀印象。

二、方言接觸在廉江和電白地區的複雜表現

廉江、電白在各種歷史因素的長期影響下，形成了獨具特色的多方言共存的複雜語言社團，探討該地區的方言接觸現象，有必要系統地、多維度地觀察接觸的表現、類型。

從方言特徵詞、一般詞的角度分析。從方言特徵詞的保留或變異情況的分析，粵方言特徵詞的變異相較閩、客方言要少得多，反過來閩、客方言特徵詞受粵語影響出現變異的情況則較多，說明閩、客特徵詞在三方言接觸中演變最明顯。與特徵詞相對的，是一般詞的接觸分析。廉江、電白粵、閩、客方言在詞彙上的接觸表現，大致可以歸結為趨同性、不平衡性以及交叉影響性。

第一，趨同性是語言或方言接觸的最終目標，當兩種方言接觸時，受方接受借出方的詞彙或語音特徵，進而替代母語系統的原有特徵，最終出現趨同。粵、閩、客方言接觸產生的趨同方向豐富多樣，以閩、客方言向粵方言趨同為主，粵語向客話趨同次之，粵語向閩語、閩語向客話以及客話向閩語的趨同為輔。第二，不平衡性是接觸過程中必然存在的表現，不同方言之間，粵方言的特徵詞保留得完整一些，而客、閩方言特徵詞變異得多一些；同種方言之間，電白霞洞客話比電白沙琅客話受粵語的影響更大一些，廉江青平客話比廉江塘蓬客話受粵語影響更大一些，電白霞洞閩語受林頭粵語的影響比霞洞閩語受安鋪粵語的影響也大一些。因此，同一種方言與不同方言接觸時，

其接觸結果明顯不同；不同方言與同一種方言接觸，結果亦不同。第三，接觸的方言種類越多，交叉接觸的種類就越豐富。廉江、電白粵、閩、客方言，其中包含四個不同的粵方言點、四個不同的客方言點以及四個不同的閩方言點，它們之間形成複雜的粵—客、粵—閩、客—閩方言組合關係，每一組方言接觸都反映了方言詞彙之間影響、滲透的雙向性。

三、廉江、電白方言詞彙的接觸類型

　　該地區方言接觸類型以借詞最為突出，主要表現為：整體借詞、特徵語素借詞、疊置借詞。詞彙借用大多數時候並不僅僅是詞形借用，受不同方言語音系統的影響，借詞讀音常常需要折合：第一，借用詞形但不借入源語讀音，受方將自身母語讀音代入目標語讀音。第二，折合音主要體現在韻、調上，聲母少見出現折合的情況。廉江、電白兩地三種方言的詞彙借用並不是簡單地對外方言詞的吸收，它包含幾個特點：

　　a. 兩種方言在結構類型上類型距離接近且接觸時間長，借詞可涉及基本詞甚至是特徵詞。

　　b. 源語詞形及源語讀音可同時借用，也可只借形不借音。

　　c. 只借源語詞部分語素並將其和母語方言語素組合形成新詞。

　　d. 借詞未取締受語原有詞，兩者可交替使用。

　　e. 由於文化、雙言人心理等多方因素的影響，源語詞部分語素未被受語一方接受，受方仿造源語語素。

　　語音干擾類型。廉江、電白方言接觸造成的語音干擾主要表現為韻母替換、元音干擾、調類改變方面。廉江安鋪粵語詞語「冷 lɛ13」是在安鋪閩語影響下出現的母語音讀韻母被替換的典型案例，通過與大多數閩語、核心粵語方言區域的發音比對，我們證實了安鋪粵語音變並非內源性音變，而是接觸音變。廉江、電白的閩語、客話和粵語的接觸，又出現了借詞音讀元音干擾的現象，用於替換的元音從受方母語方言選取，音變過程和依據是：

　　a. 語音干擾作用下，受方接收外方言新詞時產生的語音變異多發生在元音上，這是母語方言元音系統和借方方言元音系統出現衝突的結果。

　　b. 新詞發音與母語語音系統出現衝突，迫使受方對新詞發音進行更改，音變產生。

d. 音變以適應受方母語系統為主旨，但並不完全脫離源語發音。受方遵循語音對應規律條件，選取與源語相對應的音。對應音範圍內，選擇與源語發音相近的音進行替代，源語語音干擾完成。

d. 部分音變還參考核心區域方言同詞異形的音讀情況。

最後，語音聲調的干擾，以廉江安鋪閩語增加下陰入一調為突出案例。多數粵語古入聲清音字分上、下兩個調已是常見現象，但閩語一般不分上、下陰入。以安鋪閩語聲調系統中每個調類 20 個例字開展的語音實驗結果告訴我們，安鋪閩語確實存在下陰入調，只是調值並未和粵語下陰入的 33 調趨同，而是處於上陰入的 55 調和粵語下陰入的 33 中間。這個現象很好地說明了廉江安鋪閩語調類變異是方言接觸中，受方處於接觸過渡階段的特徵。

四、廉江、電白方言詞彙的接觸層級

結合現有材料的分析，對 Thomason 將「語言接觸強度不高」基於雙語人須對借語流利使用的觀點作出新的界定，即雙語人並不需要流利使用目標語，並且本研究認為就「方言接觸強度不高」而言，除出現較少的結構借用外，還存在特徵詞語借用。結合廉江、電白方言實際，提出該地區粵、閩、客方言詞彙接觸層級新觀點，接觸等級由低到高依次是：偶然接觸——初階接觸——中階接觸——高階接觸。每一個接觸層級的借用成分和種類，詞彙上以特徵詞、一般詞、虛詞、詞綴的借用、借用類型為依據，結構方面以音系上韻、調的變異為依據。

五、研究的特色與創新之處

1. 首次對粵西廉江、電白地區的粵、閩、客三種方言詞彙接觸進行全面研究，為粵西方言研究提供了新的語言材料，增加了新的內容和視角，彌補現有研究的不足。廉江、電白方言種類豐富，但以粵、閩、客為主流，因此，撇開這三種方言中的任一種來談接觸，都會顯得偏頗且不完整。

2. 挖掘了廉江、電白三大方言詞彙接觸影響下的借詞和語音干擾類型。文章立足於探討這些方言之間的詞彙接觸現象，並不局限於對方言借詞的分析，還分析了詞彙中折射出來的語音接觸問題，並在一定程度上分析了語音變異規律。

3. 突破了傳統方言比較研究的計量方法局限。本研究結合統計學方法，以語素為單位的非加權平均值法計量方言詞彙相似度，利用計算機程序處理 66 對方言組大批量數據，整理相似度矩陣，並使用平均值系聯法做出樹形類聚圖，更加直觀、系統地、科學地將廉江、電白三大方言 12 個方言點的親疏關係呈現出來。

4. 實驗語音方法為語音干擾的分析做出了有力的證明。過去，我們對田野調查所得材料採用人工聽感判斷語音問題，難免出現誤差，聲調調類、調型、調值的判斷更是如此。本研究採用 Praat 軟件，對案例進行語音實驗分析，將錄音文件導入到軟件中，可以清晰地觀察每個字、詞的語音參數，如調型走向、聲調類別、調值範圍等，這些科學的分析方法，為方言接觸研究的論證提供有效依據。

第二節　尚需深入研究的問題

廉江、電白的三大方言接觸等級，目前依據特徵詞相似度、特徵詞和一般詞的借用及其借用類型、語音系統的變異幾個方面進行劃分，除相似度以數據的形式可鮮明地區分各個等級外，其他幾個標準相對較模糊：首先，特徵詞和一般詞的借用普遍存在，但借用的數量不明，即便數量明確，又該如何劃定區間乃是一個問題。其次，標準之間存在不一致的時候，如特徵詞相似度平均值低於 0.3 的方言組，卻出現了調類系統變異這一結構性的變化，按照相似度平均值的區間劃定應該屬於低等級接觸，但結構的變化卻屬於較高等級的接觸，兩者不統一，導致方言接觸等級的判斷出現問題。最後，廉江、電白三大方言的接觸過程尚待理論上的深入解釋和突破。

參考文獻

一、專著類

1. 愛德華・薩丕爾著、陸卓元譯，語言論〔M〕，北京：商務印書館，1985。

2. 布龍菲爾德著、袁家驊等譯，語言論〔M〕，北京：商務印書館，2009。

3. 陳保亞，20世紀中國語言學方法論研究〔M〕，商務印書館，2015。

4. 陳保亞，論語言接觸與語言聯盟〔M〕，北京：語文出版社，1996。

5. 陳衛強，廣州地區粵方言語音研究〔M〕，廣州：暨南大學出版社，2011。

6. 陳雲龍，舊時正話研究〔M〕，北京：中國社科出版社，2006。

7. 陳曉錦，東南亞華人社區漢語方言概要〔M〕，世界圖書出版公司廣東有限公司，2014。

8. 董紹克著，漢語方言詞彙比較研究〔M〕，北京：商務印書館，2013。

9. 鄧曉華、王士元，中國的語言及方言的分類〔M〕，北京：中華書局，2009。

10. 戴慶廈主編，漢語與少數民族語言關係概論〔M〕，北京：中央民族學院出版社，1992。

11. 方欣欣，語言接觸三段兩合論〔M〕，武漢：華中師範大學出版社，2008。

12. 葛劍雄，中國移民史〔M〕，福州：福建人民出版社，1997．

13. 何大安，規律與方向——變遷中的音韻結構〔M〕，北京：北京大學出版社，2004。

14. 何俊芳，語言人類學教程〔M〕，北京：中央民族大學出版社，2005。

15. 侯精一，現代漢語方言概論〔M〕，上海：上海教育出版社，2002．

16. 侯興泉，粵語勾漏片封開開建話語音研究〔M〕，中西書局，2016。

17. 何麗，語碼轉換動態研究〔M〕，北京：北京交通大學出版社，2014。

18. 黃金文，方言接觸與閩北方言演變〔M〕，臺灣：國立臺灣大學出版委員會，2009。

19. 江荻，漢藏語言演化的歷史音變模型〔M〕，北京：民族出版社，2002。

20. 李健，化州粵語概說〔M〕，天津：天津古籍出版社，1996。

21. 李如龍、莊初升等，福建雙方言研究〔M〕，漢學出版社，1985。

22. 李如龍、張雙慶，客贛方言調查報告〔M〕，廈門：廈門大學出版社，1991。

23. 李如龍，粵西客家方言調查報告〔M〕，廣州：暨南大學出版社，1999。

24. 李如龍，漢語方言的比較研究〔M〕，北京：商務印書館，2001。

25. 李如龍，漢語方言特徵詞研究〔M〕，廈門：廈門大學出版社，2002。

26. 李新魁，廣東的方言〔M〕，廣州：廣東人民出版社，1994。

27. 林倫倫、陳曉楓，廣東閩方言語音研究〔M〕，汕頭：汕頭大學出版社，1996。

28. 林倫倫，粵西閩語雷州話研究〔M〕，北京：中華書局，2006。

29. 劉綸鑫，客贛方言比較研究〔M〕，北京：中國社會科學出版社，1999。

30. 劉新中，廣東、海南閩語若干問題的比較研究〔M〕，廣州：暨南大學出版社，2010。

31. 劉村漢，廣西客家方言研究論文集〔M〕，南寧：廣西師範大學出版社，2011。

32. 羅常培，語言與文化〔M〕，北京：北京大學出版社，1950。

33. 羅香林，客家研究導論〔M〕，北京：希山書屋，1933。

34. 羅自群，現代漢語方言持續標記的比較研究〔M〕，北京：中央民族大學出版，2006。

35. 呂嵩雁，臺灣後山客家的語言接觸現象〔M〕，臺北：蘭臺出版社，2007。

36. 潘悟雲，漢語歷史音韻學〔M〕，上海：上海教育出版社，2000。

37. 歐陽覺亞，普通話廣州話的比較與學習〔M〕·北京：中國社會科學出版社，1993。

38. 曲長亮，雅克布森音系學理論研究：對立、區別特徵與音形〔M〕，世界圖書出版公司，2015。

39. 申小龍，社區文化與語言變異——社會語言學縱橫談〔M〕，長春：吉林教育出版社，1991。

40. 邵慧君、甘於恩·廣東方言與文化探論〔M〕，廣州：中山大學出版社，2007。

41. 邵慧君，粵西湛茂地區粵語語音研究〔M〕，廣州：中山大學出版社，2016。

42. 邵榮芬，切韻研究〔M〕，北京：中國社會科學出版社，1982。

43. 孫葉林，湘南勉語和漢語方言的接觸與影響研究——以衡陽常寧塔山瑤族鄉為個案〔M〕，長沙：湖南師範大學出版社，2013。

44. 譚曉平，語言接觸與語言演變湘南瑤族江永勉語個案研究〔M〕，武漢：華中師範大學出版社，2012。

45. 汪鋒，語言接觸與語言比較〔M〕，北京：商務印書館，2012。

46. 王士元，演化語言學論集〔M〕北京：商務印書館，2013。

47. 王洪君，歷史語言學方法論與漢語方言音韻史個案研究〔M〕，北京：商務印書館，2014。

48. 溫昌衍，客家方言特徵詞研究〔M〕，北京：商務印書館，2012。

49. 溫昌衍，廣東客閩粵三大方言詞彙比較研究〔M〕，北京：中國社會科學出版社，2014。

50. 謝留文，客家方言語音研究〔M〕，北京：中國社會科學出版社，2006。

51. 徐大明，語言變異與變化〔M〕，上海：上海教育出版社，2006。

52. 薛才德，語言接觸與語言比較〔M〕，上海：學林出版社，2007。

53. 袁焱著，語言接觸與語言演變——阿昌語個案調查研究〔M〕，北京：民族出版社，2001。

54. 詹伯慧、張日升，粵西十縣市粵方言調查報告〔M〕，廣州：廣東人民出版社，1998。

55. 詹伯慧，漢語方言及方言調查〔M〕，武漢：湖北教育出版社，1991。

56. 詹伯慧，廣東粵方言概要〔M〕，廣州：暨南大學出版社，2002。

57. 詹伯慧，廣州話正音字典〔M〕，廣州：廣東人民出版社，2002。

58. 張興權，接觸語言學〔M〕，北京：商務印書館，2012。

59. 朱曉農，音韻研究〔M〕，北京：商務印書館，2006。

60. 曾曉渝，漢語水語關係論——水語裏漢語借詞及同源詞分層研究〔M〕，北京：商務印書館，2004。

61. 中央民族學院少數民族語言研究所編，壯侗語族語言詞彙集〔M〕，中央民族學院出版社，1985。

62. 薩利科科‧S.穆夫溫著、郭嘉、胡蓉、阿錯譯，語言演化生態學〔M〕，北京：商務印書館，2012。

二、論文類（含論文集）

1. 陳保亞，從語言接觸看歷史比較語言學〔J〕，北京大學學報（哲學社會科學版），2006（2）。

2. 陳恩泉，試論粵語在中國語言生活中的地位〔J〕，暨南學報（哲學社會科學），1990（1）。

3. 陳松岑，紹興市城區普通話的社會分布及其發展趨勢〔J〕，語文建設，1990（1）。

4. 陳雲龍，廣東電白舊時正話〔J〕，方言，2003（3）。

5. 陳海倫，論方言相似度、相關度、溝通度若干問題〔J〕，中國語，1996（5）。

6. 陳澤平，方言詞彙的同源分化〔J〕，中國語文，2000（2）。

7. 陳小楓，中山隆都閩語的分區類屬〔J〕，方言，2007（1）。

8. 陳山青，試論湖南汨羅長樂方言的混合性質〔J〕，語文研究，2011（1）。

9. 陳忠敏、莊初升、陶寰，歷史層次分析法與漢語發展史觀三人談〔A〕，語言研究集刊〔C〕，上海：上海辭書出版社，2017（2）。

10. 崔榮昌、王華，從基本詞彙看北京話同普通話和漢語諸方言的關係〔J〕，語文建設，1999（2）。

11. 曹志耘，漢語方言聲調演變的兩種類型〔J〕，語言研究，1998（1）。

12. 戴慶廈、羅自群，語言接觸研究必須處理好的幾個問題〔J〕，語言研究，2006（4）。

13. 戴慶廈、楊再彪、余金枝，語言接觸與語言演變——小陂流苗語為例〔J〕，語言科學，2005（4）。

14. 丁世平，茂名方言與茂名文化〔J〕，前沿，2010（14）。

15. 郭沈青，陝南西南官話的內部差異與歸屬〔J〕，方言，2006（2）。

16. 甘於恩、劉倩，粵方言中的閩語成分〔J〕，華僑大學學報（哲學社會科學版），2004（3）。

17. 甘於恩、邵慧君，廣東西江流域粵語詞彙及語法特點概述〔J〕，華南師範大學學報（社會科學版），2003（3）。

18. 甘於恩、邵慧君，試論客家方言對粵語語音的影響〔J〕，暨南學報（哲學社會科學），2000（5）。

19. 胡性初，在茂名白、客、黎方言中為何都有ɬ聲母〔J〕，廣東教育學院學報，1998（1）。

20. 胡明揚，上海話一百年來的若干變化〔J〕，中國語文，1978（3）。

21. 黃典誠，閩語的特徵〔J〕，方言，1984（3）。

22. 黃行，苗瑤語方言親疏關係的計量分析〔J〕，民族語文，1999（3）。

23. 黎海情，雷州話中的第一人稱複數〔J〕，語文學刊，2014（20）。

24. 李如龍、詹伯慧等，閩澳瓊閩語詞彙比較研究〔A〕，詹伯慧等編，第四屆國際閩方言研討會論文集〔C〕，汕頭：汕頭大學出版社，1995。

25. 李如龍，關於方言基本詞彙的比較和方言語法的比較〔J〕，漢語學報，2012（3）。

26. 李如龍，論語言接觸的類型、方式和過程〔J〕，青海民族研究，2013（4）。

27. 李如龍，論混合型方言——兼談湘粵桂土語群的性質〔J〕，雲南師範大學學報（哲學社會科學版），2012（5）。

28. 羅昕如，湘南土話中的底層語言現象〔J〕，民族語文，2004（1）。

29. 羅昕如，湘語與贛語接觸個案研究——以新化方言為例〔J〕，民族語文，2009（1）。

30. 練春招，粵西廉江石角客家方言音系〔J〕，方言，2002（3）。

31. 練春招，客家方言「扳」類詞與客家民俗〔J〕，暨南學報（哲學社會科學版），2010（1）。

32. 林華勇，廉江方言言說義動詞「講」的語法化〔J〕，中國語文，2007（2）。

33. 林華勇、郭必之，廉江粵語中因方言接觸產生的語法變異現象〔A〕，甘於恩主編，南方語言學（第二輯）〔C〕，廣州：暨南大學出版社，2010。

34. 林華勇，廉江粵語的兩種短語重疊式〔J〕，中國語文，2011（4）。

35. 林華勇，廉江粵語「頭先」和「正」多功能性的來源〔J〕，中國語文，2014（4）。

36. 林倫倫，粵西閩語詞彙的構成特點〔J〕，語文研究，1996（1）。

37. 林倫倫，粵西閩語的音韻特徵〔J〕，語文研究，1998（2）。

38. 林立芳、鄺永輝、莊初升，粵、閩、客方言共同的方言詞考略〔J〕，韶關大學學報，1995（1）。

39. 林清書，再說武平中山軍家話與客贛方言的關係〔J〕，龍巖學院學報，2011（4）。

40. 劉剛，簡論雷州方言與閩南方言的文化淵源——以語音、詞彙、語法和古文獻為視角的考察〔J〕，廣東海洋大學學報，2012（5）。

41. 李新魁，廣東閩方言形成的歷史過程〔J〕，廣東社會科學，1987（3）。

42. 李新魁，廣東閩方言形成的歷史過程續〔J〕，廣東社會科學，1987（4）。

43. 李行德，廣州話元音的音值及長短對立〔J〕，方言，1985（1）。

44. 馬希文，比較方言學中的計量方法〔J〕，中國語文，1989（5）。

45. 麥耘，隋代押韻材料的數理分析〔J〕，語言研究，1999（2）。

46. 麥耘，從粵語的產生和發展看漢語方言形成的模式〔J〕，方言，2009（3）。

47. 麥耘，粵語的形成、發展與粵語和平話的關係〔A〕，研究之樂——慶祝王士元先生七十五壽辰學術論文集〔C〕，上海：上海教育出版社，2010。

48. 麥耘，粵方言的音韻特徵——兼談方言區分的一些問題〔J〕，方言，2011（4）。

49. 麥耘，廣州話的聲調系統與語素變調〔A〕，著名中年語言學家自選集麥耘卷〔C〕，上海：上海教育出版社，2012。

50. 覃遠雄，漢語方言否定詞的讀音〔J〕，方言，2003（2）。

51. 邵慧君，廣東茂名粵語小稱綜論〔J〕，方言，2005（4）。

52. 邵慧君，粵西茂名地區粵方言語音特點綜論〔J〕，華南師範大學學報（社會科學版），2007（1）。

53. 邵慧君、秦綠葉，廉江市粵客詞彙相似度的計量分析〔J〕，中國語文，2008（2）。

54. 沈文潔，成都話與普通話及各方言的比較〔J〕，華中師範大學學報（哲學社會科學版），1996（2）。

55. 石鋒、麥耘，廣州話長 a 和短 ɐ 元音的聽辨實驗〔J〕，中國語文研究，2003（2）。

56. 唐志東，信宜話量詞的音節重疊〔J〕，語言研究，1984（1）。

57. 唐志東，信宜方言的指示代詞〔J〕，語言研究，1986（2）。

58. 吳福祥，關於語言接觸引發的演變〔J〕，民族語文，2007（2）。

59. 王士元、沈鐘偉，方言關係的計量表述〔J〕，中國語文，1992（2）。

60. 王士元，演化語言學中的電腦建模〔J〕，北京大學學報（哲學社會科學版），2006（3）。

61. 溫昌衍，客家方言特徵詞研究〔A〕，漢語方言特徵詞研究〔C〕，廈門：廈門大學出版社，2002．

62. 王遠新、劉玉屏，論語言接觸與語言的變化〔A〕，薛才德主編，語言接觸與語言比較〔C〕，上海：學林出版社，2007。

63. 王璐、張吉生，吳語互通度與編輯距離之間的關係〔J〕，語言研究，2014（4）。

64. 伍巍、吳芳，親屬排行「滿」、「晚」源流淺溯〔J〕，暨南學報（哲學社會科學版），

2008（6）。

65. 汪平，普通話和蘇州話在蘇州的消長研究〔J〕，語言教學與研究，2003（1）。

66. 王雙懷，明代華南農業地理研究〔M〕，北京：中華書局，2002。

67. 熊正輝，廣東方言的分區〔J〕，方言，1987（3）。

68. 邢公畹，漢臺語比較研究中的深層對應〔J〕，民族語文，1993（5）。

69. 項夢冰，聚類分析在漢語方言研究中的運用〔J〕，語文研究，2015（4）。

70. 楊鼎夫，計算機計量研究漢語方言分區的探索〔J〕，語文研究，1994（3）。

71. 楊蓓，吳語五地詞彙相關度的計量研究〔J〕，語言文字學，2003（5）。

72. 葉國泉、唐志東，信宜方言的變音〔J〕，方言，1982（1）。

73. 葉國泉、羅康寧，信宜方言的文白異讀〔J〕，語言研究，1990（2）。

74. 余靄芹，韻尾塞音與聲調——雷州方言一例〔J〕，語言研究，1983（1）。

75. 余靄芹，粵語方言分區問題初探〔J〕，方言，1991（3）。

76. 游汝傑，語言接觸與新語言的誕生〔J〕，華東師範大學學報，2016（1）。

77. 游汝傑，試論混合型方言的特徵〔J〕，民族語文，2016（1）。

78. 嚴修鴻，客家方言與周邊方言的關係詞〔J〕，汕頭大學學報（人文科學版），1997（4）。

79. 嚴學宭，論雙語制的合理性〔J〕，複印報刊資料（語言文字學），1982（6）。

80. 喻世長，應該重視語言互相影響的研究〔J〕，民族語文，1984（2）。

81. 袁焱，阿昌族雙語轉型的成因及其特點〔J〕，民族語文，2004（2）。

82. 詹伯慧，廣東境內三大方言的相互影響〔J〕，方言，1990（4）。

83. 詹伯慧、甘於恩，雷州方言與雷州文化〔J〕，學術研究，2002（9）。

84. 張應斌，雷州話生成的歷史過程〔J〕，湛江師範學院學報，2012（1）。

85. 張振興，廣東省雷州半島的方言分布〔J〕，方言，1986（3）。

86. 張振興，廣東省吳川方言記略〔J〕，方言，1992（3）。

87. 張振興、張惠英，從閩語稱謂詞頭「俺、兒」說起〔J〕，湛江師範學院學報，1986（3）。

88. 張振興，閩語特徵詞舉例〔J〕，漢語學報，2004（1）。

89. 張雙慶，粵語的特徵詞〔A〕，漢語方言特徵詞研究〔C〕，廈門：廈門大學出版社，2002。

90. 張吉生，從特徵賦值看吳語內部語言距離與互通度的關係〔J〕，中國語文，2015（1）。

91. 鄭錦全，漢語方言親疏關係的計量研究〔J〕，中國語文，1988（2）。

92. 鄭錦全，漢語方言溝通度的計算〔J〕，中國語文，1994（1）。

93. 鄭錦全，客家方言微觀調查與人文宏觀理念〔A〕，第二屆臺灣客家研究國際研討會〔C〕，新竹：交通大學，2008。

94. 鄭錦全，臺灣客家方言詞彙關係與語言活力〔A〕，第九屆客家方言學術研討會論

文集〔C〕，北京：中央民族大學，2013。

95. 鄒嘉彥，語言接觸與詞彙衍生和重整〔A〕，語言接觸論集〔C〕，上海：上海教育出版社，2004（3）。

96. 莊初升，雙方言現象的一般認識〔J〕，韶關學院學報（社會科學版），1995（1）。

97. 莊初升，試論漢語方言島〔J〕，學術研究，1996（3）。

98. 莊初升，閩南話與客家話共同的方言詞補正〔A〕，客家方言研究〔C〕，廣州：暨南大學出版社，1998。

99. 莊初升，從方言詞彙看客家民系的歷史形成〔J〕，韶關學院學報（社會科學版），1998（2）。

100. 莊初升，聯繫客方言考證閩南方言本字舉隅〔J〕，語文研究，1999（1）。

101. 莊初升，論閩南方言島〔J〕，韶關學院學報（社會科學版），2001（11）。

102. 莊初升，廣東省客家方言的界定、劃分及相關問題〔J〕，東方語言學，2008（2）。

三、辭書、方志類

1. 白宛如，廣州方言詞典〔Z〕，南京：江蘇教育出版社，1998。

2. 戴由武、戴漢輝，電白方言志〔Z〕，廣州：廣東中山大學，1994。

3. 電白縣地方志綰纂委員會編，電白縣志〔Z〕，北京：中華書局，2000。

4. 高州市地方志編纂委員會，高州縣志（1～3）〔Z〕，北京：中華書局出版社，2006。

5. 故宮博物院編，廣東府州縣志——恩平縣志、高州府志、茂名縣志、化州志（第一、二冊）〔Z〕，海南出版社，2001。

6. 化州市地方志編纂委員會，化州縣志〔Z〕，廣州：廣東人民出版社，1996。

7. 黃雪貞，梅縣方言詞典〔Z〕，南京：江蘇教育出版社，1995。

8. 羅康寧，信宜方言志〔Z〕，廣州：中山大學出版社，1987。

9. 廉江縣地方志編纂委員會，廉江縣志〔Z〕，廣州：廣東人民出版社，1995。

10. 雷州市地方志編纂委員會，海康縣志〔Z〕，北京：中華書局出版社，2005。

11. （明）王士性撰，廣志繹〔Z〕，北京：中華書局出版社，1981。

12. 茂名市地方志編纂委員會，茂名市志（上、下）〔Z〕北京：三聯書店出版社，1997。

13. 麥耘、譚步雲編著，實用廣州話分類詞典〔Z〕，廣州：廣東人民出版社，1997。

14. 倪俊明主編、邵桐孫等修纂，廣東省立中山圖書館藏稀見方志叢刊第 29 冊（民國）電白縣新志稿10卷〔M〕，北京：國家圖書館出版社，2011。

15. （清）楊齊修，陳蘭彬等纂，高州府志〔Z〕，成文出版社，1967。

16. 日本藏中國罕見地方志叢刊（萬曆）雷州府志〔萬曆〕高州府志（影印本）〔Z〕，書目文獻出版社，1990。

17. 遂溪縣地方志編纂委員會，遂溪縣志〔Z〕，北京：中華書局出版社，2003。

18. 吳川市地方志編纂委員會，高州縣志〔Z〕，北京：中華書局出版社，2001。

19. 信宜縣地方志編纂委員會，信宜縣志〔Z〕，廣州：廣東人民出版社，1993。

20. 徐聞縣地方志編纂委員會，徐聞縣志〔Z〕，廣州：廣東人民出版社，2000。

21. 周長楫，廈門方言詞典〔Z〕，南京：江蘇教育出版社，1998。

22. 周長楫，閩南方言大詞典〔Z〕，福州：福建人民出版社·2006。

23. 張維耿，客家話詞典〔Z〕，廣州：廣東人民出版社，1995。

24. 張振興、蔡葉青，雷州方言詞典〔Z〕，南京：江蘇教育出版社，1998。

25. 湛江市地方志編纂委員會，湛江市志（上、下）〔Z〕，北京：中華書局出版社，2004。

四、學位論文類

1. 陳伯輝，論粵方言詞本字考釋〔D〕，暨南大學博士論文，1996。

2. 陳建偉，臨沂方言和普通話的接觸研究〔D〕，蘇州大學博士論文，2008。

3. 陳雲龍，粵西閩語音變研究〔D〕，上海師範大學博士論文，2012。

4. 曹曉燕，方言和普通話的語音接觸研究——以無錫方言為例〔D〕，蘇州大學博士論文，2012。

5. 高韜，語言接觸視野下的南部羌語比較研究〔D〕·西南交通大學博士論文，2018。

6. 顧欽，語言接觸對上海市區方言語音演變的影響〔D〕，上海師範大學博士論文，2007。

7. 胡松柏，贛東北漢語方言接觸研究〔D〕，暨南大學博士論文，2003。

8. 胡斯可，湖南郴州地區的漢語方言接觸研究〔D〕，湖南師範大學博士論文，2009。

9. 王紅紅，語言接觸視角下的霍州話匯詞變化研究〔D〕，伊犁師範學院碩士論文，2016。

10. 吳妹，湛江閩語動詞形容詞重疊的研究〔D〕，暨南大學博士論文，2011。

11. 徐榮，漢語方言深度接觸研究〔D〕，復旦大學博士論文，2012。

12. 趙越，雷州半島客家方言語音研究〔D〕，暨南大學博士論文，2015。

五、外文論著類

1. Thomason Sarah G. and Terrence Kaufman, *Language contact, creolization, and genetic linguistic*, Berkeley University of California Press, 1988.

2. Thomason Sarah G. *Language Contact:An Introduction*，世界圖書出版公司，2014.

3. Thomason Sarah G. *Language Contact:An Introduction*,Edinburgh University Press, 2001.

4. Peter Trudgill, *Dialects in Contact*, Basil Blackwell Ltd, 1986.

5. Ronald Wardhaugh：《社會語言學引論》（第三版），祝畹瑾導讀，外語教學與研

究出版社，2000.

6. Uriel Weinreich, *Languages in Contact: Findings and Problems*, Mouton Publishers, The Hugue, 1968.

六、外文論文

1. Addison Van Name, "Contributions to Creole Grammar", Transactions of the American Philological Association, Vol.1, 1869, pp.123-167.

2. Chin-Chuan Cheng, "A Quantification of Chinese Dialect Affinity" , Studies in the Linguistic Sciences, Vol.12,No. 1, 1982, pp.29-47.

3. Charles A.Ferguson, "Diglossia", Word, Vol.15, 1959, pp.325-340.

4. Charles A.Ferguson:《雙言現象》，李自修譯，《國外語言學》，1983 年第 3 期。

5. Einar Haugen, "The Analysis of Linguistic Borrowing", Language, Vol.26,No.2, 1950, pp.210-231.

6. William Labov, "The Social Stratification of English in New York City, Columbia University", Ph.D., 1964, pp.64-211.

7. Wang William S.Y. "Competing Changes as a Cause of Residue", Language, Vol.45, No. 1, 1969, pp.9-25.

8. Kessler.B, "Computational Dialectology in Irish Gaelic", In Proceedings of the 7th Conference of the European Chapter of the Association for Computational Linguistics. Dublin: Association for Computational Linguistics,1995,pp.60-67.

附錄一　陳保亞修訂的 Swadesh 雙階核心詞

第一階核心詞

1. I 我	2. you 你	3. we 我們
4. this 這	5. that 那	6. who 誰
7. what 什麼	8. not 不	9. all 全部
10. many 多	11. one 一（基數詞，下同）	12. two 二
13. big 大	14. long 長	15. small 小
16. woman 女人	17. man 男人	18. person 人
19. fish 魚	20. bird 鳥	2l. dog 狗
22. louse 蝨子	23. tree 樹	24. seed 種子
25. leaf 葉子	26. root 根	27. bark 樹皮
28. skin 皮膚	29. flesh 肉	30. blood 血
31. bone 骨頭	32. grease 臘肪	33. egg 雞蛋
34. horn 角（動物頭上的）	35. tail 尾巴	36. feather 羽毛
37. hair 頭髮	38. head 頭	39. ear 耳朵
40. eye 眼睛	41. nose 鼻子	42. mouth 嘴
43. tooth 牙齒	44. tongue 舌頭	45. claw 爪子
46. foot 腳	47. knee 膝蓋	48. hand 手
49. belly 肚子	50. neck 脖子	51. breasts 乳房

52. heart 心臟	53. liver 肝	54. drink 喝
55. eat 吃	56. bite 咬	57. see 看見
58. hear 聽見	59. know 知道	60. sleep 睡
61. die	62. kill 殺	63. swim 游泳
64. fly 飛	65. walk 走	66. come 來
67. lie 躺	68. sit 坐	69. stand 站
70. give 給	71. say 說	72. sun 太陽
73. moon 月亮	74. star 星星	75. water 水
76. rain 雨	77. stone 石頭	78. sand 沙子
79. earth 土	80 cloud 雲	81. smoke 煙
82. fire 火	83. ash 灰（燃燒後的灰）	84. burn 燒
85 path 路	86. mountain 山	87. red 紅
88 green 綠	89. yellow 黃	90. white 白
91. black 黑	92. night 晚上	93. hot 熱
94. cold 冷	95. full 滿	96. new 新
97. good 好	98. round 圓	99. dry 乾
100. name 名字		

第二階核心詞

101. and 和	102. animal 動物	103. back 背
104. bad 壞	105. because 因為	106. blow 吹
107. breathe 呼吸	108. child 孩子	109. count 數
110. cut 砍	111. day 天	112. dig 挖
113. dirty 髒	114. dull 呆、笨	115. dust 塵土
116. fall 掉	117. far 遠	118. father 父親
119. fear 怕	120. few 少	121. fight 打架
122. five 五	123. float 漂浮	124. flow 流
125. flower 花	126. fog 霧	127. four 四
128. freeze 結冰	129. fruit 水果	130. grass 草
131. guts 腸子	132. he 他	133. here 這裡
134. hit 打	135. hold（take）拿	136. how 怎麼
137. hunt 打獵	138. husband 丈夫	139. ice 冰
140. if 如果	141. in 在	142. lake 湖
143. laugh 笑	144. leftside 左邊	145. leg 腿
146. live（alive）活的	147. mother 母親	148. narrow 窄

149. near 近	150. old 老	151. play 玩
152. pull 拉	153. push 推	154. rightside 右邊
155. correct 對	156. rive 江	157. rope 繩子
158. rotten 腐爛	159. rub 擦	160. salt 鹽
161. scratch 抓	162. sea 海	163. sew 縫
164. sharp 尖	165. short 短	166. sing 唱
167. sky 天空	168. smell 聞	169. smooth 平
170. snake 蛇	171. snow 雪	172. spit 吐
173. split 撕裂	174. squeeze 壓	175. stab 刺
176. stick 棍子	177. straight 直	178. suck 吮
179. swell 腫	180. there 那	181. they 他們
182. thick 厚	183. thin 薄	184. think 想
185. three 三	186. throw 扔	187. tie 捆
188. turn 轉	189. vomit 嘔	190. wash 洗
191. wet 濕	192. where 哪裏	193. wide 寬
194. wife 妻子	195. wind 風	196. wing 翅膀
197. heavy 重	198. woods 森林	199. worm 蟲
200. year 年		

附錄二　12 個方言點音系

一、廉江安鋪粵語音系

（一）聲母（21 個）

p 巴幫斧白	pʰ 派旁潑扮	m 買免問剝		f 夫戶款凡
t 當特肚糾	tʰ 土唐剔堤	n 女染驗粒	l 李良歷略	
ts 左晝助襲	tsʰ 菜抄速茶	ȵ 疑勇肉皺	ɬ 修星瑞術	s 閃舒誠石
k 果杞渠及	kʰ 區傾舅菊	ŋ 瓦逆勾呆		h 看嚇賀澆
kw 瓜季櫃混	kwʰ 誇屈規拐			w（ʋ）彎位回活
∅ 暗惹餘愚				

說明：

1. 舌尖聲母 ts- tsʰ- s- 和 i、i- 相拼時近舌葉音 ʧ- ʧʰ- ʃ-，如：珠 ʧi⁵⁵、池 ʧʰi²¹、樹 ʃi²¹。

2. 舌尖鼻音 n 母來自古泥娘母，而舌面鼻音 ȵ 母主要來自古日母、疑母細音和部分影、喻母細音字，n 和 ȵ 在細音前形成對立，如：年 nin²¹ ≠ 言 ȵin²¹，聶 nip021 ≠ 業 ȵip021。

3. 舌根鼻音 ŋ 多拼洪韻，拼細韻時實際音值為舌面中鼻音 ɲ，ɲ 為 ŋ 的音位變體，如：碾 ɲiaŋ³⁵。

4. 聲母 kw、kwʰ 部分帶輕微唇齒化色彩，音值近 kʋ、kʋʰ，半元音 w 則唇

齒化更明顯，音值接近ʋ，ʋ是 w 的音位變體，如：回 wui²¹、和 ʋo²¹。

　　5. 零聲母字有ʔ-、j-的變體。少數零聲母字發音前伴有緊喉色彩，如：衣 ʔi⁵⁵、穴 ʔit²¹、應 ʔeŋ³³

　　6. 以 i 開頭的零聲母字發音時帶有一定的濁音摩擦，實際讀音為半元音 j。ʔ-、j-與Ø互為變體，三者不構成音位對立。

（二）韻母（59 個）

a 怕加化		ɛ 車借蛇		o 羅坐初	i 徐知姨	u 補獅舊菢
ia 也		iɛ 惹野夜				iu 飄擾掉
ai 大屆拉	ɐi 米衛跪	ei 靴知拘		ɔi 臺外髓		ui 水輩乳
iai □揉□嚼						iui 銳
au 包巧牡	ɐu 冒浮舅			ou 保襖酷		
iau 撬貓尿	iɐu 柔右幽					
		œy 去				
am 貪監蘸	ɐm 堪林沉	im 鐮炎蟬				
iam 尖簽舔	iɐm 任音飲					
					in 豔便川	un 搬盆村
aŋ 毯眼棚	ɐŋ 信婚昆	eŋ 冰升兄	øŋ 涼向唱	oŋ 紅風胸	ɔŋ 乾唐江	
iaŋ 片卷井	iɐŋ 人因孕	ieŋ 認應形	iøŋ 讓釀養	ioŋ 榮翁用		
ap 答洽立	ɐp 踏合吸				ip 接攝協	
iap 夾峽撮	iɐp 入					
					it 別舌雪	ut 末脫劣
aʔ 抹畫百	ɐʔ 七骨沸	ek 力直釋	øʔ 略桌刹	ok 谷六餿	ɔʔ 渴作樸	
iaʔ 劇只笛	iɐʔ 日一逸	iek 翼易液	iøʔ 弱藥育	iok 玉肉沃		
m̩ 唔	ŋ̩ 吳娛					

說明：

1. 韻母ɔi、ɔŋ、ok、ɔʔ的主元音開口度偏小，介於 o 和ɔ之間。

2. 韻母 ei 主元音舌位偏低，介於 e 和 ɛ 之間。

3. 韻母 yn 與 in 不對立，但少數山合三四等字發音時略帶撮口，近 ʸin，如：竄 tsʰʸin³⁵、全 tsʰʸin²¹、傳 tsʰʸin²¹。

4. 韻母 iam／iap、iaŋ／iaʔ的主元音開口度偏小，實際音值有時近ɛ，對應於廣州話主元音為ɛ的系列韻母：ɛm、ɛp、ɛŋ、ɛk。

5. 山攝 aŋ 韻字，韻尾的實際發音略前，近 n，如：丹 taŋ⁵⁵、餐 tsʰaŋ⁵⁵。其對應的入聲為 aʔ。有個別 aŋ 韻字主元音帶有輕微的鼻化色彩，近 ã，如：贊 tsãŋ³³。

6. 臻攝eŋ 韻有個別見組合口字的韻尾為前鼻 n，讀en，但發音人並無en～eŋ的音感對立。如：菌 kwʰen³⁵、君 kwen⁵⁵、軍 kwen⁵⁵。

（三）聲調（8個）

陰平（55）：開花辮	陽平（陽去）（21）：圖渠務	
陰上（35）：火補嫂	陽上（13）：雨旅肚	
去聲（33）：貨富稚		
上陰入（055）：筆出福	下陰入（033）：塔裂約	陽入（021）：佢入粵

說明：

1. 陽平 21 調為低降調，調值和陽去相同。

2. 陰上 35 調為直升調，而陽上 13 調為低升調。個別陽上字調值偏高，接近 24 調，與陰上 35 調區別不明顯。

3. 陽入大多帶有降勢，為 021 調，但也有少數為低平 22 調，兩者不構成對立。

二、廉江石城粵語音系

（一）聲母（21個）

p 巴辦白斧	pʰ飄旁劈彼	m 妹悶木撫		f 夫風闊湖
t 多同答糾	tʰ拖談鐵堤	n 泥農粒拎	l 來慮力諾	
ts酒豬竹謝	tsʰ妻茶切徐	ȵ魚娘玉飲	ɬ寫仙雪瑞	s 思書十沼
k 歌健各楷	kʰ溪舅缺吸	ŋ 我崖額鉤		h 蝦紅學考
kw 瓜跪骨混	kwʰ虧群窟誇			w（ʋ）蛙魂郁葷
∅衣安鴨休				

說明：

1. ts組聲母多讀為舌尖前塞擦音ts、tsʰ、s，如：姐tsei35、茶tsʰa21、蛇 sɛ21；但在細韻前有些讀為舌葉塞擦音ʧ、ʧʰ、ʃ，如：煮ʧi35、廁ʧʰi33、絲ʃi55。因兩組聲母並不構成音位對立，故歸為一類。

2. ȵ 多配細音；n 多配洪音，個別配細音。二者在細韻前存在音位對立，如：年 nin21 ≠ 言 ȵin

3. 零聲母∅還有ʔ、j 兩個變體，少數零聲母字帶有緊喉色彩，如：衣ʔi55、握ʔɐʔ055；部分以 i 開頭的零聲母字，韻母前帶有一定的濁音摩擦，實際讀音為半元音 j，如：搖 jiu21、燕 jin33。無音位對立。

4. 半元音聲母 w 有部分字讀作變體ʋ，如：壞ʋai21、畫ʋak022、環ʋaŋ21。

（二）韻母（54 個）

a 麻花掛		ɛ 茄靴車	i 書雨知	o 多島摸	u 古苦姑
ia 也		iɛ 爺野惹	iu 笑廖丟		
ai 太乖齊	ɐi 米貴胃	ei 廢披眉		oi 來害外	ui 女每歲
iai □嚼			iui 乳銳蕊		
au 考鬧牡	ɐu 偷口牛			ou 寶早酷	
iau 貓撬撈	iɐu 休油丘幽				
am 貪衫岩	ɐm 暗銜林心		im 尖鹽甜		
iɛm 鉗坎	iɐm 音飲任				
ɐn 問孟品	iɐn 人欣孕		in 錢天遠		un 半官門村
aŋ 山反冷		eŋ 冰驚兄		ɔŋ 湯光窗	uŋ 紅冬窮
iɛŋ 驚聽片		ieŋ 英形認		iɔŋ □飯黏	iuŋ 翁熊用榮
ap 臘甲襲	ɐp 粒十急	iɛp 夾狹入	ip 葉業孽		
it 熱月跌					ut 脫活劣
aʔ 八百法	ɐʔ 七北麥	ek 逼敵悉		ɔʔ 落郭學	uk 哭六綠
iɛʔ 笛桌藥	iɐʔ 日一	iek 翼易液	iuk 肉辱玉		
m̩ 唔	ŋ̍ 吳五誤娛				

說明：

1. 韻母ɛ舌位略高，實際音值介於 e 和ɛ之間。

2. 韻母 o、oi 主元音舌位略低，實際音值介於 o 和ɔ之間。

3. 韻母 iau 的主元音舌位略高，實際音值介於ɛ和 a 之間；唯「□爪 ȵiau55」字例外，其主元音開口度較大。

4. 韻母 iɛm、iɛp、iɛŋ、iɛʔ主元音音值不穩定，實際音值有時近ɛ，有時近 a，但彼此並不構成韻母對立。其對應的韻母在有些鄰近方言點中分別為 iam、

iap、iaŋ、iaʔ。

5. 韻母 aŋ 的韻尾舌位略前，實際音值近ɲ。

6. 韻母ɐn 有部分曾開一等字韻尾靠後近ɐŋ；在發音過程中由ə到ŋ，最後收尾為 n，與臻攝字的ɐn 音色稍有不同；其相應入聲少數也存在 ɐt 和ɐʔ的音色差異，但發音人亦無對立感。

7. 韻母ɔŋ、ɔʔ有時帶有不甚明顯的前滑音□，詞彙中前滑音色比單字音中更為明顯。

（三）聲調（8個）

陰平 55、53 多天顆		陽平（陽去）21 牙牛大健
陰上 35 果口火		陽上 13 女雨冷
陰去 33 四去祭		
上陰入 55 筆哭叔	下陰入 33 答喝客	陽入 22 敵陸木

說明：

1. 陰平調主要讀高平 55，少數有高降 53 的變體，彼此無對立。

2. 少數陰上 35 和陽上 13 字在聽感上區分度不大，介於 35 和 13 之間。

3. 陽平與陽去合為一調，讀為低降 21，但少數降勢平緩，近 22。

4. 陽入有 22 和 21 的自由變體，以 22 為多；少數略帶降勢讀 21，二者不構成對立。

三、廉江安鋪閩語音系

（一）聲母（19個）

p 波爬符	pʰ排廢扮	m 罵望剝	f 浮沸忽
t 肚跳茶	tʰ土雕蟲	n 努爛業	l 羅鬧力
ts組水集	tsʰ車徐樹	ɬ寫暑序	s 刪疤
k 加改行	kʰ科去覺	ŋ 牙毅勾	h 火胡魚
0污位下	j 爺余二	w 尾月外蜜	

說明：

1. 舌根鼻音 ŋ 多拼洪韻，拼細韻時實際音值為舌面中鼻音ɲ，ɲ為 ŋ 的音位變體，如：銀ɲian22、飲ɲim31。

2. 半元音 w 唇齒化較明顯，部分字發音音值接近ʋ，如：馬ʋɛ31、米ʋi31，

ʋ是 w 的音位變體。

3. 以 i 開頭的零聲母字發音時帶有一定的濁音摩擦，實際讀音為半元音 j，如：余 ji²²、擾 jau³¹。

4. j-與∅互為變體，二者不構成音位對立。

（二）韻母（45個）

a 巴飽擔	ɛ 坐茶盲	ɔ 朵寶湯	i 除支棉	u 午書資
ia 車寄正		iɔ 表涼略		
ai 代戒前		ɔi 改鞋雞		
ua 歌散盤	uɛ 果皮妹			ui 杯肥門
uai 怪高慣				
au 保牡流	ɛu 補符貿		iu 住嬌周	
iau 巧妙臭				
am 南炎濕	ɛm 咳揞		im 深林陰	
iam 咸嚴針				
an 鯤				un 本蒜隱
	ien 變專引			
aŋ 灘陳同	ɛŋ 朋省影	ɔŋ 通豐芒		
iaŋ 亮陽龍	iɛŋ 認螢營	iɔŋ 榮熊用		
uaŋ 半光反				
ap 答十合	ɛp 撮扰		ip 習及入	
iap 夾劫汁				
	iet 熱七黩			ut 脫骨佛
ak 角賊額	ɛk 特革益	ɔk 托樂目		
iak 踢祝熟	iɛk 粵易液	iɔk 弱約玉		
uak 潑末法				
m̩ 唔				

說明：

1. 通攝 ɔŋ、iɔŋ 韻主元音開口度偏小，實際音值有時近 o，即 oŋ、ioŋ，如：懂 toŋ31、洪 hoŋ22、勇 ioŋ31。

2. ɛk、iɛk 主元音開口度偏小，實際音值近 e，即 ek、iek，如：德 tɛk055、粵 iɛk033。

3. 無明顯鼻化韻，僅部分韻母為-i的字，聽感上有輕微的鼻音，如：米 wĩ31、遲 tĩ22。部分入聲字塞音韻尾弱化後脫落，如：落 lɔ33、百 pɛ55、喝tsʰuɛ55。

4. 個別以 i 開頭的零聲母字有前滑音□，如：惹□ia31。

（三）聲調（8個）

陰平 13：沙花妹	陽平 22：材皮麻	
上聲 31：可寫府		
陰去 35：過菜爛	陽去 33：部戶裕	
上陰入 55：急七覺	下陰入 33：扎托刻	陽入 22：合列液

說明：

1. 陰平主要為 13 調，聲調上升到最後帶有明顯的降勢，實際調值為 131，但兩者不構成對立。部分字讀高平 55 調，如：哥 kɔ55、魔 mɔ55、渣 tsa55、杯 pui55。

2. 陰去為 35 調，聲調上升到最後也帶有明顯的降勢，實際調值為 353，但兩者不構成對立。

3. 陽入大多為低平 22 調，但也有少數帶有降勢，為 21 調，兩者不構成對立。

四、廉江石城閩語音系

（一）聲母（17個）

P 波飯北	pʰ票朋樸	m 迷網滅		f 浮
t 弟燈茶	tʰ庭脫蟲	n 女領納	l 淚令六	
ts早真足	tsʰ草穿蓄	ȵ言勇業念	ɬ西燒色	
k 古窮國	kʰ去輕蓋	ŋ 五銀逆幻		h 河發年
Ø鴨鹽尿				ʋ米牛旺

說明：

1. n、ŋ 多配洪音，個別配細音；ȵ 多配細音。三者在細韻前存在音位對立。

2. 部分以 i 開頭的零聲母字，韻母前帶有一定的濁音摩擦，實際讀音為半元音 j，如：爺 iɛ31、豔 iam31；其他零聲母字多為有輕微摩擦的齒唇音ʋ，如：

我ʋa31、襪ʋat022、旺ʋaŋ441。

3. 受粵語影響，出現了唇齒擦音 f，僅「浮蓮浮萍」中的「浮」字聲母讀 f。

（二）韻母（52個）

a 巴早三	ɛ 馬生坐百	i 女衣錢	ɔ 朵好學	u 古師牛
ia 下寄廳	iɛ 茄爺		iɔ 借尿唱	iu 購球樹
ua 蛇掛山	uɛ 火花話			ui 衛水光
ai 來知個	uai 塊壞縣		ɔi 街雞雪	
au 草包頭哭	iau 票臭數			
	ɛu 路雨畝			
am 南銜侵	iam 鹽念針	im 心飲		
	ɛm 含林			
an 城丹攤		in 錢天遠		un 本分船
uan 凡搬潘	ien 丸戀全			
aŋ 單賓敏	eŋ 朋情永研		ɔŋ 農中碰	
iaŋ 商江窮	uaŋ 廣風滾			
ieŋ 蠅營	ioŋ 熊容榮			
ap 雜盒十	ɛp 級吸合	ip 入碟竹		
iap 夾業汁				
at 襪力壓	uat 奪劣法	it 秩輯		ut 脫出測處
	iet 熱物翼			
ak 角北壽	ek 色席役		ɔk 惡桌獨	
			ok 族綠俗	
iak 脊笛熟	uak 乏獲	uek 域		
	iek 亦易液		iɔk 郁育玉	

說明：

1. 韻母 ien、iek、ieŋ、iet 主元音音值不穩定，主元音實際音值介於ɛ和 e 之間，記為ɛ。

2. 復元音韻母ɛu 主元音開口較大，u 在詞彙發音中有時弱化，實際發音近於ɛu～ɛ之間。

3. 復元音韻母 ou 主元音開口較小，發音時有一定動程，與單元音韻母ɔ存

在對立，字音中僅兩例「滔、舀」。

4. 韻母 iɔ、ɔi、iɔ、uɔ、uɔi 主元音舌位略低，實際音值介於 o 和ɔ之間。

5. 韻母 aŋ 的韻尾舌位略前，實際音值近ɲ。

6. 韻母 at、uat 入聲尾-t，有時近-ʔ。

（三）聲調（7個）

陰平 13 花天工臥	陽平 33（331）皮頭紅跳
上聲 31 火李桶注	
陰去 35（352）過唱小哭	陽去 44（441）借電雨落
陰入 55 筆出北倔	陽入 22（33）入奪力夾

說明：

1. 陰平主要為 13 調，部分字讀高平 55 調，如：跛 pai55、啱 ŋam55、揞ɛm55、缽 pua55、偶有變體 551 調，如：摳 kʰɛu551、拈 ɲiam551、筐 kiaŋ551 等。

2. 陽平調有 33 和 331 的變體，以 331 為多；還有少數實際音值較低，近22，但三者無調位對立。

3. 陰去有 35 和 352 的變體，以 352 為多，但二者無調位對立。35 調音值較高，高升勢明顯；陽去有 44 和 441 的變體，以 441 為多，但二者無調位對立。

4. 陽入有 22 和 33 的變體，以 22 為多，彼此無調位對立。

五、廉江塘蓬客話音系

（一）聲母（18個）

p 巴北佩斧	pʰ破旁部白	m 馬問舞麥		f附火課服	ʋ 蛙屋禾遺
t 當督肚糾	tʰ土湯袋敵	n 努南農納	l 李冷六而		
ts 左蕉鍾燭	tsʰ車絕坐謝	ɲ 語擾娘攝			s 沙須愁集
k 果家健吸	kʰ科刻估欺	ŋ 牙礙危樂			h 河開去殼
∅暗余壓慧					

說明：

1. ts、tsʰ、s 在細韻前接近舌葉音tʃ、tʃʰ、ʃ。

2. 舌面鼻音 ɲ 主要配細韻，舌根鼻音 ŋ 主要配洪韻。

3. 以 i 開頭的零聲母字發音時帶有濁音摩擦，實際讀音為半元音 j，j 與∅不構成對立。

（二）韻母（62個）

ɿ蘇支際時	a 爬加者花	e 低替洗制	o 哥河火刀	i 舉居迷碑	u 補肚古芋
	ia 借寫謝夜		io 茄靴鋤		iu 劉油丑九
	ua 瓜誇跨掛		uo 果裹過		
	ai 帶戒買街		ɔi 臺才陪歲		ui 杯每推肥
	iai □咀嚼		iɔi 瘡疲勞		iui 乳銳慧惠
	uai 塊乖怪快				
	au 考爪交照	ɛu 頭口牛齙	ou 遭糟撈		
	iau 表擾料牡				
	am 貪南監三	ɛm 森砧朕參 人~		im 林針音芹	
	iam 暫染鹽點				
	an 蘭半間泉	ɛn 跟朋銀聽	ɔn 趕短川寒	in 品真京證	un 本盆村分
		iɛn 件千燃元	iɔn 全軟		iun 忍近勻永
	uan 關觀	uɛn 耿	uɔn 官冠全軟		
	aŋ 生爭鈴徑		ɔŋ 幫張床講		uŋ 雙凍公松
	iaŋ 餅晴井聽		iɔŋ 鄉響涼羊		iuŋ 兄窮融用
	uaŋ 梗	uɔŋ 光廣			
	ap 搭合甲法			ip 集習汁入	
	iap 夾接葉攝				
	at 達舌襪壓		ɔt 割渴奪劣	it 筆七實直	ut 突出物律
	uat 闊括刮				
	aʔ 百客石畫	ɛʔ 咳得踢滅	ɔk 托剝各學		uk 讀服六木
	iaʔ 壁逆跡額	iɛʔ 節列月越	iok 略弱腳約		iuk 曲局玉肉
					uɔk 國
ȵ吳五女魚					

說明：

1. 韻母 i 有時發音前端略帶圓唇，音色近ʮ，尤其是舌齒聲母和零聲母後面比較明顯，如：呂、趣、愚、於、取，i 和ʮ 無對立；唇音和牙喉音後面則少帶圓唇音色，為典型的 i，如：區、閉。

2. 韻母 ɛu、ɛm、ɛn、iɛn、uɛn、ɛʔ、iɛʔ 主元音略高，介於 e～ɛ之間，但明顯比單元音 e 開口大，因此定為ɛ。

3. 單韻母 e 韻個別略帶複合音色，音值近 e□，如：犁、弟。

4. 有部分字的單韻母 o 略帶複合色彩，音色近 o□，如：歌、波、播、陶、桃，其中「撈、遭、糟」字為較典型的 ou 韻，但與 o 不構成對立。

5. it 的韻尾舌位總體較前，但也有少數字音色近 iʔ，彼此不對立。

6. iɛn 韻中只有「研」字讀 ian，與 iɛn 不對立，但音色有差異。

7. 韻母 ɲ 有 ŋ（如「魚」）的變體，但彼此不構成對立，整體舌位近舌面前鼻音。

（三）聲調（6個）

陰平（55）高開天先	陽平（24）窮陳甜寒
上聲（31）擺走老火	
去聲（33）快淨送變	
陰入（21）八級日木	陽入（55）月合辣舌

說明：

1. 陰平調基本讀高平 55，單字調僅「貓」一字讀高降 53，不對立。

2. 陽平為 24，有部分升勢較緩，近 224，還有少數升幅較大，收尾調值接近 5。

3. 上聲大部分為 31，少數字降幅較小，近 21。

4. 陰入讀低降促聲 21，個別字聲調略高，近粵語下陰入 33。詞彙中陰入調值較高，常讀 31，少數更接近陽入 55。

六、廉江青平客話音系

（一）聲母（19個）

p 巴平百斧	pʰ 破病白肥	m 舞晚麥撫		f 飛飯獲課
t 刀隊答貼	tʰ 大天脫斷	n 拿南納滯	l 來林落槳	
ts 早張捉聚	tsʰ 草前直謝	ɲ 語人月飲	ɬ 西山習字	s 書時蛇沼
k 雞健骨酷	kʰ 溪窮哭奇	ŋ 牙銀額勾		ʰ 去看學演
∅ 雨安鴨慧	ʋ 烏環畫轟			

說明：

1. ts、tsʰ、s 在細韻前接近舌葉音 tʃ、tʃʰ、ʃ。

2. h 拼細韻時音色近舌面中擦音 ç。

3. ȵ 聲母主要配細韻，n 聲母主要配洪韻；但有個別細韻字讀 n 聲母，如：你 niu²⁴、扭 niu²²¹、鰍 niu⁵⁵、年 niɛn²⁴。

（二）韻母（64 個）

a 茶花抓窄	ɛ 世細毅跛	ɔ 坐早錯摸	i 衣去西戟	u 路賜婦菢
ia 姐寫夜嘢		iɔ 茄靴		
ua 瓜誇掛卦		ou 果裏過		
ai 孩壞大拉		ɔi 臺外睡簸		ui 水杯匯需
iai□嚼	iui 乳銳慧穗			
uai 塊乖快闊				
au 考照矛雹	ɛu 偷頭牛撈	ou 埠		iu 酒油丟鑄
iau 票叫憂屑				
am 暗閃范蟬	ɛm 揞參森	im 林心金潛		
iam 暫嵌鹽念				
an 山泉恨	ɛn 朋聽跟眠	ɔn 看短碗船	in 新勝明憐	un 吞門春潘
ian 燃完遠	iɛn 面天卷姻	iɔn 全傳軟		iun 近雲永掀
uan 觀款關慣	uɛn 耿	uɔn 官罐冠寬		
aŋ 生橫行橙		ɔŋ 忙講礦闊		uŋ 紅窗碰
iaŋ 鶯病醒營		iɔŋ 兩樣筐腔		iuŋ 翁窮兄
uaŋ 梗	uɔŋ 光廣			
ap 答鴨襲鍘	ɛp □扷			ip 習十入急
iap 夾業墊孽				
at 八發壓乏		ɔt 渴脫刷	it 直歷一避	ut 骨出掘捽
iat 閱越粵				
uat 括闊刮				
aʔ白晝法嚇	ɛʔ北獲蜜簸	ɔk 落學惡		uk 木六毒覆
iaʔ碧逆錫鵲	iɛʔ別鐵月	iɔk 腳藥刹芍		iuk 沃肉局浴
ŋ 吳五女魚	uɔk 國			

說明：

1. i 開頭的零聲母字大部分帶明顯的濁音摩擦，近 j。

2. 單韻母 o 有個別字略帶複合色彩，音色近 o□，如：遭 tso□⁵⁵、糟 tso□⁵⁵。

3. 單韻母 e 舌位較高，介於 e～ɛ 之間；在複合韻母中則明顯比單元音 e 開口大，因此定為 ɛ，如：ɛu、ɛm、ɛp、ɛn、iɛn、uɛn、ɛʔ、iɛʔ。

4. ɔi、ɔn、iɔn、uɔn、ɔt、ɔŋ、içi、uɔn、ɔʔ、iɔʔ、uɔʔ 中 içi 的主元音舌位偏高，介於 o～ɔ 之間。

5. uŋ、iuŋ、uk、iuk 主元音 u 開口略大，實際音值為 ʊ；而 un、iun、ut 中的 u 比較典型。

6. it 的韻尾舌位總體較前，但不少字塞尾 -t 不典型，音色近 iʔ，it～iʔ 不對立。

7. ɔk、iɔk、uɔk 的韻尾部分收尾較松，近喉塞 -ʔ。

（三）聲調（6 個）

陰平 55 哥偷新	陽平 24 茶頭紅
上聲 221 果雨講	去聲 33 過笑送
陰入 22 鴨發筆	陽入 55 石葉讀

說明：

1. 陰平調基本讀高平 55，但也有個別讀高降 53，如：驕 kiau[53]、嬌 kiau[53]、擔（名詞）tam[53]、氈 tsan[53]，55 與 53 不對立。

2. 陽平為 24，有些升勢較緩，近 224。

3. 上聲大部分降勢較緩，降幅不大，記作為 221，但也存在 21 的音位變體。

4. 去聲大多讀 33，但有部分字有明顯降勢讀 31，如：墓 mu[31]、募 mu[31]、愧 kʰui[31]、季 kui[31]。

七、電白羊角粵語音系

（一）聲母（21 個）

p 波包八	pʰ 遍被排	m 馬米襪		f 飛花筷
t 多地短	tʰ 土甜兔	n 泥女粒	ɬ 西笑人嚴	l 蘿雷臘
ts 左撞碾	tsʰ 醋茶剪	ȵ 二肉月		s 沙仇虱
k 歌舊球夾	kʰ 橋蓋近	ŋ 牙外岳		h 河蝦汗
kw 關鬼廣	kwʰ 掛裙國			
Ø 安歐				ʋ 芋和懷黃

說明：

1. 塞擦音聲母有 ts、tsʰ、s 和 tʃ、tʃʰ、ʃ 兩組變體，不構成對立。

2. 舌面後圓唇聲母 kw-、kwʰ-在遇攝模韻合口一等字前多數略帶唇齒音色，讀為 kʋu、kʋʰu，如：古 kʋu224、枯 kʋʰu44。

3. 零聲母有ʔ、j 兩個變體。零聲母開頭的洪韻字有時會帶有緊喉色彩，讀 ʔ-。i 開頭的零聲母字有時發音初始帶有一定的濁音摩擦，讀 j。

（二）韻母（65 個）

a 茶瓜畫		ɔ 多梳鵝		ɛ 鎖寫車	i 豬次芝		u 苦故夫	
				iɛ 惹野				
ai 排買	ɐi 批米	ɔi 開外	ei 皮眉					ʋi 貝歲
iai □差								
au 飽交	ɐu 畝茂				iu 票蕉	ou 布刀		iʋi 錐蕊
iau 貓爪	iɐu 皺柔							
am 南減	ɐm 心枕				im 尖欠			
iam 鉗嵌	iɐm 任音							
an 旦山	ɐn 婚筍	ɔn 肝漢			in 件片		un 半官	
	iɐn 人忍			iɛn 片扁				
aŋ 冷箏	ɐŋ 鄧層	ɔŋ 幫王	eŋ 昇明			oŋ 東夢		
iaŋ 釘鏡		iɔŋ 涼張	ieŋ 影營			ioŋ 容濃		
ap 答甲	ɐp 汁十				ip 折頁			
iap 夾挾	iɐp 入呫							
at 八發	ɐt 七物	ɔt 割葛	et □丟棄		it 熱雪跌		ut 潑末	
	iɐt 日一			iɛt 裂				
ak 白拆	ɐk 北冊	ɔk 博學	ek 力積					ʋk 木福
iak 石笛		iɔk 腳弱	iek 億益					iʋk 沃肉
m̩ 唔	ŋ̍ 吳五							

說明：

1. 韻母ɔ舌位較高，介於 o～ɔ之間。

2. 在詞彙中，ei 有一個自由變體ɛi，ɛi 是更底層的音

3. 在詞彙中，部分帶 i-介音韻母的 i 介音發音部位較低，近於 e，二者不形成音位對立。

4. 韻母ʋi 主元音大部分舌位略低，但也有些字（尤其是雙唇、唇齒聲母）

後有些開口度較小讀 ui，ʋi 和 ui 不構成對立。

5. 以ɔ為主元音的韻母ɔi、ɔŋ、ɔk 在與輔音聲母結合時部分帶有前滑音□，從前滑音至主元音有一個漸開的動程，但也有部分字前滑音不明顯，是否帶滑音□在發音人的音感中不具有對立感。

6. iɔŋ、iɔi、iɔk 韻母字的主元音舌位較高，介於o～ɔ之間，與ɔi、iɔ、ɔŋ、ɔk 的主元音略有不同。此外，iɔŋ、iɔk 的音色不典型，介於ɔi、iɔi、iɔk 和 øŋ、øk 之間，個別字則讀 øŋ、øk。

7. 韻母ɐŋ、ɐk 中韻尾-ŋ、-k 略偏前，但仍然與ɐn、ɐt 存在對立。

8. 通攝韻母讀 ɔŋ、iɔŋ 和 uk、iuk，入聲韻的主元音舌位比陽聲韻的略高。

（三）聲調（9個）

陰平 44（445）歌兵書（貓窗五）	陽平 11 蛇牛鉗
陰上 224 表搶己	陽上 223 我近兩
陰去 33 布寸更	陽去 31 父內稻
上陰入 55 筆七刻	陽入 21 白綠直
下陰入 33 鐵雪腳	

說明：

1. 羊角話聲調共有9個調：平、上、去、入各分陰陽，陰入又各分上下。

2. 羊角陰平調值44，個別偏高接近55的。還有一個高揚的變體445，主要用於日常名詞語素，如「貓、窗、孫、芒麥芒」，僅個別來自於非古清平字如「爸、五、伍、塾」，屬於語素變調。

3. 陽平調讀低平11，少數字起頭略偏高，近211。

4. 陰上224有較明顯的升勢，尤其尾端調值較高，而陽上則呈低平緩升之勢。

5. 陰去讀中平33，有少數聽覺上與陰平的44非常接近難於區分，不過當同聲韻的字存在陰平和陰去對立時則區分清晰。陽去讀低降31，降勢明顯。

6. 上下陰入55和33與廣州話一樣主要對應於長短音的區分，屬於語音分調。上陰入55調值偏低，介於55和44之間。陽入調為低降21，降勢明顯。

八、電白林頭粵語音系

（一）聲母（22個）

p波扁	pʰ坡排	m磨舞		f風火	ʋ滑會
t多袋	tʰ拖桃	n尿糯	l蘿雷		
tʃ左謝	tʃʰ粗蠶	ȵ魚兒	ɬ西俗	ʃ沙薯	
k家舊	kʰ可橋	ŋ鵝硬		h河去	
kw瓜梗	kwʰ虧裙				
Ø衣雨					

說明：

1. 塞擦音聲母有tʃ、tʃʰ、ʃ和ts、tsʰ、s兩組變體，前一組多配細韻，後一組多配洪韻，兩組聲母不構成對立，以舌葉音為多。

2. 舌尖鼻音主要來自古泥娘母，而舌面鼻音主要來自古日母和疑母細音字，在細音前形成對立，如：年nin211≠言ȵin211、暖nin24≠軟ȵin24。

3. 零聲母有ʔ、j、□j三個變體。零聲母開頭的洪韻字有時會帶有緊喉色彩，讀ʔ-。如：襖ʔou24、澳ʔou33、歐ʔɐu55、按ʔun55；i開頭的零聲母字有時發音初始帶有一定的濁音摩擦，讀j-，如：惹jiɛ24、雨ji211、養jiɔŋ24；部分摩擦較重的聽感上甚至帶濁擦，讀□j-。如：夜□jiɛ442、翼□jiek055。

（二）韻母（70個）

a巴牙		ɔ多鵝		ɛ姐蛇 ʒ	i豬二	u姑褲
ia□抓				iɛ惹爺 ʒi		iu漂條
ai戴買	ɐi米貴	oi去海	ei起李			ui徐害
iai□嚼						iui銳慧穗
ak賊百	ɐk北側刻	ɔk鑊學		ek識席敵		uk木竹赴
iak只踢		iɔk腳藥		iek翼益		iuk肉玉剁
am三減	ɐm砍心				im尖甜	
iam鉗□黏	iɐm陰淫					
an眼反	ɐn根存	ɔn乾看岸	en摳捲圈		in短遵冤	un汗門
	iɐn人欣	øn俊詢				iun乳孕
aŋ坑翁	ɐŋ燈橙	ɔŋ幫窗礦		eŋ冰城鄰		uŋ東蟲虹
iaŋ餅靚鏡		iɔŋ張槍瘡		ieŋ鷹形泳		iuŋ融翁容
uaŋ						
ap答炸	ɐp急十恰			ɛp	ip接葉孽	
iap夾峽	iɐp入廿			iep撮□閃		

at 八壓法	ɐt 筆摔	ɔt 葛		et 擘橛截	it 結粵	ut 割喝
	iɐt 日一					
uat□呵斥	uɐt□男陰					
au 包考歐	ɐu 頭秋	ou 布桃				
iau 撬爪	iɐu 憂油					
m̩ 唔	ŋ̍ 吳五誤					

說明：

1. 韻母 oi 主元音舌位略低，介於 o∼ɔ 之間，並且有兩個變體，有時開口略大接近ɔi，有時則舌位略前近廣州話的 øi，但是發音人對此無音位對立感。

2. in 有 yn 和 ᶦin 兩個變體，只有少數臻攝和山攝三等字讀 yn 或者ᶦin，如：冤 jᶦin44、遵 tʃyn556、循 ʃyn211。

3. ak、iak、ɔk、iɔk 的韻尾-k 有時收尾較松，音色近-ʔ。

4. 宕開一等多讀ɔŋ、ɔk，宕開三等多讀 iɔŋ、iɔk，三等韻中主元音受介音 i 的影響開口度比一等韻要小，介於 o∼ɔ 之間。

5. 通攝韻母讀ʊŋ、ʊk 和 iʊŋ、iʊk，入聲韻的主元音舌位比陽聲韻的略高。

（三）聲調（8 個）

陰平 44 低巴		陽平 211 河蛇
上聲 24 爬左		
陰去 33 褲胃		陽去 442 爛岸
上陰入 55 翼骨	下陰入 33 鴨熱	陽入 21 藥夾

說明：

1. 陰平有 44 和 55 兩個調值，其中 44 屬字較多，55 屬字偏少，44 為中高平調，55 為高平調。

2. 陽平有三個變體：211、11 和 21，發音初始略降，後端以低平為主，定為 211。

3. 陰上陽上不分，讀 24，實際介於 24 和 35 之間。

4. 陽去發音起頭較高（高於陰去 33），先平後降且降勢明顯，定為 442。在詞彙調查中，當陽上陽去處於詞語前字位置時，少數會變讀為低平 22 調

5. 陽入有 21 和 22 的自由變體，但以低降 21 為多，二者無對立。

九、電白電城閩語音系

（一）聲母（19個）

P 播壩補	b 馬米味	pʰ 破判貧	m 媽名芒霧	
	V 蜜墨尾			
ts 支志租		tsʰ 徐脆炒		s 三修詩沙
t 刀肚度		tʰ 拖桃頭	n 乃耐尼軟	l 羅黎力
			ȵ 業嚴任	j 二日沿緣
k 工景江		kʰ 可科去	ŋ 五熬安	h 血婚現
0 衣姻引				

說明：

1. j 是舌面半元音，發音與普通話齊齒呼韻母前的零聲母（y）接近。

2. 多數零聲母0發音時帶有略微的先喉塞。

（二）韻母（41個）

a 灑答甲	e 茄坐姐	ɔ 左羅桃	i 利呂閉	u 固圖富
ia 名請馬		iɔ 席尺石		iu 抽友樹
ua 散沙蔡				ui 對吹算
	eu 布路柳			
ai 西使前		ɔi 多買飛		
uai 准快拐				
au 豪泡夠				
iau 交校消				
am 探南減	em □舔		im 深禁閣	
iam 尖欠針				
uam 犯范患				
				un 俊唇糞
aŋ 康爭工	eŋ 陵程訂	ɔŋ 孔沖霜	iŋ 升興清	
iaŋ 相腫容	ieŋ 盈營螢			
uaŋ 彎反往				
ap 鴿盒十			ip 立習及	
iap 劫帖脅				
			it 橘獵	ut 述恤出

iat 諾				
ak 抹角塞	ek 色式敵	ɔk 速福博	ik 別浙畢	uk 卒律滑
iak 略弱綠				

說明：

1. eu、eŋ、ek 主元音開口度有時音值近ɛ。

2. 無明顯鼻化韻，部分入聲字塞音韻尾弱化後脫落，如：落 lɔ441、百 pia51、甲 ka551。

（三）聲調（7個）

陰平 33 哥倉桑	陽平 22 毛陶豪
上聲 51 紫長板緊	
陰去 315 過蔗象	陽去 551 步妹索
陰入 45 合各作	陽入 31 納術碟

說明：

1. 陰平調和陽平調顯示出上下平行的現象，都是平調，一個是中平調，一個是半低平調，陰平高為 33，陽平低為 22。

2. 陰平主要是中平調 33，有少部分變體為 44，如：姑 ku44。

3. 陽平主要是半低平調 22，有少部分變體是中平調 33，如：蝦 hia33。

4. 上聲主要是中降調 31，有部分變體為全降調 51，如：紫 tsi51。

5. 陰去是低降全升調 315，但起點應是介於 3 和 2 之間，有少數變體為高升調 35，變為非曲折調，如：故 ku35。

6. 陽去是半高平降調 551，551 起點略低於 5，有少數變體為 441，如：座 tsɔ441。

十、電白霞洞閩語音系

（一）聲母（16個）

p 波包辦	pʰ 破判貧	m 名芒霧		v 話畫活
ts 支左再	tsʰ 脆楚炒		ɬ 三修沙	
t 刀肚度	tʰ 拖土桃	n 耐尼軟	l 羅黎力	
k 工景江	kʰ 可科渠	ŋ 五熬安		h 婚韓現

∅衣音姻	j沿緣二			

說明：

1. ts、tsʰ、s 與 i 或帶 i 介音的韻母相拼時，音色接近舌葉音ʧ、ʧʰ、ʃ。

2. i 開頭的零聲母字有時發音初始帶有一定的濁音摩擦，讀 j-。

（二）韻母（51 個）

a 阿巴飽	e 白病姓	ɛ 價家格	ɔ 哥鵝做	o 寶嫂棗	i 思支世	u 度霧久
ia 者射兄		iɛ 麥脈		io 廟笑張	iu 就抽樹	
ua 山伴紗		uɛ 瓜花關		oi 八雪月		ui 回規過
ai 拜戒使		uai 怪壞拐				
au 冒走謀	eu 布兔苦					
iau 巧孝妙						
uau 否浮						
am 貪南含					im 心音琴	
iam 咸尖陝						
uam 凡范犯						
an 旦鑹餐	en 清申圈					un 訊盾昏
						uan 玩慣反
aŋ 漢朋爭	eŋ 燈征程			oŋ 童宋湯	iŋ 電凳升	
iaŋ 商良種				iɔŋ 榮用絨		
uaŋ 光防風						
ap 合粒十					ip 集立入	
iap 夾峽協						
uap 法						
at 押察蜜	et 息色設				it 列節閱	ut 末脫骨
uat 括發刮	iet 乙逸					
ak 角殼北				ok 屋幕各		
iak 熟綠曲				iok 略覺睡~		
uak 郭國獲						

說明：

1. ɛ是舌面前半高不圓唇元音，只出現在ɛ、uɛ、iuɛ三個韻母中，與元音 e 有對立，e 帶-u、-n、-t 等韻尾。

2. 通攝 oŋ、ioŋ 韻主元音開口度偏大，實際音值有時近ɔ。

（三）聲調（7個）

陰平 332 歌波遮	陽平 21 鵝鹽庭
上聲 51 朵果草	
陰去 443 架注痛	陽去 551 步藝洞
陰入 045 廁汁璧	陽入 021 業活默

說明：

1. 陰平主要讀為 332，存在名詞變調現象，調值是 45，如「壺」、「杯」讀為 45 調。

2. 存在入聲舒化的現象，陰入、陽入都有舒化現象，主要變為調值 45 和 551，如「答」「孽」讀為 45，「百」「月」都為 551 調。

3. 陰平和陰去調都是較平的調型，不過後面有稍降的趨勢，故把調值分別設為 332 和 443。

4. 陽去 551，聲調的前半部分有稍微的上升的趨勢，後才下降。

5. 陰入 045，整體呈上升的走向，但後段部分有稍微下降的趨勢。

十一、電白沙琅客話音系

（一）聲母（19個）

p 板半包八	pʰ 排伴暴	m 明萬霧苗		f 戶夫互火
t 斗東子資	tʰ 天桃次	n 南難鬧	l 藍老林力	ɬ 三姓紗事
ts 爪左智竹	tsʰ 車茶床	n̠ 二年豔月		s 水身笑失
k 加巨管弓	kʰ 夾奇克	ŋ 芽眼硬		h 氣咸空合
∅ 安恩屋鴨				v 烏文王滑

說明：

1. ts、tsʰ、s 的發音部位要比較靠後，接近舌葉音。

2. 以 i 開頭的零聲母字發音時帶有一定的濁音摩擦，實際讀音為半元音 j。j-與∅互為變體，不構成音位對立。

（二）韻母（58個）

a 茶牙話炸		ɔ 多蘿錯	ə 字侍事寺	ɛ 泥膩雞	i 去皮氣	u 布富湖
ia 借寫斜惹		io 茄靴				

ua 瓜寡誇					
ai 大戴拉壞		ɔi 開蓋梅		ei 杯廢鬥	ui 跪魏醉
uai 塊拐怪					
au 抱腰招					iu 丟球九
iau 貓橋條					
am 南膽減		əm 沉深		ɛm 嵌砧森	
iam 簾尖染					
an 萬丹元縣		ɔn 程團磚	ən 婚冰新	ɛŋ 燈聽朋	un 寸輪
		iɔn 全傳圈		iɛŋ 變前根	
uan 關慣		uɔn 官款		uen 昆菌軍	
aŋ 橙成坑	uaŋ 轟橫	ɔŋ 幫黃港			uŋ 雙農通
iaŋ 醒病命		iɔŋ 匠牆兩			iuŋ 用容
		uɔŋ 光廣狂			
ak 泊百		ɔk 藥角學			uk 木福
iak 錫碧席		iɔk 削腳虐			iuk 玉蓄欲
		uɔk 郭國			
ap 答合葉				ep 濕急及	
iap 碟劫獵					
at 月刷壓		ɔt 割脫奪		et 力滴直	ut 出律術
uat 刮括闊			uət 骨屈掘	iɛt 別節滅	
m̩ 唔	y 女雨許				

說明：

1. ə 的發音較鬆弛，較靠前。

2. em、ep 的主要元音發音部位偏高。

3. 韻母 aŋ、uaŋ、iap、iak 的主元音 a 有時發音近ɐ。

（三）聲調（6個）

陰平 44 瓜朱思	陽平 212 頭南全
上聲 31 雨九紙	
去聲 52 過桂寸	
上陰入 22 法筆一	陽入 55 盒葉辣

說明：

1. 陰平調音高未到達 5 度，帶輕微升勢，讀音近似 34 調。

2. 陽平調在單字音調值讀為完整的 212，在詞彙中，受語流音變及發音時長影響，有時會讀為 21 調。

十二、電白霞洞客話音系

（一）聲母（19）

p 保巴兵斧	pʰ爆爬皮白	m 尾萬木面	f 花貨湖塊	
t 刀肚滴訂登燉	tʰ桃圖豆討	n 腦耐農南	l 老來錄蘭	
ts 壯捉漲種	tsʰ車春茶陳	ȵ允藕銀二	ɬ掃細鮮宋	s 豎常十書
k 果古該	kʰ誇去騎橋	ŋ 芽外硬岩		h 開霞河海
Ø熬歐				v 穩胡滑文

說明：

1. 舌面鼻音 ȵ 主要配細韻，舌根鼻音 ŋ 主要配洪韻。

2. 以 i 開頭的零聲母字發音時帶有濁音摩擦，實際讀音為半元音 j，j 與 \ 不構成對立。

（二）韻母（56 個）

a 車花架		ɔ錯初刀	ə 紫師字	ɛ泥蟻雞	i 屬閉皮	u 譜布副
ia 姐借邪						iu 劉修臭
ua 瓜寡誇		uɔ果裹			ui 對回廢	
ai 災泰戒	au 抱跑	ɔi 睡臺來		ei 杯每偷		
uai 乖怪拐	iau 貓表					
am 貪談三				ɛm 咳含森	im 林侵枕	
iam 欠劍添						
an 灘山板		ɔn 肝磚穿	ən 溫文問	ɛn 燈廳根		
				iɛn 鞭面煎		
uan 關慣		uɔn 官觀管	uən 昆棍			
	əŋ 鈴冷坑	ɔŋ 幫堂鋼				uŋ 兄東紅
iaŋ 青醒病		iɔŋ 亮獎槍				

uaŋ	uaŋ 框轟	uɔŋ 光廣狂			
ap 搭臘插				ɛp 粒澀	ip 立集習
iap 夾獵接					
at 辣八舌		ɔt 割渴奪	ɛt 忽物	ɐt 北黑踢	
				iɛt 別節雪	
uat 括刮			uɛt 骨窟屈		
ak 百拆客		ɔk 桌博勺			uk 木目竹
iak 錫劇跡		iɔk 剝略腳			
		uɔk 郭廓國			

說明：

1. ɛt，uəŋ、uət 的主要元音發音部位較前。

2. 韻母 aŋ、uaŋ、iap、iak 的主元音 a 有時發音近ɐ。

（三）聲調（6 個）

陰平 44 瓜三真東	陽平 24 交油橋橫
上聲 21 苦隊九硬	
陰去 52 氣店片間	
陰入 22 鴨筆黑客	陽入 55 月物藥石

說明：

1. 上聲調有時發音調值近 31。

2. 入聲分陰入和陽入兩類，總體而言古濁入字歸陽入，古清入字歸陰入。在調值上，陰入低而陽入高。